文春文庫

拡散

大消滅2043

上

邱挺峰

藤原由希訳

JN030568

文藝春秋

目次

まえがき　一つの生き方　7
序章　世界の果て　12
第1章　長老　29
第2章　大消滅　56
第3章　顧問　73
第4章　布石　97
第5章　先生　108

第6章　再会　143
第7章　ショートヘアの彼女　164
第8章　サンプル　194
第9章　ウェンズデイ　204
第10章　拡散　238
第11章　オーナー　252

（以下下巻）

拡散

大消滅2043

まえがき　一つの生き方

すべてはあのホテルで始まった。

その日の朝、目を覚ました瞬間、私はなかば無意識のうちに、ベッドのヘッドボードから青いサインペンを取り、10×6センチほどの紙切れの裏に八十字ほどの文字を書いた。ずっと頭の中にあったワインについての物語の構想を書き記したのだ。書き終えたものを二度読み返すと、ほっと息をついて、その紙を適当にどこかへ挟み込んだ。それから私はボタンを留めて身《み》支度《じたく》をし、デスクへ行ってパソコンを立ち上げ、第2章「大消滅」の冒頭に相当する部分を書き始めた。

理由もなく、ただ書き始めたのだ。

その頃、私には自分の時間というものがほとんどなかった。私の人生は仕事と家庭で多忙を極めていた。常にあちこちの都市を飛び回り、毎日違う町に滞在し、違う仕事をして、違う問題を解決した。私の生活は、さまざまなチャンネルと番組が存在するラジオのようだった。だから私は飛行機の待ち時間、高速鉄道の中、食事、病院、飲酒、コーヒーを飲む時間、夜中と、あらゆる細切れの時間を利用して構想を練り、生活の隙間で執筆をした。

計算してみると、この長編小説を完成させるのに、おおむね二年四カ月――正確には二〇一三年九月から二〇一五年十二月まで――の時間を費やしている。あのたった八十文字の物語の構想を形にするのに、これほどの時間と労力が必要になるとは考えてもみなかった。長編小説を書くことが、これほどつらく楽しい作業だということも知らなかった。まして、自分の命を燃やし、魂を注ぎ込まなければ、小説の中に作り上げたあの世界を動かし続けることができないなどとは、到底思い至らなかった。そして、自分が書いた小説が出版される日が来るなどとは夢にも思わなかった。

人に聞かれたことがある。初めて小説を書くというのに、なぜ長編小説、しかも人物も視点も時空もそれぞれ異なる壮大な構想の小説などに挑んだのか、と。しばらく真剣に考えたが、私にも分からなかった。それでも別に構いはしない。その時の私には、もっと根本的な「なぜ小説を書くのか」すら分かっていなかったのだから。

――どのみち人生には分からないことが多すぎるのだ。気にする必要はない。

つまるところ、これは一篇の「小説」あるいは「ワインに関連する小説」だ。人間性に深く切り込んだ高尚な文学作品ではないし、情報が整理された教科書でも旅行記でもない。基本的には、趣味に基づく娯楽作品だ。中身は私が語りたかった架空の物語であり、主に私の主観と生活態度で埋めつくされている。「類型趣味小説」と呼ぶのが一番正確だと、自分では思っている。小説に登場するのはいずれも欧米のバックグラウンドを持つ人物なので、多くの会話や文字を形にする前に、まず英語やその他の言語で思考した。だから、少し翻訳小説のようでもあるかもしれない。この小説は、ワインに詳しくない人でも理解できるが、ワインに多少詳しい人にはむしろ心から納得しがたいものかもしれないと、私は思っている。本書を読んで気に入ってくれたなら感謝します。もし気に入らなかったら、うん、それでもやはり感謝します。もう一つ言っておきたいのは、私はただの「ワインの愛好家」だが、もしかすると「熱心で幸運な愛好家」かもしれないということだ。私はこの「趣味」のために大量の時間と心血と魂と愛情を費やした。WSETのワインレベル3とスピリッツレベル2の資格を取得し、ブラインド・テイスティング大会のために練習を重ね、仕事の合間に複数のワイン雑誌に継続的に寄稿し、ワインのブラインド・テイスティング連盟を設立し、全国的なワインイベントを開催し、この二十数万文字のワイン長編小説を書き上げた。これらはすべて私の趣味に対する飽くなき情熱を具現化した行動である。

私が人より恵まれていたと思うのは、ワイン（と執筆）が一貫して私の趣味であり、人生経験の集合体だという点だ。生活のかかった職業ではないし、苦労して学ばねばならない専門分野でもない。だから、私は無理して心にもないことを述べたり、他人に気に入られようと取り入ったり、他人から金を搾り取るために頭をひねったり、ネットやSNSで虚勢を張ったり、徒党を組んで誰かを攻撃したり、知ったかぶりをしたりする必要はまったくなかった。楽しく酒を飲みながら、自由自在に、天馬が空を行くように、書きたいことを書き、悩みもプレッシャーも感じず正直に意見を述べ、求める水準と態度を保ち続けることができた。

悩みがあれば、酒もおいしくない。不純な動機では、自分と自分の趣味を辱めることになる。マスター・オブ・ワインのマイケル・ブロードベント氏は言った。「いいワインにうまい料理を合わせ、最高の相手と共に楽しむことは、人生で最も洗練された娯楽の一つだ」[*1]ワインを味わうこと（恐らく執筆も）は私がずっと追求してきた「一種の洗練された娯楽」なのだ。そうやって追い求める過程こそが、私の好きな「生き方」なのだと思う。

次の小説を書けるかどうかは分からない。だが確実に言えるのは、私はこれからも書き続け、ワインを愛し続けるということだ。楽しくワインを飲み続けるように、私は私なりの方法で書き続けるだろう。正直なところ、私の本が出版されるかどうか、読んでもらえるかどうか、気に入ってもらえるかどうかといった類いのことはあまり気にしていない。それでも私は出版されるよう働きかける。もし不可能ならネットで公開する。それも不可能なら印刷して本棚に入れておくか、キンドルに入れて自分で読む。

──人生は短い。私はただ自分に忠実に、身勝手に、自分の好きなやり方で生きていく。

最後にもう一つ。最近、ついに最初の八十文字の構想を書き留めたあの紙を見つけた。それはワインをテーマにしたエッセイ集のしおりだった。一カ月近くの間、三都市の部屋を捜し回り、あらゆる書類と本をめくり、最後の最後に、読んでいた本の間に挟まっているのを見つけたのだ。あのエッセイ集にしおりがついていたこと、そして裏が白紙だったことに感謝する。時々、ふと思うことがある。あそこに裏が白紙のしおりがなかったら、この小説は生まれなかったかもしれない。

あの紙切れから始まった私の物語が、どこまで連れていってくれるのかは分からない。分かるのは、あの紙が私の起点であり、執筆の初心を象徴するものであるということだ。表装して自宅のワイン棚に大事に飾っておくべきかもしれない。

二〇一六年一月二十五日　上海市徐匯区にて

原註

＊1　ジョン・マイケル・ブロードベント：一九二七年、イギリスのヨークに生まれる。世界的に有名なワイン評論家、作家、オークショニア。この言葉の原文は「Drinking good wine with good food in good company is one of life's most civilized pleasures.」。

序章　世界の果て

二〇四二年十二月二十二日
マデイラ島、フンシャル

「この一年、世界中を駆け巡ったあなた。クリスマス休暇にお会いしましょう」男はデジタルサイネージに表示されたキャッチコピーを眺めていた。画面の中では、ホログラム調のサングラスをかけて歯をむき出しにしたトナカイが、雲の上でトラックを走らせ、世界中を駆け巡っている。その下には連絡先のコードが表示されていた。なぜバーに運送会社の広告が掲示されているのか、男にはまったく理解できなかった。

モロッコの西六百キロ沖に浮かぶポルトガル領の小島は、北半球におけるワイン用ブドウの最南端の栽培地であり、ワインの世界ではいわば僻地《へきち》であった。男はこの地を〈プロジェクト〉の最終地点に選んだのだ。

「ここが世界の果てだ」男は思った。「終わりの地に最もふさわしい」

男がいるのは数百年の歴史を持つバーだ。いにしえよりヨーロッパの貴族やアフリカの富豪、政府高官やワイン商が集まる場所であり、典型的なポルトガル植民地様式の風情《ふぜい》と南米特有のファンタジックな雰囲気に満ちあふれている。チェス盤を思わせる白黒のつややかな大理石の床。選び抜かれたオフホワイトの漆喰《しっくい》の壁には、ピカソの初期の作品に似たスケッチが飾られている。暗い色の高い天井、よく磨かれた真鍮《しんちゅう》の手すり。バーカウンターの奥には若いソムリエが姿勢よく立っている。最も目を引くのは、室内の上方に磁力で浮かぶ、四十灯のクリスタルのシャンデリアだ。惑星のようにゆるやかに空中を移動しながら、柔らかく温かい光と影を映し出す。ここで飲んでいると、まさに時空を移動しているかのような錯覚を覚える。まるで時が一瞬にして過ぎ去っていくようだ。

バラとユリの香りが漂う中、ステージでは、世の移ろいをすべて味わってきたかのような貫禄を漂わせた女が、ファド[*1]を歌っていた。ビブラートのかかった低く柔らかい声が、桃の形をした十二弦の電子ポルトガルギター二本による伴奏に乗って、人生の寂しさと運命の悲しさを訴えかけてくる。女はポルトガル語で歌い上げる。

ここは世界の果て、大海原の終着地。
私の愛しい若き船乗りよ、
大海原の先は切り立った崖、
果てしない暗闇へと落ちてゆく。
ここは愛のない場所、
誰かを愛する人もなく、誰かを待つ人もいない。
ここにいる誰もが同じ、

ここはまさに世界の果て。

一曲歌い終わるごとに、聴衆は数秒の間静まりかえり、そののちに拍手が起こる。その間、男も息を殺して意識を集中させ、時が移ろい流れ去っていく一瞬の感覚を味わう。

「二階へ行かない？」静寂を破って声がした。男の前を通り過ぎた東欧の娼婦が振り返り、人差し指で誘うようなジェスチャーをしながら言った。「一緒に行きましょうよ——世界の——神秘を探りに」

男は返事をする代わりに人なつこい笑みを浮かべた。娼婦の後ろ姿はしなやかで美しく、そのボディラインは魅惑的だったが、目の前にあるマデイラワイン[*2]のボトルには遠く及ばなかった。クリスマスイブのバーに客の姿はまばらで、特に男の一人客はわずかだったため、バーの娼婦たちはこぞって男に狙いを定め、媚びるような視線を飛ばし、分かりやすく誘惑してきた。この季節に故郷へ戻っていないのは、恐らく東欧か南米の娼婦たちだろう。一様に濃い色のアイラインを引き、バーのカウンター席でキャラメル色のテキーラをあおりながら、お尻とハイヒールを揺らして大声で笑い転げている。はたから見れば、酒を楽しむ普通の女性グループのように見える。

〝私が振り返ると、霊魂たちが怪獣に襲われていた。雨や雪、氷や雹《ひょう》が打ちつける。少しでも苦痛から逃れようと、彼らは必死でもがくが、その苦痛は永遠にやむことがない〟娼婦たちの姿を眺めながらグラスを揺らす男の心中には、なぜかダンテの『神曲』の地獄についての描写が浮かんだ。

ファドの演奏が終わると、歌い手はステージを降り、ポルトガル語と英語で客に「メリークリスマス」と言った。ステージ上のギタリストの一人は電子タバコを手に取り、もう一人はビール瓶を開けた。バックにはゆったりとしたエレクトロニックサウンドが流れている。男はソファのひじ掛けにもたれ、ワイングラスを手に取り、口に含んだ。

「百年物のヴェルデーリョは、世界中探してもここにしかないのよ」背後から若い女の声がした。

男が振り返ると、赤褐色のショートヘアの女がいた。男に驚きはなかった。確かに、このワインは百五十年以上の歴史を持つ。普通の人でも一八八七年産のワインと聞けば、世にも貴重な品だと分かるだろう。数日前にこのワインをくれたワイナリーのオーナーが大きな目を見開いて語る様子を、男は思い出した。「いいですか、ここに書かれた〝1887〟という数字はワイナリーの名前ではなく生産年《ヴィンテージ》です、くれぐれもお間違えなきよう」

「このワインは百年を経てもなお、良好な酸度とストラクチャーを保っている。しかも酸化による風味の変化で、スモーキーな香りや、コーヒーやキャラメルのような深い味わい、夕日に似た温かい余韻が加わっている」ショートヘアの女がいたずらっぽく言った。「どう？　当たってるでしょ？」

男は顔を上げて女を見た。正直、少し驚いていた。女の表現が、今、自分が口の中で感じている味わいと完全に一致していたからだ。まるで心の中を読まれたかのようだった。

男は少し照れたように、持っていたグラスを女に差し出した。「ああ、飲んでごらん」

女は素直にグラスを受け取り、一口飲んだ。目を閉じてしばらく味わったあと、目を細く開け、男に向かって静かに微笑む。その表情は「ほらね？　やっぱりこの味」と言っていた。

赤いショートヘアの女は、ぱっちりした美しい目と健康的な肌色で、人を引きつける魅力があった。アクセントはイギリス風だが、恐らく南米人だろう。仕立てのいい白のワンピースに、シルバーのネックレス、高いヒールの白いサンダルを合わせ、すらりと背が高い。どう見ても商売女には見えず、さしずめパーティに参加したスポーツインストラクターといった雰囲気で、全身から健康的な美しさがにじみ出ていた。

面白い、と男は思った。ソムリエに「もう一杯」と手で合図する。愁《うれ》いを含んだ品のいい笑顔を女に向け、グラスを傾けて乾杯した。

「よろしく」男は言った。「乾杯《チアーズ》！」

「乾杯《サウードウ》！」女がポルトガル語で答える。

「休暇で来てるの？」女は続けてポルトガル語で聞いた。

「いや……ワインに関するドキュメンタリーの撮影と研究で来てる」一瞬迷って、男はぎこちないポルトガル語で答えた。

「世界中のワイン産地の風土を記録してるっていう、例のドキュメンタリー？」

「そうだよ、知ってるの？」仕事のことを知っている人がいるとは意外だった。

「だって有名よ、あなたたちは三十カ国、二百カ所の産地を巡って、千軒以上のワイナリーを訪ねたって」女は笑った。「有名な飲んだくれ養成プロジェクトでしょ。違う？」

「ハハ、大正解。俺たちは毎日いろんな酒を飲んでる。一年で八千本くらいかな」男はうなずきながら答えた。「今じゃ酒を見るのも恐ろしいよ」

「じゃ、これは？」女はマデイラのグラスを持ち上げて揺らした。

「うーん、こんな年代物のワインは計算に入れてない」ボトルの〝1887〟という数字に目をやりながら、男は答えた。

「マデイラワインって、もともと売れ残ったお酒から生まれたの、知ってた？」女は急に南米のスペイン語で話し始めた。わずかに口調が柔らかくなったように感じる。

「知らないな。どういうこと？」男も自然とスペイン語に切り替えて答える。

「昔、マデイラからインドにワインを運んだけど売れなくて、送り返されてきたの。その時、赤道を四回も越える航海で、船倉のワインが熟成して風味が増すことが発見された。そのワインは〈旅するワイン《ヴィーニョ・ダ・ローダ》〉として売り出されて、すごく人気が出たそうよ。これがマデイラワインと呼ばれるようになったの。独特の風味を追求するために、船にワインを積んで一定期間航海して熟成させるという特殊な製法が生まれた」

「本当？」男が驚いて聞く。「それじゃ今でも船でワインを作ってるの？」

「第一次大戦後には、その製法は廃《すた》れた。今のマデイラワインの製法は船上の環境を模すことで発展してきたの。発酵後のワインをエストゥファと呼ばれるタンクに入れ、太陽熱で六十度の高温に温めて熟成させる（現在は湯を循環させて温めるのが一般的）。その後、空気にさらして酸化させ、樽に移して熟成させるの」

「地獄の描写みたいだな。閉じ込められ、業火に焼かれる」男は感心したように言った。「君はワインに詳しいね」

「ドキュメンタリーを撮ってるくらいだもの、あなたも詳しいんでしょ」

「俺の仕事はその土地に関する科学研究の分野だよ。センサーを使って世界中の産地の風土とブドウの品質との関係性を調べてる。まあ、大して面白い仕事じゃない」男は少し言葉に詰まった。バーで出会った美女とこんな会話をするなど思いもしなかったので、なんだか少し不思議な気分だ。「バイオテクノロジー企業の研究室から派遣された研究者にも協力してもらってるんだ。俺はシステムと気象研究分野を受け持ってる」

「へえ！　あなたって、が、く、しゃー？　なの？」女は驚いた様子で、語尾を伸ばして言った。

「そういうわけでもない。それぞれの産地に設置したセンサーやデバイスの調整とか交換とか、試薬を散布してサンプルを採取するとか、そんな仕事ばっかりでね。本格的なデータ収集と分析研究はこれから始まる」

「すごく大変そう」女は言った。「じゃあ、どうしてこのワインを開けて飲んでるの？」

「昨日、ワイナリーでもらったんだ。百年以上のワインは飲んだことがなかったから、ここで試してみようと思って」

しばらく話したあと、男はさらに四十年物のポートワイン[*3]を開けた。女の勧めでマデイラの伝統的なケーキ、ボーロ・デ・メル[*4]を合わせた。コーヒーやナッツ、キャラメルを思わせるポートワインのフレーバーは、ケーキのハチミツや蔗糖《しょとう》、アーモンドの風味とよく合い、まるでこのために作られたかのような最高の組み合わせだった。

「このケーキはクリスマス前に食べるのが一番新鮮なの」ケーキを手で切り分けながら女は言

った。「そして、マデイラの人はこのケーキを切る時にナイフを使わない。そのほうがおいしいんだって。あなたもそう思う？」

「このケーキとポートワインの相性の良さは、運命の出会いを果たした男女が、そこから共に歩んでいく人生のようだね。平凡で、華やかなきらめきはないけど、とても幸福なマリアージュだ」男は目を輝かせて絶賛した。「君は人生の楽しみ方を分かってる」

どちらが言いだすともなく、二人は自然に男の部屋に入った。女の褐色の肌はなめらかで、オイルを塗ったようにつやつやしていた。体毛はなく、体は締まっていて、少しの贅肉もない。体を重ねている時の女は陶酔した様子で、ずっと目を閉じ、眉をひそめて口元に笑みを浮かべていた。時々気持ちよさそうに声を上げる。それは女がワインを味わっている時の表情に似ていた。


夜中に男が目を覚ますと、隣に女の姿はなかった。応接間のほうで気配を感じ、行ってみると、テーブルの上にはタロットカードが並べられ、そのうち五枚がめくられて十字の形を作っていた。女は男が来るのを見ると、カードを集めてシャッフルした。

「何してるの？」

「私が作ったタロットカードなの」女は何かを言いかけてやめた。

「何を占ってた？」

「別に」見間違いかもしれないが、男には女が少し顔を赤らめたように見えた。

「タロット占いを信じる？」女が聞いた。

「あらゆる形のない直観的なものを、俺は信用しない。〝スウム・クィークウェ〟（「各人に正統な所有物を」という意味のラテン語）」男は言った。

「どういう意味？」

「たとえば俺は、タバコは信じるけど煙は信じない」男は言った。「分かるかな？」

「分からない。物質として形があるかないかってこと？」

「そうじゃないんだ。これは長年の研究生活で身についた習慣で……説明が難しいな」

「実は私、半人前だけどプロの占い師なの。何か占ってあげましょうか」

「いいね。何が占えるの？」

「基本的には、どんなことでも」

「じゃあ……来年、世界がどうなってるか知りたい」男は即座に答えた。

「スケールが大きすぎる。大きな問題ほど、答えはあいまいになるのよね」女は少し黙ってから言った。「でも、試してみましょ」

女はカードをシャッフルすると、男にもう一度シャッフルさせた。男は女に指示されるままに、時間をかけてカードを三角形に並べ、息を殺して三枚をめくった。その間、男はずっと黙っていた。テーブルの上のタバコを手に取り、火をつける。タバコを吸いたかったわけではなく、手に何か持っていないと落ち着かない気分だったからだ。

女は男をちらりと見ると、笑いだした。「これ、間違ってる。あなた真面目にやらなかったでしょ」

「なんて出た？」

「世界の終わりが来るって」女がいたずらっぽく言う。「もう一度やってみてよ。今度は正確かどうか」男はだんだん楽しくなってきた。

女は少しためらってから言った。「分かった。じゃあ名前を教えて。あだ名でもいい」

「みんなにはウェンズデイって呼ばれてる」男は答えた。

「かわいい名前」女は笑ったが、表情を見る限り本心ではなさそうだった。

「そうかな。実はイングランドのあるサッカーチームの……いや、いいんだ、やめよう」男は何か言いかけたが、あきらめて言葉を切った。

「それじゃ、ウェンズデイさん。あなたの問いを、ひたすら心に思い浮かべてください。万物はすべて互いに関連し合っています。世界はただのメタファーです」女は改めてカードをシャッフルすると、真剣な面持ちで最初と同じ手順を繰り返す。ただ今回はさらにゆっくり、慎重に手を動かしている。まるで厳粛な儀式のようだ。最後に男が精神を集中して三枚のカードをめくる。

女は呆然としてつぶやいた。「ありえない、こんなの」

めくられた三枚のカードは前回とまったく一緒だった。向きも順序も、寸分の違いもない。その三枚は――塔、死神、世界の逆位置。

「嘘だろ？」男は驚いて言った。「これって……マジック？」

「死神が黒い翼を広げて飛んでる」女は運命を受け入れたかのように苦笑する。「終わりね。もうどうしようもない」

「具体的にはどういう意味なんだ？　教えてくれよ」逆に、男はわずかに顔をこわばらせた。

「私にも分からないけど、カードを見る限り、とにかくあなたと関わりのある物事と、あなたが知っているこの世界のすべてが、大いなる滅亡に向かって進んでいる。そして、それはまだ始まったばかり」女の口調は、とても冗談には聞こえなかった。「あなたの仕事と関係があるかもしれないから、気をつけたほうがいい」

男はうなずいて笑った。世界の滅亡にどうやって気をつければいいんだ、などと考えながら。

「……この占い、よく当たるんだけど……こんな時は当たらなきゃいいって思っちゃう」女はカードをシャッフルしながら苦笑いした。

男は冷蔵庫から飲みかけの赤ワインを取りだし、グラスについで女に渡した。「まあいいさ、本当にそうなるなら、世界が終わる前にこのワインを飲み終えよう」

女はタロットカードをシルクの袋にしまい、花のような笑顔でグラスを受け取ると、軽くスワリングしてから口に運んだ。「おいしい。私好みの味――フルーツや植物のつるの濃厚な香り。少し温度が低すぎるけど……トウリガ・ナシオナルがメインの混醸《こんじょう》ね？」女はワインを口に含んだまま、巻き舌で、スペイン風のスペイン語で言った。

男はボトルのラベルを見て驚いた。「すごいな、ひと口飲んだだけで当ててしまうなんて。リスボンの路地の小さな酒屋で買ったんだよ……君はワインの専門家？」

「別に。ただ家で……前に少しかじっただけ」女はあいまいにごまかすと、話題を変えた。「クリスマスは故郷に帰るんでしょ？」

「明日の便は取ってあるけど、別にわざわざ帰る必要もないんだ。来年の二月にはもう次の研究が始まるから」男は言った。「ただ、手元の研究資料やデバイスを持ち帰って、先に処理しておこうかと思ってね」

「ふうん……私、もう行かなきゃ」女は少し名残惜しそうだった。「来月の初めにここを離れて帰るの。どこかで会えたら、また……タロットで占ってあげる」

「どこへ帰るの？」何気ないふうを装って、男が尋ねる。

「私が帰るべき場所へ」それから女はおもむろに、デスクの上のメモに連絡先とホテルの名前を書きつけると、銀の鈴のような笑い声と花のような笑顔を残して出ていった。「何かの気まぐれで私に連絡したくなったら、この番号に」


女が去ると、部屋は一変した。空気が薄くなったような、あるいは照明の色が変わったような。何かのバランスが崩れ、あらゆる物がどこかに向かって流れていくような感覚。それが何なのか具体的には表現できないが、要するに寂しくなったのだ。男はテーブルの上に残された口紅のついたクリスタルグラスと、ソファに無造作に置かれたバスタオルを見つめていた。心は空虚で、胃には石が詰まっているような気分だ。その理由の一部があの女であることは分かっていた——いなくなってから、女への想いが募ってきた。すでに心のどこかで、あの謎めいた女に強く惹かれていることに、男は気づいた。

「それ以外の理由は何だ？　世界が終わるからか？」男は思った。

さっきまで女が座っていた場所に男は座った。女が夜通し話していた内容を思い返し、関連する部分を脳内で羅列してみた。二年間、休まずに世界中を飛び回り、さらにここ数日ろくに眠っていなかったせいで、男は疲れ切っていた。何を考えてもぼんやりとしてまとまらない。脳の機能がうまく働いていないようだ。思考は強力なマジノ線（フランスが対ドイツ防衛線として国境に構築した要塞線）に突き当たり、一歩も進めなかった。

だが男には、ぼんやりとではあるが、あの女の予言は信じられる気がしていた。「万物はすべて互いに関連し合っています。世界はただのメタファーです」――何もかもがあいまいで、ばらばらの痕跡しかない。「だから言ったんだ、形のない直観的なものは信じないって……」男は思わずため息をついた。

ふと、ファドのもの悲しい歌声を思い出した――「ここは愛のない場所、誰かを愛する人もなく、誰かを待つ人もいない……ここはまさに世界の果て」

あの歌詞は、どう聞いても何かを暗示している。男はタバコに火をつけて考えた。「だが歌詞の中の地球は平らだったよな？」男は何かを追い払うように手を振った。「バカ、そんなことを分析してる場合じゃないだろ」

朝になりチェックアウトを済ませると、男は荷物をホテルに預け、手元にあるすべての資料を持ってマデイラ空港へ行った。プロジェクトリーダーに、あと数日マデイラ島に滞在してクリスマスを過ごすことを伝える。そしてケースに入った研究資料とデバイスを渡し、研究所に持ち帰って処理するよう頼んだ。

このリーダーもまた、プロジェクトの出資者に派遣されて来ている。いわゆる「お目付役」のような役割だ。誰に対しても人当たりがよく、おおらかで、思慮深く責任感のある人物だった。男が渡した資料とデバイスを丁寧に確認すると、うなずいて言った。「クリスマスなのに、本当に帰らないのか」

「別に、誰が待っているわけでもないですし」男は首を振って答えた。

「女か?」リーダーの口元に、からかうような笑みが浮かぶ。

男は照れ笑いして、慌てて首を振り、そしてうなずいた。

リーダーは大笑いし、男の肩をばんばん叩きながら、さらにいくつか質問をし、会社からの通達について伝えた。クリスマス休暇後、ロンドンのサヴォイホテルでの記者会見が確定したという。国連の高官や国際的な有名ワイナリーのオーナーが会場に集い、世界のワイン業界最大のイベントになるだろう。

「兄弟よ、私たちは今まさに歴史を記しているんだ。この二年で各大陸の数百の産地を訪問した。これは世界のワイン業界が協力した、初の大事業になる」リーダーが興奮気味に語る。「監督がドキュメンタリーのタイトルを決めたよ。『ヴィンテージ２０４３』。当日はダイジェスト版を上映する予定だ」

男もうれしそうにうなずいた。準備段階から、彼らはすでに二年近く一緒に仕事をし、共に多くの困難を乗り越えてきた。訪問したワイナリーは千軒以上、数え切れないほどグラスを空けた。チームの誰もが熱狂的なワインの愛好者となり、良好なチームワークと兄弟の絆が育まれた。

「でも、世界の終わりが来るかもしれませんよ?」男が突然、ぼそりと言った。

「それより兄弟、飛行機の時間が来るようだよ」リーダーは戸惑ったように答えると、目を細めて口をゆがめ、漫画の猫〝ガーフィールド〟のような笑顔を残して去って行った。

マデイラ空港は山からも海からも近い位置にある。かつては経験豊富なパイロットでなければ着陸できないと言われたらしい。ある年、海を埋め立て、高さ七十メートルの支柱を百八十本立てて、海をまたぐように滑走路を作った。現在では巨大な旅客機も離着陸が可能となったが、それでも着陸の難度は依然として非常に高い。着陸時には山に向かって低空飛行し、最後の一分間で機体を九十度旋回して滑走路に入る。相当の度胸と豊富な訓練経験を持つ者にしかできない仕事だ。

「メリークリスマス！」心の中でつぶやく。

「メリークリスマス《フェリス・ナタル》！」それから英語で自分に挨拶を返す。

空港の売店で二〇二〇年産のテランテスのワインを一本買った。銀のペンキでロゴが手書きされたボトルは、ゲリラ部隊の戦車の塗装のように無骨だ。男はテランテスというブドウ品種の名を聞いたことがなかったが、実のところそれほど多くの品種を知っているわけでもなかった。

「午後にはこのボトルを持って彼女のホテルを訪ねよう」そう考えると笑みがこぼれた。「ついでに花束も買っていったら喜ぶだろうな」

この瞬間、男は、自分の心の中に、あの赤い髪の女の席がすでにあることに気がついた。どこかへ向かって走る列車の食堂車のテーブルに「予約席」のプレートが置かれたかのように。彼女のことが頭から離れず、どうしていいか分からない。まるで冴えない男子学生みたいだ。

こんなに動揺するのは、中学の時にダートムーア国立公園の森で道に迷った時以来かもしれない。男は思い出した。燃えるような夕焼け、空気のにおい、奇妙な鳥の鳴き声、口の中が渇いていく感じ、手に持った『蠅の王』のペーパーバックの重さ。あの時、頭の中ではずっと同じ考えがぐるぐる回っていた。「……僕を待ってる人なんていない。誰も助けに来ない。僕のいるべき場所はここだったのかもしれない」

「どうでもいい」男はつぶやくと、目の前の空中にいる何かを振り払うように、無意識に手を振った。免税店の女性店員はいぶかしげな目をして、ワインのボトルを保温袋に入れた。男はなぜか急に、あの女の暗示に満ちた言葉を思い出した。

――とにかく世界は滅亡する。それはまだ始まったばかり。

原註

＊1　ファド：ポルトガル語で「運命」「宿命」を意味する。ポルトガルの大衆歌謡。一八四〇年代のリスボンで生まれた。一人の歌い手がギターを伴奏に歌うスタイルが一般的。哀愁に富んだメロディと歌詞で、人生の無常を歌い上げる。

＊2　マデイラワイン：酒精強化ワインの一種。独特の製法により、ワイン界では一定の地位を占める。発酵時に酒精強化を行ったのち、太陽熱を利用し摂氏六十度での加熱熟成と酸化を経て、最後は樽で熟成させる。この製法により独特の風味が生まれる上に、開栓後も長期間、品質が保たれる。

＊3　ポートワイン：酒精強化ワインの一種。ワインの発酵が完全に終わる前にブランデーを加えて酵母の発酵を止めるため、果汁の糖分がそのまま残る。ポートワインにはさまざまな種類があるが、いずれも甘口で、食前酒や食後のデザートワインとして飲まれることが多い。

＊4　ボーロ・デ・メル：マデイラの伝統的な菓子の一種。蔗糖を使って作り、長期間の保存が可能で、通常は一年以上保存できる。通常、クリスマス前にたくさん作り、一年かけて少しずつ食べる。

第1章　長老

二〇五三年十一月一日
ピエモンテ州、トリノ

雨は一晩中、降り続いた。

目を開けると、カーテンの隙間から薄暗い光が差し込み、部屋には雨の日独特のにおいが充満していた。白い隙間から外を覗く。まだ雨が降っているのだろうか。よく分からない。細かい雨の糸が空中を漂っている気もするが、あまりに細かくて目には見えなかった。すでにやんでいるのかもしれないが、はっきりしない。昔、修辞学の授業で教授が言っていたことを思い出す。イヌイットが雪を形容する言葉をたくさん持つように、イギリスにはさまざまな雨を描写する言葉が数十種類もある。降っているようないないような、こんな雨を表す言葉もきっとあるはずだ。

私は部屋にただよう雨と酒のにおいを嗅いだ。音は何も聞こえない。窓の外はとても静かだ。壁に掛けられた、音の出ていない巨大なテレビの中では、唇の厚いモデル風の気象キャスターが、大きく目を見開き誘惑するような仕草で天気の変化を伝えていた。画面があまりにも大きいので、音がなくても十分な臨場感がある。私はジェスチャーで音量を最大に調節したが、やはり音は出ない。しかたなく字幕を表示させようとするが、英語の字幕がない。結局、イタリア語の字幕を選んだ。

キャスターの巨大で美しい指が、長靴を優しくなでるように、イタリアの各産地における今後三日間の降雨分布図の上を移動する。トレンティーノ＝アルト・アディジェ州からヴェネト州へ、さらにロンバルディア州とピエモンテ州へとしなやかに移動し、やがてエミリア＝ロマーニャ州、ウンブリア州、アブルッツォ州へ、アペニン山脈に沿って南下してバジリカータ州へ。字幕が次々に切り替わる。恐らくこんなことを言っているのだろう。「今年の気候は少し異常です。まるで奇跡のように、温室効果の影響を受けません。今後三日間は、南の地中海からの低気圧が東北内陸部の高気圧に引き寄せられ、アルプス山脈沿いの地域では時折雨が降る可能性があります。中部と南部の山沿いの地域では、朝晩は雲が多いですが、雨の降る確率は低いでしょう」やがて画面はピエモンテの各産地の地図に切り替わった。ガヴィ、ロエロ、ヴァッレ・ダオスタ、バルベーラ・ダスティ、バローロ、バルバレスコ。これらの産地には雨雲のアイコンが表示される。キャスターはカメラ目線で人差し指を立て、セクシーな厚い唇の横で警戒を促すジェスチャーをしたあと、金魚のように大きく口を開いた。たぶんこう言ったのだ。「すでに十一月も半ばですが、ピエモンテ州北部の高地、西向きの傾斜地の畑でまだ収穫を終えていないワイナリーは、ブドウの収穫時期に注意してください」

巨大でセクシーなイタリアの気象キャスターの姿を無音で見ていたら、洞窟の底でアダルト版の『不思議の国のアリス』を見ているような感覚に陥った。

ブドウの収穫期はいつもこうだ。旧世界の各国のワインチャンネルでは、天気予報が一時間から二時間も放送される。テレビでは、気象専門家や醸造学の教授、評論家から占い師に至るまでが自身の見解とうわさ話を語り、それに視聴者の意見や世論調査の結果を交えて放送される。統計によると、天候が明らかに良好または不良だった年は、ワインの価格や品質、最適な醸造対策についての議論が盛んになり、株価と政局は安定する。一方、天候がよかったり悪かったりと不安定な年には、産地の人々の多くが気をもみすぎて神経質になり、体を壊して入院する者が多くなるという。

テーブルの上には飲みかけのワインが二本ある。一本はバルバレスコのネッビオーロ、もう一本はドルチェットがメインの混醸だ。リーデル[*1]のグラスには乾いたワインがこびりつき、うっすらとピンク色になっている。私は二本のワインの味をはっきり覚えていた。ドルチェットのほうはスモモを思わせる香りで、新鮮で豊かなブラックベリーの風味。同時に、気取った若者のようなぎこちなさも感じた。オフィスビルに向かうためにおろしたての服に着替えたような雰囲気だ。もう一本のほうはネッビオーロの特徴が色濃かった。重厚感と力強さがあり、バラやベリーの香りが豊かで、嫌みのない湿った土の香りがある。余韻は長く、後味がいい。いずれも認証を経て、品質はＢＰＡ97級以上の基準を満たしている。

ワインの味は覚えていたが、どんな飲み方をしたかはまったく思い出せなかった。ふだんの私なら、先にドルチェットを飲むだろう。味わいのグラデーションを楽しむには、そのほうが理にかなっている。『ワインの飲み方ハンドブック』もそのように提案している。あるいはネッビオーロを先に飲んだ可能性もある。私は昔から強心剤のような力強さのあるワインが好みなので、ネッビオーロを最初に飲むのも悪くない飲み方だ。だがもしかすると、二本を同時に開けて交互に飲んだのかもしれない。異なる味わいと喉ごしで、味蕾《みらい》をいたぶるのだ。もっと言えば、二種類のワインを一つのグラスにつぎ、自分が求める味に調合して飲んだとも考えられる。『ハンドブック』の提案にはまったく反しているし、私もめったにそんなことはしないのだが。

私は残ったネッビオーロのにおいを嗅いだ。少し薄れてはいるものの、ベリーとバラの香りはまだ残っている。フランスの木樽のかすかな香りと混ざり合い、曇り空の休日に森の小屋で過ごす退屈な一日を思い出させた。

今日の任務はバローロのカスティリオーネ・ファレット村にあるワイナリーで、緊急の検査をおこなうことだった。イタリアのワイナリー、いや、正確には世界中のすべてのワイナリーは、モンテスキュー・グループの《健康管理保護契約》にサインしている。モンテスキュー・グループには毎年、全世界で栽培されるブドウの品種、品質、数量のデータが集まり、その情報はEUやイタリア農林省、ひいてはピエモンテ農林庁よりもはるかに正確だと言われている。

健康管理保護契約の内容は、ブドウのGV9ウイルス感染を予防するため、モンテスキュー・グループが不定期に顧客のブドウ樹にKN100ワクチンを接種する、というものだ。具体的には、グループから派遣された検査チームが世界各地のブドウ園を訪問し、顧客のブドウにおけるKN100ワクチン効果の低減度を確認、再度接種をおこなう。定期的な接種が難しいのは、ブドウひと株ごとに細胞分裂の速度が違うためだ。ブドウ樹の細胞分裂が所定の基準を超えると、KN100ワクチンの効果は徐々に低減する。

その状態になると、ブドウはGV9ウイルスに感染する可能性がある。感染してしまうと治す方法はなく、株を抜いて植え直すしかない。新しく植えた株から安定的に収穫できるようになるまで五年はかかる。ワイナリーにとっては五年から十年単位での損失となる。感染したのが高樹齢の株なら、損失は計り知れない。それゆえあらゆるブドウ園が、リスク回避のため、私たちと《健康管理保護契約》を結んでいる。

一般的な二人一組の検査チームの場合、通常は一日におよそ二カ所から四カ所のブドウ園を回れるが、大きな農園なら一日がかりでも検査が終わらないこともある。検査は春の発芽から秋の収穫前まで、つまり冬を除いた春夏秋三つの季節にわたっておこなう。北半球が冬の間は南半球が仕事場になる。通常、十一月のこの時期には、すでにヨーロッパの検査チームが続々とアフリカや南米に旅立っている。

レンタルした車は小型の自動運転車だ。中には高いフォールトトレランス性能を持つ《ドライブアシスタント》が搭載され、操作パネルはない。ディスプレイ上に映る青い制服を着たあごの細い《アシスタント》と意思疎通をはかるためには、できる限り標準的なイタリア語を話す必要がある。彼女に何度か目的地を告げ、ナビと自動運転の設定を終えると、《アシスタント》は落ち着いた魅力的な声でゆっくりと免責条項を読み上げた。車は北方のゆるやかな山と丘陵に向かって走りだした。

世界各地のレンタカーに搭載された《ドライブアシスタント》がすべて女性の声なのはなぜだろう。なぜ男性の声や機械の合成音声ではいけないのか。私が男だから女性の声で話すのか、それとも初めから女性の声しかないのか。読み上げられる免責条項を聞きながら、私はいつもこの問題について考えていた。

ピエモンテ州はアルプス山脈の麓《ふもと》に位置する。延々と続く日当たりのよい丘陵には、歴史あるブドウ園がいくつも存在する。標高は約四百メートルから八百メートル。この地方の「ランゲ」という地名はラテン語で「舌」を意味する。舌のように延びる丘陵の形状からついた名だ。バローロとバルバレスコの産地として特に有名で、イタリアで最も重要なワイン産地とされる。

雨の予報は当たらなかったが、山には深い霧が立ちこめていた。ネッビオーロの収穫期にはよくある天気だ。昼過ぎには晴れるだろう。山道が少し濡れているところをみると、昨夜は雨が降ったに違いない。

ピエモンテの秋はとても気持ちがいい。ゆるやかな丘陵にブドウ棚が整然と並ぶ。ここは古代ローマ時代からブドウの産地だったといわれるが、文献に記録が残っているのは十三世紀以降だ。フィロキセラの虫害に襲われる以前、この地ではネッビオーロの栽培が盛んだったが、虫害のあと再び栽培を始められたのは自然条件に恵まれた一部の土地に限られ、現在ではネッビオーロの栽培面積はピエモンテのブドウ畑全体の六パーセントにとどまる。それでも、イタリアで最も重要なブドウ品種であることに変わりはない。晩熟のネッビオーロは栽培が難しく、要求される条件も高いため、品質がなかなか安定せず、生産量も多くない。

美しき自動車の町トリノから目的地までの所要時間は約五十分。カスティリオーネ・ファレット村は景色のいい丘にあり、村を取り囲む急斜面にブドウ畑が広がる。《ドライブアシスタント》に、車を路肩に止めるよう指示を出したが、車は一向に止まろうとせず、もう一度言えと要求してきた。仕方なく、私は自らブレーキを踏み、手動で停車した。クライアントと会う前にブドウ畑を見ておくのが、私の仕事における長年の習慣だ。車を降りて畑を見回す。空気は冷たく、私は思わずコートの襟を持って前を合わせた。道の両側のブドウ畑に人の姿はなく、樹には実もなっていない。すでに収穫を終えているのだろう。昨夜の雨の影響は受けずに済んだようだ。

車に戻ると、まだ目的地に着いていないとひたすら訴え続ける《ドライブアシスタント》のスイッチを切った。彼女には少し黙っていてもらおう。そこからは自分で車を運転し、ワイナリーへの坂を上った。このワイナリーは村に近い山の上にあり、周囲のブドウ園を一望できる。ワイナリーの赤っぽい建物はオレンジ色の瓦に覆われ、壁にはツタがはっている。その外観は巨大な複合建築で、数棟の異なる形状をした建物が連なり、四方は整然とした塀に囲まれている。一見すると、まるで要塞のようだ。前庭、中庭、裏庭があり、鐘塔と二基の望楼まで備えている。

入り口に看板のようなものはなく、石を積み上げた低い壁に、オオカミと星をあしらった盾型の紋章が掲げられている。入り口に立つ黒いスーツにサングラス姿の二人の屈強な男たちに来訪の趣旨を伝える。二人は私が持ってきた機器と車を確認すると、無線で中に確認を取ってから、ようやく門を開けて中に通してくれた。私が駐車場に車を止めると、二人の屈強な男が再び現れ、ワイナリーの前庭へと案内してくれる。二人ともイタリア製の黒いスーツにサングラスを身につけ、身長も肌の色も表情も体格も、まったく同じように見えた。ロボット兵士のように背筋をぴんと伸ばして歩き、体は筋肉質で引き締まっている。一見、何も持っていないように見えるが、いつでも武器を取り出して戦えそうな雰囲気がにじみ出ていた。

ワイナリーの前庭の両側にはイトスギが整然と植えられている。青々としたイトスギはまるで鉛筆のようにまっすぐだ。その間に広がるのは作り物のように鮮やかな緑色の芝生。緑色の布に覆われた彫像のようなものもいくつか見える。ふと目をやると、背の高い男性が建物のそばの椅子に座り、タバコを吸っているのが見えた。シャツの上に上質なベージュのカシミヤセーターを重ね、赤と緑のツイル地のネクタイを締めている。髪には白髪が混じっているが、目つきには力強さがある。ラフだが品のある装いからは、世慣れていて温厚な人物、といった風情が感じられた。古いオーク材のテーブルの上には、摘んできたばかりと思われるブドウが入ったカゴと、一本のワイン、いくつかのグラス、灰色の帽子とコート、散乱する紙とペン、淡いグレーの花柄の木綿のナプキンと、イタリアのタバコ〈ＭＳ《エンメエッセ》〉が置かれている。

二人の屈強な男に連れられて、男性のそばへ行く。男性が手を振ると、二人は私たちから少し離れた所に立った。どうやらここの警備は非常に厳重らしい。事前に資料を見て調査をしていなければ、ここはワイナリーではなく薬物の工場で、目の前にいるのはマフィアのボスか、どこかの国家元首だと勘違いしたかもしれない。

私は少し緊張して男性と握手し、紙の名刺を一枚渡して簡単に自己紹介した。

「おや、モンテスキュー社の方ではないのだね」

「我々はモンテスキュー・グループに買収されたコンサルタント会社です。モンテスキュー・グループのヨーロッパ地区の顧客に対するコンサルティング業務と健康管理のデータ分析を請け負っています」私は名刺の隅にあるモンテスキュー・グループのロゴを指しながら答えた。

「君はイタリア人じゃないね？ それにしてはイタリア語がうまい」

「ありがとうございます。以前スペイン語を学んでいまして、イタリア語も多少は話せます」

男性の名はジャコモ・ポゼッコ。このワイナリーのオーナーだ。ピエモンテ出身で、イタリアの国会議員を務めたこともある。複数のワイナリーと一つのプロサッカークラブを所有する。彼の一族は、昔から現在に至るまでイタリアで強い影響力を持つ。彼自身、イタリアワイン協会のトップ、またイタリアのワイン一族の長として、業界内で非常に高い地位にある。この数十年のイタリアワイン業界における伝説的人物だ。イタリアでは彼を名前で呼ぶ者はいない。誰もが尊敬の念を込めて「長老」あるいは「ドン・ポゼッコ」[*2]と呼ぶ。

長老が提唱するイタリアの《ワインルネサンス》はイタリアの伝統的ブドウ農家に広く支持された。北イタリアでは特にそうだ。《ワインルネサンス》の理念に関する彼の名言は、たびたびメディアに引用される。いわく「新しくてすばらしいものが世界にはたくさんある。だがワインはその限りではない」「ワインはアルコール入りの香料でも、化学合成された果汁飲料でもない。自然かつ伝統的な製法で作り続けるべきだ」「この時代のワイン産業に必要なのは、前を向くことではなく、後ろを振り返ることだ」

長老はコンピュータ制御による生産の自動化や遺伝子操作技術の導入に反対している。アメリカやイギリスの多くのメディアや評論家は、この《ワインルネサンス》を「ワインのラッダイト運動」[*3]あるいは「ワインの復古運動」と呼び、長老の主張は産業の進歩を妨げるもので、ワインの製造コストも高すぎるため市場の主流にはなりえないと評した。長老本人はこれらの批判を意に介さず、批評家たちを「畑に入ったこともない素人」と呼んだ。

長老自身はイタリアのワイン産業のイノベーション精神を高く評価している。《スーパータスカン》のワイン——特に、名前の最後に「AIA」がつく〈ソラリア〉〈オルネライア〉〈サッシカイア〉が好きだと語っていたこともある。彼の一族はフィレンツェの由緒ある名家と親交が深く、その交友は彼の曾曾曾祖父の代から続いているという。また私は、長老がバローロ地区で長年続く新派と旧派の争いにおいて、一貫して中立的立場を取り、双方のワイナリーと良好な関係を保っていることにも注目していた。ネット情報と報道を総合して見る限り、長老はかなり個性が強く頭の切れる人物のようだった。

長老は目の前のコーヒーを指して言った。「エスプレッソにグラッパ・ディ・ネッビオーロ*4を加えたものだ。一杯いかがかな?」

「いえ、ホテルで飲んできましたから」エスプレッソにグラッパを入れて飲む、しかも朝からなんて考えたこともなかった。

「イタリア人はエスプレッソを飲まないと一日が始まらない」長老は笑った。「もちろん私も例外ではないよ」

「道中お見かけしたのですが、もう収穫を終えられているようですね」私はテーブルの上のブドウを指して言った。「拝見しても?」

「もちろん。今年は不思議なくらい涼しくて、百年前に戻ったかのようだった。こちらは昨日の午後に収穫したものだ」長老は別の器に入ったブドウを差し出した。

私は持参したケースを傍らの椅子の上に置くと、ポケットから手持ちの分析器を取り出し、ブドウの汁を数滴絞って垂らした。醸造用ブドウとネッビオーロの項目を選択すると、モニターの右上に測定結果が表示される。糖度も酸度も申し分ない値だ。続いてモニターには糖含量、総酸度、リンゴ酸、クエン酸、酒石酸、総滴定酸、総還元糖、推定アルコール度数など、数十の数値が表示された。それからブドウの汁を数滴口に含んで味わい、最後にブドウの粒を皮ごと口に入れて咀嚼したあと、皮を吐き出した。

「いかがかな？」長老が面白がるような顔で私を見る。

「成熟度も味の深みもすばらしい。伝統的な醸造法でワインを作れば、最高の出来になるでしょうね」私は心からの賛辞を送った。

「試験管でのバイオ研究が専門なのに、そんなことまで分かるのか」長老が私の分析器を手に取る。こういうツールを見るのは初めてのようで、表示されたデータを物珍しそうに見て笑っている。

「毎日ワインを飲みますからね。飲み続けていれば分かります」私は冗談めかして答えた。

「本当に？　マクドナルドを食べ続ければ牛の育て方が分かるなんて話は聞いたことがないが」長老はいぶかしげだ。

「ハハ。実は私が子供の頃、わが家はサンタ・リタ・ヒルズＡＶＡでブドウ栽培をしていたんですよ。だから多少の知識はあります」

「どこだね、それは？　チリか？」長老は脚のないグラスを取り出し、やかんのような形の酒器から私にワインをついでくれた。「うちの去年のワインだ。樽から出したばかりだよ」

「ありがとう」私はグラスを持って掲げると、小さく口に含んだ。「サンタ・リタ・ヒルズはカリフォルニア州南部にあります。ロサンゼルスの西、海寄りの高地です」

「カリフォルニア南部なら暑いだろう。栽培していたのはアメリカのプリミティーヴォ[*5]かね？」

「いいえ、実は海風のせいでいつも涼しいんです。うちではピノ・ネロ[*6]を植えていました」

長老がうなずく。「我々もランゲの数カ所でピノ・ネロを植えている。I．G．T[*7]の中でも有名なのはバルベーラとピノ・ネロのブレンド。ティモラッソという白ブドウを混ぜることもある」

「初めて聞きました」私は言った。イタリアで栽培されるワイン用ブドウ品種は千種以上ある。ピエモンテでもピノ・ネロを育てているとは聞いたことがなかった。

「どうだね、うちのワインは？」

私はグラスを揺らし、もうひと口飲んで言った。「濃厚でしっかりした口当たり、草原で強く握りしめた拳のような、少し緊張感のある天然の野性味。こんなに原始的で力のあるネッビオーロの味わいは初めてです」

長老は私をじっと見つめると、自分のグラスにもワインをついでひと口飲み、うなずいた。ワインを愛する者はみんなこうだ。誰かがワインの味を描写すれば、それを聞いた者は無意識にグラスを手に取ってひと口飲み、その味わいを体験してみるのだ。

「よく分かるよ」長老は喜んだ。「見事な描写だ。とても印象深い」

「いにしえより『ワインの王、王のワイン』と称されるだけある。その名に恥じぬ味わいです」私はさらに称賛した。ここまで言うとお世辞に聞こえてしまうかも、とも考えたが、実際に感じたことを正直に言ったまでだ。

「すばらしい《モルトベーネ》！　では本題に入ろうか」長老はグラスを置くと、ナプキンで口元をぬぐった。

「私はイタリアとスペインの顧客のコンサルティング責任者です。昨日、弊社のイタリア支店で、あなたが私をお呼びだと聞き、急いで駆けつけました」実は、さらに南米と南アフリカの顧客も担当しているのだが。

　私の話を聞いた長老の表情が険しくなった。椅子の背もたれに体を預け、両手をひじ掛けにゆったりと乗せている。朝の日差しが左後方から差し込んでいる。長老は眉をつり上げ、まばたきもせず私の表情を観察すると、低い声で静かに言った。「実は今回、協会の幹部数人からの推薦で、君に来てもらったんだ。君はイタリア人ではないし、その上……しかし彼らは君を信頼に足る人物だと考え、仕事を高く評価している。我々も君とさらなる協力の機会を求めている」

「お褒めにあずかり感謝します」私は丁重に礼を言った。その瞬間、非現実的なデジャブを感じた。ゴッドファーザー的な映画に、こんなシーンがあったような気がする。

「君を推薦したのは誰だか分かるか？」長老が聞いた。

「分かりません」私は率直に答えた。仕事柄、イタリアのワイン業界や各産地の同業団体の知り合いは多いため、推薦者が誰かなど見当もつかない。

　長老は何か考えている様子で、ゆっくりと四回うなずいた。「君の専門はバイオテクノロジーだと聞いていたが、ワインにも詳しいとは、実に助かるよ」

「バイオテクノロジーの知識は仕事のごく一部です。この仕事は、ブドウ栽培からワイン醸造まであらゆる過程を理解する必要がある。土壌、気候、品種、栽培、そして醸造技術。ワイナリーの専門用語も熟知していなければなりません。そうでなければこの仕事は務まらない」

「ワインの味も分からないとな。そうだろう?」長老は笑ってグラスを掲げ、ひと口飲んだ。

「はい。すべての顧客のワインを飲みました」私もグラスを掲げて笑った。「この仕事の最もすばらしい点です」

「モルトベーネ！　君とは日を改めてじっくり飲みたいものだ」そう言うと長老は立ち上がり、椅子にかけてあったコートを着ると、私に一緒に来いと手で合図した。

ワイナリーの中に入ると、そこは古い大広間だった。ワイナリーというより教会のような作りだ。天井の高い、広々した空間があり、室内には時代の異なる装飾と生産用の簡単な案内板がある。専用の豪華な試飲室も記念品の売店もなく、空間の大半は巨大な醸造設備とステンレスタンクで埋まっている。よくある自動化生産ラインや作業ロボットは、ここにはない。現場では農家の人たちが巨大な除梗機《じょこうき》を操作しているのが見える。イタリア人特有の大きなかけ声が響き、広間はとてもにぎやかで、活力に満ちていた。収穫された大量のブドウが、コンテナから、無数の穴が開いた伝統的な除梗機へと移され、ぐるぐると転がっていく。茎が取れたブドウからは赤紫色の汁が流れる。空気は湿り気を帯び、あちこちからブドウ果汁と根や茎のにおい、発酵臭が漂ってくる。

長老が立ち止まり、大型のステンレスタンクの上にいるひげ面の男に話しかけた。オーバーな手振りで、イタリアの街角で見かけるイタリア人たちと同様、ケンカしているような口調で会話している。ベストを着たひげ面の男はやや興奮気味に大きな身振りでステンレスタンク内を指さし、両手でOKのサインを出しながら、バランスを崩して落っこちそうになっていた。

イタリア人男性たちが会話する時の表情を観察していると実に面白い。まるでフェリーニの映画を見ているようだ。以前、ヴェネツィアの水上バスに乗った時には、おしゃべりするイタリア人男性の表情や手振りを眺めていたら、つい乗り過ごしてしまった。

「今年は神の恩恵にあずかった一年だった。必ず最高のワインができる。だからみんな興奮しているんだ」長老は少し恥ずかしそうに笑いながら言った。「私たち農民はみんなそうだ」

「当然ですよ、分かります」私は言った。子供の頃のカリフォルニアでも、ブドウの当たり年にはワイナリーのみんながそんなふうだった。


作業エリアを通り過ぎ、回廊を進む。突き当たりに石の標識があり、ラテン語で「Ablutio」と刻まれている。身を清めよ、という意味だ。傍らにある石造りの手洗い場は相当古い時代のものらしい。回廊がある裏庭は外部から遮断され独立したスペースになっている。塀の内側では、緩い斜面の小さなブドウ畑を低い植え込みが囲んでいる。畑の真ん中には十字架が刻まれた石碑が立っている。朝の陽光に照らされた厳《おごそ》かなたたずまいに、宗教色が感じられる。畑に密集して植えられたブドウはすべて収穫済みのようだ。数えてみると、ブドウ棚は十三列、各列に十二株、合計百五十六株が整然と植えられている。三株から一本のワインとして計算すると、このブドウ畑の生産量はごくわずかで、年に五十本程度。標準的なボルドー樽*8一つ分にも満たない。

「このワイナリーは、中世の時代には修道院だった。この裏庭ではベネディクト会がブドウを栽培していたのだ。何度も奇跡が起きた、神聖な土壌だと伝えられている」長老が語る。

「我々一族はメディチ家を通じてこの土地を購入した。それ以来、この裏庭に入る時は必ず身を清めるという習わしを守り続けてきた。何百年も、ずっと」

長老に促され、丁寧に両手を洗い、靴にカバーをかけ、すべての機器を紫外線で消毒してから庭に入った。長老は私についてくるよう合図すると、畑の真ん中にある十字架の前へ進んだ。胸の前で、右手で十字を切り、頭を下げて祈りをささげる。小声でいくつかの言葉をつぶやいたあと、頭を上げた。

「わがブドウ園〈十三農園《トレディーチ》〉へようこそ。ここはうちのワイナリーで一番小さな畑だ」長老は言った。「南向きで日当たりのいい斜面は、年間の日照日数二百六十日以上。北部の山地からは涼しい風が吹く。石英砂岩層と古代海洋生物の骨が堆積した石灰質の地層。バローロのどこを探しても、これほど恵まれた条件の土地はない」

「全部ネッビオーロですか？」

「もちろん。いずれも平均樹齢五十年以上の古樹だ。最も原始的なネッビオーロ種で、よくあるミケ、ランピア、ロゼといったクローン種ではない。ジェレという名の古来種で、世界最高のネッビオーロと言ってもいいだろう」長老の口調は自信に満ちていた。

「ここのブドウの何を検査するんです？」

長老はうなずきながら答えた。「《大消滅》が発生した年、当時のワイン職人がここのブドウにKN100ワクチンを打った。その後は一度も検査をしていないし、ワクチンも打っていないが、ブドウ樹に問題は見られない。それで、ここの樹にはまだワクチンの成分が残っているのかどうか、そして現時点でGV9ウイルスに感染していないかどうかを知りたい」

「なるほど、分かりました」私はしっかりと三回うなずいた。

「特に、ＫＮ１００ワクチンを作り出したのは君たちモンテスキュー社だ。正確に検査できるのは君たちしかいない」長老がつけ加える。

　私はまたうなずいて了解の意を示し、検査機器の入ったアルミ製のケースを地面に置いて開けた。ケース内に固定された機器はネットワークに接続していない。ケースの上部はタッチパネルのモニターになっており、下部は遠心分離機と解析器、後者は試料採取器の本体を通じて、手持ちの採取器に接続されている。掌紋認証で電源を入れ、パスコードを入力する。解析器の内部の温度がマイナス七十度前後になるのを待って、銃のような形の採取器を取り出す。ブドウの木質部に探針で〇・一ミリにも満たない小さな穴を開け、一かけのサンプルを採取する。三株に一株の間隔で三十八株のブドウを選び、針を交換しながら繰り返しサンプルを採取して、最後に採取器を本体に戻した。

　その間、長老はポケットに手を入れたまま、タバコを取り出して吸うこともせず、畑の中を忙しく動き回る私を黙って見ていた。穏やかな風が吹く山はとても静かで、鳥の鳴き声すら聞こえない。採取器を戻してから、長い時間が過ぎた――そう感じたが、実際には一分にも満たないだろう。モニター上にいくつもの数字と分析表が表示され、解析器のＫＮ１００を示す赤いランプが点滅した。

　私は数字を見てしばし呆然とした。すべてのサンプルのＧＶ９Ｘ１およびＧＶ９Ｘ２ウイルスの含有量は一〇〇〇万分の一以下。基準値をはるかに下回り、迅速検査の結果は陰性、つまりウイルスには感染していないことを意味する。ＫＮ１００ワクチンの成分の含有量は一〇〇万分の二以下、こちらも設定値より低い。つまり、ブドウ樹にはKN100ワクチンの成分は残っていなかった。

「結果は?」長老が言った。

「ワクチンも、ウイルスも、病気もありません」私は長老に見えるようにモニターを立て、表示されたグラフを示しながら言った。「このデータは、すべてのサンプルにKN100ワクチンの成分が含まれていないことを示しています。同時にGV9ウイルスにも感染していない」

「よくある結果なのか?」

「こんな結果は初めてです。隔離された温室の中で育てない限り、ありえません」とても信じられなかった。

「検査は正確なんだろうね」長老は納得していないようだ。

「迅速検査ですが、精度も正確度も非常に高く、誤差率は〇・一パーセント以下です」実際、高速鉄道の時刻表よりはるかに正確で、誤測定したケースを私は見たことがない。

「神よ、わが農園に対するご加護に感謝します。神も美酒が生まれることをお望みなのだ」長老はうれしそうに言った。私に待てと合図すると、私の後ろにある十字架の石碑の前へとゆっくり進み、黙禱をささげたあと、短く感謝の言葉をつぶやいた。恐らくイタリア語、いや、ラテン語かもしれないが、小声だったので何と言っていたのか正確には聞き取れなかった。私はただ、後ろでじっと待つしかなかった。

「あの、サンプルを持ち帰って、さらに精密な検査をしましょうか?」私は言った。

「もう十分だ。ここのブドウ樹を外に持ち出してはならない。ほんのわずかであっても。これはわが一族にとって、いにしえより続く神聖な誓約なのだ」長老は言った。「だから、わざわざ君に来てもらって検査を頼んだのだよ」

　私は尊重の意を込めてうなずくと、三十八本の探針を透明なジップつきのポリ袋に入れて長老に手渡した。長老は慎重に数を数えると、私にデバイスのデータを削除するよう求めた。少々やりすぎのようにも思えたが、私は要求に応じ、一時間かけてデータを削除した。ＥＵはモンテスキュー・グループと顧客に競業避止契約と秘密保持契約を結ぶことを求めている。顧客のデータとブドウ樹のＤＮＡサンプルは厳密に保護されねばならず、違反すれば莫大な罰金を払わなくてはならない。

　近年、モンテスキュー・グループが世界各地の優れたブドウ品種のＤＮＡを収集し、コピーしているという噂が絶えない。特にヨーロッパの顧客の多くは、ブドウ樹のＤＮＡを営業秘密とみなし、ＤＮＡサンプルの外部持ち出しを禁じている。

「削除が完了しました」検査機器のモニターを見せると、長老は満足げにうなずいた。

「ところでお若いの、サンプルの採取時に気がつかなかったかね？」長老は言った。「うちのブドウ園ではフィロキセラが発生したことがない。元来の根系をそのまま保っているんだ」

「本当に？　ありえない」私は言った。どんな古樹にも、フィロキセラ被害を防ぐための接《つ》ぎ木の痕跡があるのが普通だ。私はしゃがみ込んでブドウの茎と根を詳しく調べたが、ここのブドウ樹には確かに接ぎ木の跡がない。どの株を見ても同じだった。

　これもまた、信じがたい奇跡だ。数百年もの間、守られ続けてきた奇跡。

「ここの土壌や水には、何か特別な成分が？」考えうる理由はそれしかない。

「ハハ、私にも分からないよ。それに関して特別な研究をしたことはないからね」

「では、栽培方法が特殊なのでしょうか」

「このブドウ畑では何百年も、化学農薬は使わず、遺伝子操作もおこなっていない。製造したワインにも二酸化硫黄を添加していない。我々が作っているのは、栽培から醸造まで、純粋かつ天然の製法を採用した自然のワインなのだ。よく言うだろう。『ワインを作るのは神だ。我々は代わりにその作業を担っているにすぎない』と……」長老は続けた。「ここで作ったワインは販売していない。昔から、バチカンのローマ教皇のミサで使われている」

「なるほど。それはすばらしいですね」私はうなずいて賛同を示す。

「君にも一本、進呈しよう」長老が私に目くばせする。「ただし、一つ頼みがある」

「感謝します」思いがけない幸運に、私は大喜びした。「私にできることでしたら、何なりと」

「ここでの検査結果は決して口外しないでほしい。誰にも話してはならないよ。誰にもだ。分かるね？」長老が再び、先ほど前庭で見せた険しい表情に戻る。両目でじっと私を見据え、低い声でゆっくり言った。「この場で約束してくれ」

「約束します」少し考えて、私は答えた。これは特に奇妙な要求ではない。もともとモンテスキューと顧客は秘密保持契約を結んでおり、顧客の栽培方法や検査内容、醸造方法や営業秘密について漏洩することは許されない。口外しないのは当然のことだ。

「ありがとう、お若いの」長老はうれしそうに私の頰を軽く叩いた。なぜか突然、ある友人が産地協会に入った時に経験したという謎めいた儀式の話が頭に浮かんだ。

思わず片ひざをついて長老の手にキスしそうになった。

長老と私は回廊へ戻ると、小さな門をくぐった。角を数回曲がったあと、顔認証システムが装備された金属製の扉を開ける。中は天井が高く、静かでがらんとした空間だった。部屋の壁は明るい黄色で、天井は白く、床は乾いた土の地面だ。その上に、二人が並んで歩けるほどの幅で、部屋を左右に分けるように石畳が敷かれている。両側の地面には丸いフタのようなものがいくつも埋まっている。左右対称に並んだフタにはそれぞれ太い鉄の鎖と大きな錠前がついている。密かに数えてみると、全部で四十八個あった。鉄格子のついた三つの小さな窓から、太陽の光が淡く差し込んでいる。部屋の奥の壁に飾られた木製の十字架と、その下の祭壇に置かれた十数箱のワインがなければ、放射性廃棄物の秘密の保管場所だと思ったことだろう。

「蜜蠟を塗った、中央アジアとラマンチャ地方の酒がめだよ。かめの口だけ地面から出してある。最も古いもので数百年の歴史がある」長老は周囲の地面を指しながら小声で言った。「これは我々の醸造方式の一部分だ。陶製のかめの中、六カ月間の浸漬をおこない、それから大樽に入れて三年以上おく」

「目からうろこですね」私は大いに感心した。

つやつやに磨かれた石畳の上を歩きながら、長老が言った。「古い製法でね、やっている所は少ない。古代ローマの作家コルメラが書いた十二巻の巨編『農事論』の中でも言及されている。通気性の高いかめを使って浸漬をおこなうことで、ブドウ本来の濃厚な風味が感じられるワインになる。かめを使った醸造法について聞いたことは？」

「有名なのはイタリア東北部の一帯で作られるオレンジワインですね。中国の南方でもかめで熟成させる穀物酒[*9]があると聞きます。『酒類百科全書』で読みました」私は答えた。

長老は笑いながら、傍らにある木箱の一つを開け、ワインを一本取り出して私に手渡した。花の模様が浮き彫りになった鐘型のボトルで、ラベルはない。手作りと思われるボトルの表面には、錆の出た黒っぽい鉄製のコインが不規則に埋め込まれ、紋章のようなマークがついている。ボトルの背面にはレーザーで何かの番号のような「０７２３」という数字が刻印されている。産地表示や生産年、アルコール度数、ＢＰＡ認証といった情報は何もない。ボトルの口は白い蠟で封印され、ゴシック調の字体でＣの字が刻印されている。

「これを君に進呈しよう。わがトレディーチ農園のワインだ。君の貢献に感謝の意を表して」

長老が言った。

「ありがとうございます」極上の宝を手に入れた気分で受け取る。

「飲み終わったらボトルを割って、表面のコインを外して上着のポケットに入れておきなさい。落としてはいけないよ。このコインは……いつかきっと役に立つ」

「心から感謝します」私は言った。とても理由を尋ねられる雰囲気ではなかったので、礼を述べるにとどめたが、きっと質問したくてうずうずしているのが顔に出ていただろう。

「自動販売機に放り込みさえしなければ、それでいい」長老は笑って私の肩を叩き、私の体を引き寄せるようにして一緒に歩きだした。

私たちはコインの埋まったワインを持って作業場へと戻った。先ほどのひげ面の男は腰に手を当て、除梗機を操作している職人と話をしていた。長老が来るのを見ると両手を広げ、オーバーに口と手を動かして「どうでした？」と尋ねる仕草をした。長老が笑って親指を立てると、ひげ面の男は大喜びして、足を引きずりながら飛んできて長老に抱きつき、笑いながらイタリア語で、大声で叫んだ。「分かってましたよ。神に感謝します。ええ、分かってました」男は見るからに興奮していた。やけどのような手の傷まで赤くなっている。彼らはロンバルド語と早口のイタリア語を交えて会話していた。騒々しい機械音が聞こえていなければ、イタリアがサッカーのワールドカップで優勝したと勘違いしたかもしれない。

「方言を使うことを許してくれ、あまりにうれしかったものだから」長老が言った。

「かまいませんよ。本当に喜ばしいことですから」私は答えた。

長老が私たちを互いに紹介した。ひげ面の男は地元の生まれで、イタリア語でひげという意味の〝バッフィ〟と呼ばれている。三年前にワイナリーの醸造責任者となり、ブドウ栽培から醸造まですべての責任を負う。ひげ面の男は私にちらりと目をやり、手にしたボトルを見て、わずかに困惑したような表情を浮かべたものの、何も言わずうなずいた。少し照れたように、恐る恐る私と握手をすると、長老に方言で何か言った。

長老はひげ面の男に、仕事に戻るよう指示した。現在、ブドウは低温での浸漬の段階に入っている。この時期は非常に忙しく、のんびり話している時間はない。長老は別の職人を呼んで私のコインのボトルを木箱に入れさせ、さらにワイナリーのリゼルヴァ（通常の熟成期間より長く熟成したワイン）を二本用意して私の車に運ぶよう指示した。私と長老は再び庭園の椅子に戻って座った。

「大勢のワイン職人を見てきたが、あいつにはまさに天性の才能がある。私はあいつが生まれた時から知っているんだ。あいつの家は代々、ブドウ栽培を手がけていてね、思い描いたとおりのブドウを育てることができる。あの家の者たちはブドウ樹と話ができると言われているんだよ、本当かどうかは知らないが」そう言って長老は大笑いした。

「ハハハ、本当ですか?」私は半信半疑だった。イタリア人はよくこういうことを言う。

「君はバイオテクノロジーの専門家なのに、奇跡を信じるのか?」長老はテーブルの上の酒器からもう一杯ついでくれた。

「信じがたいことですが、見た以上は信じるしかありません。この農園で起こったことは間違いなく奇跡です」私は少し興奮気味に答えた。

長老は、歩き始めた幼子を見るような目で私を見て、笑いながら言った。「これも科学だよ」

私はぽかんとして言葉につまり、詳しく説明してほしいと表情で訴えた。年長者と話す時、こういう場面ではあまり余計なことは言わず、相手が話し出すまで待つほうがいいことを、私は知っていた。

「私は奇跡も科学も信じている」長老は言った。「科学研究者に、このブドウ園の風土やブドウ品種、地球の磁力、宇宙の星、DNAといったものを分析させれば、必ず科学的に合理的な原因が明らかになることだろう。だが同時に私は信じているのだ。この科学的な好条件をわがブドウ園に出現させたことこそが、神の采配であると」

私はうなずいて同意した。人類のあらゆる文明は、偶然であれ必然であれ、神の采配によって誕生したものだ。現在の奇跡は未来の科学かもしれない。

「バイオテクノロジーは神の領域を侵している、人類が神に取って代わろうとしているとよく言われる。だが私はそうは思わない。もし本当に人類が一線を越えてしまったなら、相応の罰を受けるはずだ。人類には神になれるほどの能力はない。バベルの塔もそうだったろう?　天、に近づこうとする人間の傲慢さに神は怒り、異なる言葉を与えて互いに通じないようにした」長老はグラスを取ってひと口飲んだ。「ただの寓話《ぐうわ》だが、これこそが神の采配だよ」

　私もグラスを口に運んだ。少し温度は上がっていたが、香りが開き、豊かで力強いベリーの風味が口の中に広がった。深くうなずいて、何か言おうと口を開いた時、遠くから鐘の音が響いて私たちの会話を遮った。

　長老は名残惜しそうに言った。「現在のバイオテクノロジーの進歩は認めるが、いまだ解決できない問題も多い。《大消滅》が明確な一例だ。人類は自然界に存在するＧＶ９ウイルスを消滅させることができず、ワクチンという強引な手段で当座の問題をしのいでいるにすぎない」

「どうすればＧＶ９ウイルス問題を解決できると思いますか？」私は尋ねた。

「神が人類にワイン作りを託したなら、邪悪な力に抵抗する力をブドウ樹に与えるはずだ」長老は深々と息をした。「だから私は信じている。真の解決策を知る者はブドウ自身であり、人類ではない」

　私は思わず立ち上がって拍手しそうになった。

「このワイン、今はどう感じる？」長老が急に話題を変える。

「ええと……先ほどの緊張感は消え、握った拳も開かれましたが、依然として勇ましく力強い男性のイメージです。豊かな果実味に加え、トリュフやスパイス、バラなどの繊細な香りがある。たとえば、娘を迎えに行って一緒に帰る保安官のような、強さと優しさを兼ね備えた感じです」

「ハハ。君のイタリア語の語彙《ごい》は豊富とはいえんな。私のワインに含まれる味よりも、むしろ少ないくらいだ。だが私は君の味の表現が好きだよ」長老はグラスを回し、息をついた。「想像力あふれる表現は『ハンドブック』に載っているような言葉よりずっと面白い」

「お恥ずかしい」私は少し照れくさくなって頭をかいた。『ワインの飲み方ハンドブック』に記載されているワインの味の表現に関する方法論について、長老が批判していることは知っていた。ヨーロッパ人の多くが、あの本に載った表現をしょっちゅう使っている。

「ああ、忘れるところだった。君に贈ったあのワインには生産年が書かれていないが、すでに十二年がたっている。今がちょうど飲み頃だよ」そう言うと長老は立ち上がり、コートの第一ボタンをかけた。

　私は慌てて立ち上がって長老と握手をした。今後、機会があれば協会の活動に参加してほしい、業界の重鎮を紹介しよう、と長老は言った。

「ありがとうございます！」

「また会おう」そう言って、長老は私の肩を叩いた。


　レンタルした車はもとの位置に止まっていたが、太陽の位置は変わっていた。黒いスーツの屈強な男がロボットのように姿勢よく車の横に立っている。私が車に近づくと、男はドアを開けて進呈されたワインを助手席に置き、再び警戒するように姿勢を正した。

「心から感謝します《グラッツィエ・ミッレ》！」と、私は男に話しかけてみた。

　屈強な男は答えず、サングラスの下の表情を変えぬまま、車のドアを閉めてくれた。

　車に乗り込んだ私はアルミ製のケースを後部座席に置いた。《ドライブアシスタント》はやはり魅力的な声で、どこへ行きますかと優しく尋ねた。私は大きく息を吐くと、舌を丸め、アクセントを強めて、標準的なイタリア語でトリノの高速鉄道駅へと告げた。彼女は形式的な会話で何度も行き先を確認し、やがて車はゆっくりと音もなく走り出した。

原註

＊1　リーデル：一七五六年創業のオーストリアのリーデルは「ワイングラスの王」と称され、そのグラスはワイン愛好家に深く愛されている。

＊2　ドン：イタリア語の尊称。一般に「閣下」と翻訳される。

＊3　ラッダイト運動：十九世紀、イギリスの労働者が、産業革命に抵抗し紡績業の機械化に反対するために起こした社会運動。産業革命で機械化が進み、紡績業の経営者は技術を持たない低賃金の労働者を雇って機械を操作させたため、高い技術を持つ職人たちが職を失った。運動の指導者の名にちなみ、科学技術の進歩に反対する者たちをラッダイトと呼ぶ。

＊4　グラッパ：ワインを作る時に出るブドウの絞りかすで作る蒸留酒。フランスでは「マール」と呼ばれる。グラッパ・ディ・ネッビオーロとはネッビオーロの皮から作ったグラッパのこと。

＊5　プリミティーヴォ：イタリア南部原産のブドウ品種。「アメリカのプリミティーヴォ」とはカリフォルニア州で最大の生産量を誇る「ジンファンデル」を指す。二十世紀末、DNA鑑定によりプリミティーヴォとジンファンデルは同一品種と確認された。

＊6　ピノ・ネロ：ピノ・ノワールのイタリアでの呼び方。

＊7　I．G．T：Indicazione Geografica Tipica。イタリアの格付けにおいて、三段階の中間に位置する

地理的表示保護クラス。

＊8　ボルドーで使われる樽の容量は二百二十五リットル（ボトル約三百本分）。ブルゴーニュの樽は二百二十八リットル、シェリー樽は六百リットル。

＊9　一般的な黄酒《ホアンジウ》（紹興酒や花彫酒《かちょうしゅ》）でよく見られる製法。

第2章　大消滅

二〇四三年四月五日
コート・ド・ニュイ　ヴォーヌ・ロマネ

フランス農業省で旧友のクロード・パティとのミーティングを終えて自室に戻ったドメーヌ・ド・ラ・ロマネ・コンティ（DRC）[*1]の醸造責任者ジャン・ジャック・ブロックは、帽子も取らずに座ってペンを持ち、ニュージーランドのワイナリー、アタ・ランギのオーナーであるブラント・ペイテンに手紙を書き始めた。

ジャン・ジャック・ブロックはまずアタ・ランギのワイン醸造への賛辞を簡単につづった。

「フランスでも、どれほど消費者に愛されていることでしょう」さらに賛美の言葉を重ねる。

「アタ・ランギの独創的な商品は時代の潮流に符合しています」へりくだらず、かつ適切に先方の商品を称賛する言葉を慎重に選ぶ。ジャン・ジャックはさらに続けた。「早急に、個人的な立場でアタ・ランギを訪問させていただき、直接お話ししたい件があります」それから「個人的な立場で」の部分に下線を引く。すこし迷って、さらに「早急に」の部分にも下線を引いた。最後に便箋の下方に、自身のDNAペンで署名すると、DRCのスタンプで手紙に封蠟を施した。

この数百年、DRCのみならず、ブルゴーニュの数多くの伝統的ワイナリーが守ってきた作法だ。正式な用件は必ず手紙で伝える。メールや電話、ビデオ会議などは「新しい」方式だ。ブルゴーニュのある大物評論家が言っていた。「保守的であるからこそ、昔からの味を守り続けることができる」

現在五十一歳のジャン・ジャックは身長百八十八センチ、フランス人の中でも背が高いほうだ。肌つやがよく、白髪交じりのひげをたくわえ、性格はやや保守的。伝統的なブルゴーニュ人らしく、体は壮健で、よく食べよく飲み、単純で前向き、ストレートで精力旺盛。頭が切れるタイプではないが、意志が強く責任感のある男だ。たまに社交の場に顔を出しても、決してよくしゃべるほうではないが、話せば声がよく通り、明晰な言葉で理路整然と話をする。ブルゴーニュのワイン職人の中では、世渡りができるほうだといえるだろう。

ジャン・ジャックは父親の影響で、十六歳からDRCで働き始めた。床磨きや道具洗いから始めて、以来三十五年間ずっとDRCで仕事をしている。「最初は洗ったり磨いたり、荷物を運んだり、ブドウのつるを整えたり、そんな仕事ばかりだった。でも、それもワイン作りの一部なんだよ」ジャン・ジャックはいつもそう言っている。

最も彼に影響を与えたのは、父親が死の間際に話したことだ。この言葉が彼の一生を決定づけ、またワイン醸造家としての哲学と気概を植えつけた。二〇一七年四月、ブルゴーニュは二十年に一度という激しい雹害《ひょうがい》に見舞われた。半数近いブドウ樹と花のつぼみが被害を受け、今年のワインの出来は最悪になると誰もが予測した。DRCをはじめ、ブルゴーニュのあらゆる農家が危機感を覚えた。父親が息を引き取る前、静かに言った。「息子よ。神は私たちにブドウを植えさせ、ワインを作らせる。こんなにも美しいものを私たちに授けてくれる。だが創造主は謎に満ち、私たちには理解できない。時に神は自らの意思で私たちから奪う……そしてまた別の何かを授けてくださる。我々にできることは、神の采配に従ってワインを作り、神が示した道に従って生きることだけだ」

その年、畑のブドウは強い生命力を見せつけた。大部分の樹が傷つき、収穫量も例年には遠く及ばなかったものの、完成したワインは思いのほか出来がよかった。味は複雑で深みがあり、例年の品質を軽々と超える余裕すら感じられた。人の理解が及ばぬかのような深遠さがあり、飲むたびに味わいが深まる。多くの評論家が、一様に高く評価した。「試練から生まれた知恵」、評論家たちは、この年のDRCのワインをそのように描写し、称賛した。

ジャン・ジャックの父親が残したものは、古い銀製のタートヴァン[*2]（ワイン試飲用の小さな器）と、DRCが作った異なるヴィンテージのリシュブールとラ・ターシュのワインが数十本、そしてジャン・ジャックが生まれた年、すなわち一九九二年のロマネ・コンティ[*3]が一箱だけだった。とはいえ、すべて合わせれば当時としては決して少なくない額の資産であり、郊外にいくつかの家を買うには十分だった。だが、ジャン・ジャックが選んだ道はごくシンプルなものだった。彼は残りの人生において、父親と同じ道を歩むことにした。父親のタートヴァンを左のポケットに入れて、働いて、結婚して、子をもうけた。父親が残したワインを一本ずつ開けては自分で飲み、新しいヴィンテージのワインを一本ずつ保管した。二人の娘が生まれた年には、DRCアソートメント・セット[*4]をそれぞれ一箱ずつ残した。

「ワインは美術館に展示して眺めるような芸術品じゃない。展示するのはボトルだけで十分だ。ワインにも願望があるなら、きっと一日も早く飲み干してほしいはずだよ」ジャン・ジャックはワインのボトルを開けるたびにそう言った。「俺は自分とワインの願望を叶えてるだけだ」

波乱と酒宴と勤労の二十年間を経て、ジャン・ジャックは二〇三九年にDRCワイナリーの醸造責任者に就任し、DRCのワイン醸造とブドウ栽培のすべてを監督する立場となる。ついに父親に追いついたのだ。その二十年の間に、世界のワイン市場では需要が急成長し、二〇三二年以降、ワインは茶やコーヒーに代わって世界で最も飲まれる飲料となった。伝統的な旧世界と新世界に加え、「第三世界」、いわゆる「ROW」[*5]も相次いでブドウ栽培とワイン醸造の競争に加わった。ワイン産業におけるブドウ栽培、生産、貯蔵、販売、飲用、教育水準、テイスティング能力、市場の大小などは、国家の経済や文化のソフトパワーを評価する指標となっていった。一部の戦略評論家は、ワインをある種の戦略物資と位置づけた。この潮流に乗り、世界の頂点に立ったジャン・ジャックは、『タイム』誌の「世界で最も重要な百人」の一人に選ばれた。

DRCの醸造責任者であるジャン・ジャックにとって、毎年、栽培したブドウを分析し、吟味して、最高のワインに仕上げることが最も重要な仕事だ。ブルゴーニュにはこんな言葉がある。「ワインとは醸造するものではなく植えるものだ」あるいは「赤ワインは植えるもの、白ワインは醸造するもの、よいワインは飲むもの」。DRCが、フランスそして世界のワイナリーの目標となっていることなど、ジャン・ジャックにはどうでもよかった。彼が生まれる八百年前から、この地で作られるワインは高く評価されてきたのだ。ジャン・ジャックが興味を持つのは、地球温暖化、畑を荒らす観光客、ビオディナミ農法の限界、環境汚染など、直接的または間接的に風土とブドウ品質に影響を与える問題だけだった。しかし今、彼は、これらの問題を全部ひっくるめても及ばないほど重要かつ緊迫した事態に頭を悩ませていた。

北半球は今、ブドウの発芽の季節を迎えている。ブルゴーニュの主要な品種であるピノ・ノワールは、皮が薄く小ぶりな果実がぎっしりと実り、高い糖度の果汁が取れる。しかし、この品種は繊細で傷つきやすく、わがままな箱入り娘のように扱いが難しい。その唯一無二の優雅で繊細な風味を引き出せるのは、ブルゴーニュという土地ならではだ。ピノ・ノワールはイチゴやチェリー、イチゴの風味を感じさせ、時間と共に野菜のような複雑なうまみや野性味へと変化する。十分に熟成させた果実から作るワインは、豊かな酸味としっかりしたボディが特徴だ。

大陸性気候に属するブルゴーニュは、歴史的に、さまざまな危機に直面してきた。春の霜害で発芽が遅れる、あるいは発芽しない。夏の大雨や雹害で、灰斑病《かいはんびょう》にかかったり、損傷したりする。冬の極度の寒さによりブドウ樹が枯れる。「非常に厄介な土地で、厄介なブドウを使って作られる、世界最高のワイン」これはあるアメリカの評論家の言葉だ。

地図で見ると、ロマネ・コンティの畑は非常に小さく、わずか一・八ヘクタールしかない。ブドウ樹の平均樹齢は約五十三年、年産四百五十箱で、一ヘクタールあたりの生産量はごく少量だ。長年、三株のブドウ樹から一本のワインという割合を維持してきた。この数字ははるか昔から少しも変わっていない。

世界の消費傾向が変化しても、DRCのワインは市場のどんな指標においても常に世界の最高峰にあった。販売価格が毎年高騰し、消費者の手の届かない高級品となったばかりか、生産量が限られているため、とても市場需要を満たせない。生産されるワインは何年も前から富豪やコレクターに予約され、市場にはほとんど出回らない。ある者は言った。「DRCのワインはワインカーヴではなく、腹の中に貯蔵されている」世界中どの店を探しても、DRCのワインの影すら見ることはできない。試算によると、アメリカの中産階級が五年間、飲まず食わずで給料を貯めて、ようやくDRCのロマネ・コンティに手が届くという。しかも、ロマネ・コンティは単品では買えない。必ずDRCのほかのワインとセットで販売される。こうしてロマネ・コンティは、誰もが一度は味わってみたいと夢みる幻のワインとなった。

フランスで最も権威のあるワイン誌《ラ・ルヴュ・デュ・ヴァン・ド・フランス》[*6]はかつてこんな記事を載せた。『DRC、世界の果て』。DRCのワインを購入できるだけの経済力を持ち、その美酒を味わう機会に恵まれた時、人はもはやほかのどんなワインでも満足できなくなっているだろう。ある意味、悲しみを感じさせる言葉だ。

手紙を送ってから三日目の夜、ジャン・ジャック・ブロックに一本の電話が入った。アタ・ランギからだという。ジャン・ジャックは眉をひそめた。まさか電話で連絡をしてくるなんて。電話の主はアンディ・ペイテンと名乗った。ブラント・ペイテンの弟だという。片言のフランス語だ。背後に電子楽器のような音楽が流れている。会話の間、電話の自動翻訳機能を通した音声が聞こえていた。内容はこうだ。「ジャン・ジャック・ブロック氏のご来訪を心から歓迎します。どんなご相談にも喜んで協力いたします。わがワイナリーにとっては光栄の至りです」モニター上に個人の電話番号が表示された。

ジャン・ジャックはモニター上で光る番号を見ながらいぶかった。先方はなぜ、訪問の目的を尋ねなかったのだろう。まるで、すでに事情を知っているかのようだ。

「まさか、承知の上なのか？」そう思わずにはいられなかった。

一九七〇年、ある旅行客が、ブルゴーニュにあるＤＲＣのブドウ園からブドウの枝を持ち出し、ゴム長靴の中に隠してフランスを出国した。枝はニュージーランドの税関で発見され、その場で没収された。この枝の価値を知っていた当時の税関職員マルコム・エイベルは、枝を廃棄せずに保管し、検疫で検査したのち、国内のブドウ栽培センターに植えた。のちにこの枝は「ゴムブーツ・クローン」と呼ばれる。

マルコム・エイベルは税関職員を退職後、アタ・ランギのワイン醸造家となった。彼の主導のもと、アタ・ランギは例のＤＲＣの枝から培養した無性生殖の枝をブドウ栽培センターから譲り受け、ニュージーランド北島のマーティンボロー地区での栽培に成功した。
栽培から醸造まで、すべての工程についての長年の努力の結果、アタ・ランギで生産されるワインの品質は年々向上した。世界中の消費者に愛され、ニュージーランドを代表するワイナリーの一つとなった。この「ゴムブーツ・クローン」の話が広まるにつれて、アタ・ランギは「ニュージーランドのDRC」と称されるようになった。

二〇四三年四月九日、ジャン・ジャックはフランス農業省から派遣された技術者と共に、エールフランスのパリ発ウェリントン行き第五世代コンコルド機に乗り込んだ。出発前、左のポケットに銀製のタートヴァンが入っていることを改めて確認する。技術者とはシャルル・ド・ゴール空港で落ち合った。二人とも申し合わせたかのように銀色のアルミ製のケースを下げていた。エールフランスの機内では、ジャン・ジャック愛飲のティオ・ペペが特別に用意された。ジャン・ジャックはこのシェリーを好んだ——シンプルで飲みやすく、奥深さが皆無なところがいい。引力の弱い高空へ行くと人間の味覚は変化する。酸味と渋みを感じやすくなり、甘みと酒の味は感じにくくなる。味に敏感なジャン・ジャックにとっては、かなりつらい。加えて、時差と、温暖化がもたらした気流の変化による激しい揺れのせいで、わずか四時間ほどの飛行だったが、飛行機を降りる時にはぐったりと疲れ果ててしまっていた。

自ら迎えに行くと言っていたアンディ・ペイテンは、ウェリントン空港に現れなかった。代わりに出迎えの者とガルフストリームの小型機が用意されており、そのまま乗り換えてアタ・ランギ近くの空港へと向かった。小型機の機内で、ジャン・ジャックは直筆の手紙と、スクリユーキャップのアタ・ランギのハーフボトルを受け取った。手紙にはだいたいこんなことが書かれていた。現在ブドウ収穫の最盛期を迎えており、また今年の天候が不安定だったこともあって、お迎えに伺うことができません。どうかご理解ください。わがワイナリーのピノ・ノワールを進呈します。お気に召しますよう。

ブドウ収穫のタイミングはブドウ栽培における最も重要な選択であることは、ジャン・ジャックも承知していた。判断を誤れば品質に大きく影響する。最も厄介なのは、収穫期に雨に見舞われることだ。雨が降るとブドウの実は水を吸って膨張し、味が薄くなるばかりか、湿気によって病害が起きやすくなる。収穫機のあるワイナリーなら半日で収穫を終えられるだろう。だが、ボルドーのようにカベルネ・ソーヴィニヨン[*7]を栽培する地区では、ブドウの成熟が遅く、収穫期に雨が降りやすい。手摘みにこだわる多くのワイナリーにとって、収穫のタイミングの判断は経験というより一種の賭けであり、運に左右される面も大きい。

アンディ・ペイテンはワイナリーの入り口で迎えてくれた。背が高く、髪は白い。メタルフレームの濃い色のサングラスをかけ、首の後ろには巨大な太陽のタトゥー、左耳にはシルバーのピアスが二つ。シンプルなベージュのジャケットの下に、アタ・ランギのロゴが入った黒いTシャツを着ている。ワイナリーのオーナーというよりハリウッドスターのようだった。

「アタ・ランギへようこそ。旅はスムーズでしたか？」アンディは手を出し、歓迎の意を示した。

「ジャン・ジャック・ブロックです」ジャン・ジャックは力強い握手を返した。「ワインのプレゼントと、お出迎えに感謝します」

あいさつを交わし、互いに同行者を紹介する。荷物を置いてから、アンディはジャン・ジャックをブドウ畑に案内した。

「今、南半球は収穫の季節を迎えています。今年もいいブドウができました。ただ、このところの天気が微妙でして。せっかくのご訪問ですが、ちょうど今日、収穫の日に当たってしまいました」アンディは自動翻訳機を片手に言った。

すぐ先の畑では、巨大な逆V字型の収穫機がブドウ樹の列をまたいで通過していく。樹に馬乗りになって激しく揺すり、落ちたブドウの房をコンベヤーが両側の荷台へと運ぶ。乱暴な収穫方法と騒々しいエンジン音にジャン・ジャックは驚き、眉をひそめかけたが、失礼があってはいけないと思い直し、笑顔を保とうとして、表情がこわばってしまった。

「機械摘みは珍しいでしょう。ブルゴーニュでは手摘みですから」アンディは見透かしたようにそう言うと、水のボトルを手渡した。ジャン・ジャックはワイン業界の大物だ。訪問の理由はともかく、できる限りのもてなしはするべきだ、ということなのだろう。シャイで保守的な、典型的なニュージーランド人の態度だった。

「ああ……機械摘み《ヴァンダンジュ・メカニーク》ですね」我に返ったジャン・ジャックは正直に言った。「そうですね、長年ブドウを作ってますが、こんなに近くで収穫機を見たのは初めてです」

アンディは少し考えて、理解した。フランス人は会話の中で聞き慣れない単語があると、フランス語の発音で言い直す癖がある。別の言語で聞くとまったく別の言葉のように思えてしまうことがよくあった。

まだ午後四時だったが、遠くに見える太陽は少しずつ山に沈みつつあった。マーティンボローのブドウ樹はすべて垂直の垣根仕立てで植えられている。きれいに整列するブドウ樹は、まるでシマウマの模様のように、丘の曲線に沿って大地を飾る。見渡す限り続くその景色は、まさに新世界の産地における大規模栽培の風貌で、夕日に映えて非常に壮観だった。

「味見を」アンディが深い紫色をした小粒のピノ・ノワールを一房摘み取り、ジャン・ジャックに手渡した。

ジャン・ジャックは手の中のブドウをしげしげと見つめた。手に持った感覚にはなじみがあったが、色や皮の厚さには違和感があった。茎を取り除き、ブドウの粒を夕日にかざす。つぶさなくても自然にしたたり落ちるブドウ果汁の量や速度を確かめる。何粒か確認したあと、一気に口に入れ、目を閉じて咀嚼《そしやく》すると、こう言った。「すばらしい品質です。成熟度も酸味も甘さも申し分ない。収穫のタイミングは完璧です。機内で出会った味がどのように生まれたのか、よく分かりました」続けてもう何粒かのブドウを口に入れて味わうと、ジャン・ジャックはうなずき、心からの賛辞を語った。「あなた方のブドウは味わい豊かで活力に満ちている。アタ・ランギが国際的に高い評価を受けているのもうなずけます」

それを聞いたアンディは喜び、袖口からタブレット端末を出すと、農園内のブドウの各種データの変化図をジャン・ジャックに見せた。総酸度がどう低下するか、糖度がどう上がるか、ポリフェノールの形成速度はどうか。その後、二人は世界の気候変動への対応について意見を交わした。

数十年来の地球温暖化により、多くのブドウ産地の気候も少なからず変化してきた。気温の上昇によるブドウの成熟度の変化には対応が進み、ブドウの収穫量は増加を続けている。しかし、このような大きな変化の中で、いかにしてワインの酸度を維持し、ポリフェノールを形成させ、繊細で優雅で複雑な味わいを保つかが、ワイン職人にとっての重要な課題となった。

フランスの国立原産地呼称委員会（ＩＮＡＯ）[*8]の二〇四〇年の統計によると、ブルゴーニュの年間平均気温は一九七〇年代に比べて約一度上昇した。コート・ド・ニュイの多くの地域で収穫されたピノ・ノワールには、南部ローヌ県のボジョレーで育つピノ・ノワールの特徴が見られるようになった。

気象学者は、二一〇〇年までに世界の年間平均気温はさらに二度上昇すると予測している。そうなれば、現在は北緯および南緯三〇度から五〇度とされるワインベルト、すなわちブドウ栽培に適した範囲は、北緯四〇度から六〇度、南緯三五度から五五度へと変化するだろう。旧世界のワインに適したブドウの栽培地域は、南はスペインやイタリアから北はノルウェーやスウェーデン南部までとなり、シチリア島やポルトガルはその範囲から外れてしまう。新世界では、南アフリカは完全に除外され、オーストラリアやカリフォルニアでも範囲内に残るのはごく一部の地域のみとなる。

これはつまり、伝統的に特定のブドウ品種の栽培に適していた地域では、栽培方法や品種の選択基準を見直す必要があることを意味する。気候の変化に適応するため、多くのブドウ産地は天地を覆すほどの変化を求められているのだ。

しばらく見学したあと、アンディ・ペイテンは二人の客人を簡単な夕食に招き、それ以降は恐らく時間の都合がつかないだろうことを伝えた。収穫後は選別、除梗、浸漬といった作業があり、大部分が機械とコンピュータによる作業ではあるものの、すべての過程を監督する必要があるからだという。「本当に申し訳ありません。でも、ご理解いただけると思います。ご迷惑でなければ、今夜、夕食を取りながらお話ししませんか」アンディは言った。

夕食時、ジャン・ジャックは、自分のDNAペンでサインした二〇三九年のロマネ・コンティを一本、手土産として持参した。入手不可能な年代物とまではいかないが、ジャン・ジャックが醸造家になって最初に作ったワインで、非常に価値のある贈り物だった。アンディ・ペイテンはとても喜び、返礼として二〇二四年のアタ・ランギを二本くれたほか、伝統的な製法で作った非売品のブラン・ド・ノワールのスパークリングワインを開けてくれた。

ジャン・ジャックは夕食の間のわずかな時間を使って、訪問の意図を伝えた。一九七〇年の「ゴムブーツ・クローン」の話題を入り口に、互いのワイナリーの「血縁関係」をあえて強調する。

「とても面白い伝説だと思って、ずっと興味があったんです。ただ……」ジャン・ジャックは咳払いをすると、アンディが耳につけている小型翻訳機の録音機能をオフにするよう手振りで示し、英語でこう切り出した。「これから話すことは、どうか内密に。申し訳ありませんが、理由はご説明できません。今日、アタ・ランギのブドウの葉で、まず……健康診断をして、それからこちらのブドウ樹のDNAデータと我々のデータを比較させてもらえませんか？」

機内で翻訳機を相手に何度も練習した英文だ。特に「今日」に強いアクセントを置く。やはり英語を話すのは疲れる。ジャン・ジャックは力なく眉をひそめ、アンディを見つめた。今、言ったことが聞き取れただろうか。

幸い、アンディはうなずいて了解の意を示し、英語とフランス語を交えてゆっくりと言った。

「もちろん、問題ありません。この血縁関係のことは、私も子供の頃から聞かされていましたから。私もかつて、一九七〇年代のニュージーランド税関の記録やブドウ栽培センターの資料を取り寄せて調べたことがあるんですが、確実な結果は得られませんでした。こんなに長い時がたったんです、そろそろ謎が解けてもいい頃だ」

英語とフランス語の交じった文を辛抱強く聞いているうちに、ジャン・ジャックは頭がしびれてきた。こんなに短い話を、なぜこんなにのんびり話せるんだ。

「ただ、どうやって今日やるんです？」アンディは「今日」を特に強調して言った。

「簡単です」ジャン・ジャックは答えた。

ジャン・ジャックは、アタ・ランギのそれぞれの畑で、若い樹と古い樹から葉のついた枝を切り取ってきてくれるよう、アンディに頼んだ。さらに、同行した農業省の技術者に、アルミのケースを持ってこさせた。ジャン・ジャックはフランス語を話し、技術者は傍らのテーブルでケースを開けた。これ自体がモニターのついた機器であり、鍵と指紋で電源スイッチが入る。一見すると、バイオ検査機器というより核弾頭の発射システムのようだ。

今やっているのは「ブドウ樹の健康診断」です、と技術者が説明する。まず、この茎や葉のウイルス検査をしてから、次に「DNA鑑定」をおこなう。それにより、二つのワイナリーのブドウ樹のDNAが一致するかどうかが判明する。アンディは機器を見て少し不安そうではあったが、うなずいて了解した。ジャン・ジャックは技術者に手で合図して言った。「始めてくれ」

技術者は慣れた手つきで葉を切り、組織の一部を取り出すと、青い液体に浸してから、光線銃のようなもので光を照射した。モニター上ではさまざまな色のブロックが点滅したのち、いくつかの数字を表示した。技術者は同じ手順を繰り返し、何枚もの葉を次々に機器で測定した。その間、ジャン・ジャックは厳しい表情で技術者を見つめていた。息を詰めるようにして、すべての葉の測定が終わるのを辛抱強く待った。その手には空のグラスが乗ったままで、グラスの脚をきつく握る親指と人さし指は真っ白になっていた。窓からは月光が差し込み、遠くからかすかにナイチンゲールの鳴き声が聞こえる。部屋にいる者は誰も言葉を発せず、作業する技術者と機器のファンだけが、かすかな音を立てていた。

ワイン醸造の季節がまるまる過ぎたかのような長い十分間を経て、とうとう最後の枝の処理が終わった。技術者は顔を上げ、重々しい表情でジャン・ジャックに向かってうなずいた。

「すべて確認《セコンフィルメ》しました」技術者がフランス語で言うと、一瞬の沈黙が流れた。

アンディ・ペイテンもその緊張感に飲まれたのか、かすれた声で聞いた。「どうでした？」

「拡散しています」技術者は流暢《りゅうちょう》とは言えない英語で、口ごもった。「このサンプルはすべて感染しています……だから……DNA鑑定するかどうかは重要ではなくなりました」

「感染って……何の話です？」アンディ・ペイテンは一瞬戸惑ったのち、振り返って、不自然に宙をさまようジャン・ジャックの手中のグラスを怪訝《けげん》な顔で見つめた。

「申し訳ありません」ジャン・ジャックはポケットに手を伸ばし、肌身離さず持ち歩いているタートヴァンを握った。まるでその小皿が勇気をくれるかのように。それからゆっくりと話しだした。「このままでは、ここのブドウ樹は我々のブドウと同様、十八カ月以内にすべて枯れます」

そう言いながら、ジャン・ジャックの口調も表情も、なぜかとても穏やかだった。まるでごく当たり前の自然現象か、逃れられない運命、たとえば一陣の風、山あいの渓流、沈む夕日、宇宙に輝く星、四季の移ろい、咲いて散る花などの現象について語っているかのように。自分でも不思議なほど冷静だった。

「すべて確認しました《セコンフィルメ》」フランス語が呪文のように響く。

アンディ・ペイテンにはこの時、このフランス語の意味も重大さも分かっていなかった。しかし、その後に起こった出来事により、彼は何年たっても、夢の中でこの言葉を聞いては恐怖で飛び起きるのだった。

原註

＊1　ＤＲＣ：Domaine de La Romanée-Conti。世界のワイン愛好家が認める世界一の名ワイナリー。フランス・ブルゴーニュ地方のヴォーヌ・ロマネ村にあり、記録によると紀元十二世紀頃からワイン醸造をおこなっている。数百年もの間、ＤＲＣは世界に並ぶ者のない名ワイナリーとして、有名なボルドーの五大シャトーをもしのぐ名声と地位を保っている。

＊2　リシュブールとラ・ターシュ：いずれもヴォーヌ・ロマネ村の畑の名で、ＤＲＣがその一部を所有している。生産されるブドウ、醸造されるワイン共に非常に高名で評価が高い。

＊3　ロマネ・コンティ：DRCで最高のワイン。世界で最も高品質かつ有名で貴重なワインといえる。

＊4　DRCアソートメント・セット：ロマネ・コンティ一本、ラ・ターシュ三本、リシュブール二本、ロマネ・サン・ヴィヴァン二本、グラン・エシェゾー二本、エシェゾー二本の十二本セットのこと。

＊5　ROW：Rest of the world。「その他の世界」の意。旧世界や新世界と呼ばれる伝統的なワイン生産国とは別に二十一世紀に入ってからワイン産業が成長した国を指す。中国、ロシア、ポーランド、英国、アイルランド、中央アジアや北欧諸国など。

＊6　ラ・ルヴュ・デュ・ヴァン・ド・フランス：一九二七年創刊、世界最初のワイン雑誌。専門的で権威あるワイン誌として、国際的にも有名。フランス《フィガロ》誌は「ワインの聖書」と称した。

＊7　カベルネ・ソーヴィニヨン：栽培面積は世界最大、最も一般的なワイン用ブドウ品種。味は濃厚で酸味と渋みが強い。異なる気候環境下では、収穫されるブドウの味も異なる。ボルドーのジロンド川左岸にあるメドック地区は、最も古くからカベルネ・ソーヴィニヨンを栽培している。

＊8　INAO：Institut National des Appellations d'Origine。フランス農業省に属する公的機関。農産物の品質保証を管理する。特に重要な業務が、原産地統制呼称（AOC）の管理業務で、ワイン、チーズ、バターなど特定地域の農産物の産地をINAOが法的に証明するもの。

第3章　顧問

二〇五三年十一月十二日
ロンドン、パディントン駅

予約したのは《静寂車両》（携帯電話や音楽プレーヤーの使用、会話や騒音などが禁止されている車両）だったが、車内ではおしゃべりに興じる人も多かった。私の前に座った男性二人組は、まるで明日が世界の終末で、最後の時間を惜しむかのように、アフリカの水不足について夢中で話し合っていた。

《静寂車両》は決して無音の空間ではない。電波は正常に届くし、特別な防音、吸音設備があるわけでもない。ただ、予約の際に（大きな声で）会話をしないという条件に同意し、なるべく小声で話すとか電話に出ないとかいった自制を求められるだけだ。世界にごくわずかしかない、静かで誰にも邪魔されない空間を守るための、人類のささやかな努力だ。

航空機は年々速度を増していて、今では地球上のどこへでも日帰りできるようになった。だが、手続き、搭乗、保安検査、パスポートのチェック、荷物の受け取りといったプロセスを減らすことはできていない。テロ技術の向上により、保安検査はますます厳重かつ頻繁になっている。保安検査場に並ぶ時間のほうが飛行時間より長いこともあるほどだ。

だが実際のところ一番厄介な問題は、今では航空機の利用が電車と同じくらい当たり前になったことだ。ファーストクラスを除けば、客室内は常に騒々しく、そこかしこでおしゃべりしたり、映画を見たり、食事したり、手首につけたリストバンド型のウェアラブル端末をいじったりしている。誰もがみな、この長くも短くもない退屈な時間をなんとかやり過ごそうとしているのだ。

機内にいる間に、数人が私と通話しようと試みたが、みんなあきらめたようだ。手首の端末を見ると、仕事の連絡がいくつか入っている。比較的急ぎの用といえば、モンテスキュー・グループのスタンリー・フュッセンからの今夜会おうという誘いだった。

スタンリー・フュッセンはモンテスキュー・グループの顧問であり、親会社の執行役の一人だ。私の直属の上司ではなく、従属関係がないどころか、厳密に言えば所属する会社も違う。以前は国連で働いていて、《大消滅》の時期はGV9ウイルスの封じ込めに関する業務を担当、その後モンテスキューの顧問に就任したと聞いている。背はあまり高くなく、小太りで、髪はやや薄くなっている。今の年齢は六十歳前後だったろうか。口数は多くなく、会うたびにいつも不安そうな顔をしている。

スタンリー・フュッセンは、モンテスキュー・グループで「最後が『顧問』で終わる、やたら長ったらしい名前」の役職についている。肩書が長すぎるため、みんな単純に「顧問」と呼んでいる。グループの幹部ではあるが、具体的にどんな仕事をしているのかはよく分からない。ところが、グループの意思決定をおこなっているのは、彼のように何をしているのか分からない人物らしい。まるで、カフカの小説に出てくる謎の組織の職員のように。人前に立つことの多い社長やらCEOやらの類いは、実際には大して重要な立場でもないものなのだ。

「モンテスキューのスタンリー・フュッセンです。今夜お会いしましょう」メッセージに続けて、約束の場所と時間が記されている。私は何度も読み返した。この短い言葉の中に、まるで命令のような、抗いがたい空気を感じた。まあ、単なる私の思い込みかもしれないが。

私は手首の端末で、過去五年間の私と顧問の「関連記録」を確認した。記憶の通りなら、私と顧問は過去四回会っており、握手を五回し、よろしくとか久しぶりとかのあいさつを三回交わしているが、いずれも大きな会議やパーティの場でのことだ。私は彼が何者か分かっているが、向こうが私個人を認識しているかどうかは怪しいところだ。

なぜ今夜、彼に呼び出されたかに至っては、まったく見当もつかない。

今日のロンドンは霧のような冬の雨が降っている。ヒースロー空港線は古ぼけたパディントン駅へと向けて忙しく走っている。ヒースロー空港がどんどん新しくなっていくのに対し、開通から百年近いこの路線は、ロンドンの地下鉄と同様、古くさくて時代後れなままだ。乗降時には「足元にご注意ください《マインド・ザ・ギャップ》」と幽霊のような声を発する。そうは言っても、ヒースローから最も早くロンドン中心部へ行けるのがこの路線であり、風刺好きのイギリス人には「遺跡特急」と呼ばれている。

13／14番ホームを出て、熊のパディントン像の前を通ると、〈くまのパディントン95歳〉のキャンペーンに遭遇した。パディントンはこんなふうに紹介されていた――パディントンはどこへ行く時も古い帽子をかぶり、自分の荷物を詰めた古い革のトランクを持っていきます。厚いコートとウェリントンブーツをはいていることもあります。誰かと話す時は、いつも礼儀正しく、ミスター、ミセス、ミスをつけて呼びます。心優しく、好物はマーマレード・サンドイッチとココア。パディントンはいろんなことを一生懸命うまくやろうとしますが、いつも失敗してかわいい大騒動を起こしてしまいます。

「パディントンのように生きられたら幸せだろうな」私は思った。だが、イギリスは雨ばかりだから、パディントンはいつも帽子をかぶり、コートを着て歩かなくちゃいけない。スヌーピーよりちょっと大変そうだ。スヌーピーは屋根の上に寝転んで雲を眺めているだけでいいんだから。

約束の時間までは一時間以上あったが、荷物を持ったまま歩き回るのも面倒なので、そのまま待ち合わせ場所へ行って、一杯やりながら顧問を待つことにした。バッテリーが切れそうな手首の端末を確認する。約束のレストランは〈マハラジャ〉。日本料理店かと思ったが、店の写真には、伝統的なインド式の服装で座るゾウのレリーフと、その横に金色で書かれた解読不能なインドの文字が写っている。私は入り口のゾウのレリーフをよく見てみた。ゾウは僧侶のようにあぐらをかいて座っている。左右の手を広げてひざの上に乗せ、右手の上に自分の鼻を乗せて、瞑想するように目を閉じている。

駅の片隅に〈マハラジャ〉はあった。駅の巨大な空間の端、人工大理石で一段高くなった一角だ。周囲はお堀のような池に囲まれ、水面にはハスの葉と花が浮かぶ。レストランの外壁は高密度のシームレスガラスで一面のガラス張りになっている。中を覗くと、そこはムンバイのタージマハル・ホテルの一角をそのまま運んできたような空間だった。金の装飾を施したクリスタルのシャンデリア、床には赤地に白と黒の花模様を織り込んだ毛足の長いカーペット、緑色のビロード地のソファ、トパーズをはめ込んだチーク材のテーブル。照明はぼんやりと薄暗く、チャパティとスパイスのにおいが漂っている。八の字ひげをたくわえたインド人のウエイターが、赤と黒の縞のターバンを巻き、黄色のスーツに黒の蝶ネクタイ姿で忙しく行き来する。パディントン駅とはあまりに不釣り合いな異国情緒が醸し出されていた。

階段を上って店に入る。インド人ウエイターは私を見ると、了解したという様子で頭を振り、お連れ様がお待ちですと言った。金融街のエリートがモデルを連れて食事に来た、といった雰囲気の客の横を通って進むと、VIP席のような、奥まった静かな席に通された。

私は手首の端末を外すと、インド人ウエイターに大げさなジェスチャーで尋ねた。「イギリス式の変換プラグはある？」

「ございません。ですが、このゾーンではワイヤレス充電が可能です」インド人ウエイターは私の端末のメーカーと型番を確認して言った。「端末は手首につけていただいたままで結構です」

「ありがとう。助かるよ」

顧問はソファに一人で座っていた。グレーのチェック柄のツイードジャケットを着て、若々しい赤いネクタイをしている。丸顔に口ひげ、ふくよかな体つきは、笑顔のバルザックか憂い顔の大デュマを思わせる。席の横には黒いハンチング帽と牛革の手袋、カーボンファイバーの電熱式ライター、そしてゴールドと黒の箱に入ったキューバの葉巻が置いてある。ワインクーラーから覗く、半分に減ったスパークリングワインのボトルと、飲みかけのワイングラスとシャンパングラスから判断するに、すでに別の誰かとひとしきり飲んだあとのようだ。

顧問はこちらに気づくとすぐに私の名を呼び、立ち上がって、古い友人のように親しげに握手をした。私を忘れてはいなかったようだ。私たちは時候のあいさつをかわし、前回チュニスの会議で会ったのは何カ月前だったかと話し合った。私が約束より一時間も早く現れたことに、顧問は何の疑問も抱かず、まるでこの時間に約束していたかのように振る舞った。私自身も、早く来すぎたことを謝るべきかどうか分からなかったので、あえてその件には触れなかった。

「何を飲む？」顧問は言った。

「何か特別な酒はありますか？」私は手首の端末に目をやった。充電中のランプが光っている。

「この店はインドのカレーにイギリスのワインを合わせることで人気なんだ」

「へえ、カレーに一番合う酒はキングフィッシャーかと思ってました」

「ここのワインは、W《ワイン》&S《ソムリエ》マスターの資格を持つインド系のソムリエが選んだイギリスワインでね」顧問は言った。「北アイルランド、ウェールズ、イングランドのワインがある。ほかにもスコットランドやインド、オーストラリア、ニュージーランド、南アフリカなど、イギリス連邦に属する産地のワインもそろえているよ。ただし、旧世界のワインはない」

「インドのワインですか！　面白そうだ」私はワインクーラーのボトルを指して言った。「それは何です？」

顧問はウエイターを呼んで新しいグラスを用意させ、私にも一杯ついでくれた。「スコットランドのオーバン産のスパークリングワインだよ。開けて少し時間がたっている。飲んでごらん」

何口か味わってみる。かすかな甘さの中に豊かな柑橘《かんきつ》系の酸味があり、酵母臭はまったくない。大粒で力強い泡が豊富に立ちのぼり、優雅で繊細な味わいだけでなく、新世界のスパークリングワインやフルーツスカッシュのような爽快感がある。

「どうだ？」

「この強烈な泡は辛いカレーによく合うでしょうね」私はやや含みを持たせて答えた。

「モンテスキューのオフィスがここから近いんでね。ゆっくり話したい時はよく来るんだ」顧問は上機嫌だった。「ただ、レストランで話す時は誰が聞いているか分からないから、何でも言えるわけではないが」

「そうですね。最近は何か大変なお仕事でも？」私は探るように尋ねた。モンテスキューの人間は秘密保持にうるさい。

顧問は少しためらってから、インド人ウエイターを呼び、身振り手振りを交えて何かを言いつけた。ウエイターは頭を振り、ペンで何かを書くと、再び頭を振って去った。インド人が首を左右に傾けて頭を振るのは、賛同や同意のサインだ。某国の大統領がインドで演説をした時、会場の聴衆が頭を振るのを見て、不同意と勘違いしてショックを受けた、という笑い話がある。

「何かつまむ物と、私の酒を持ってくるよう頼んだ」顧問は言った。「ちょっと待ってくれ、スイッチを入れるから」

顧問はポケットからタバコくらいの大きさの黒い箱を取り出し、上面のボタンを押した。黄色いランプが光ったのを確認し、私に向かってうなずく。

「レコーダーですか？」こんなに大きなレコーダーは見たことがない。

「ハハ、これは電波の遮断装置だよ」顧問は言った。「君のウェアラブル端末の通信を遮断させてもらった」

私はうなずいた。モンテスキューの人間は大事な話をする時は、いつも慎重だ。

「君はすでにモンテスキュー・グループの一員だが、うちの会社のことをどれだけ知っている?」顧問がシャンパングラスを掲げ、私たちは軽くグラスを合わせた。

「よく知っているとは言えません。モンテスキュー・グループは独特の管理方式と無数の特許を有し、さまざまな業界で『隠れたチャンピオン』（一般的な知名度は低いが優れた実績と高いシェアを持つ企業を指す、経営学上の用語）になっていると聞いています。グループ内の業務分担の垣根はあいまいで、プロジェクトは細分化され、コード番号で呼ばれる。異なるセクションで同じプロジェクトを同時に進行させ、互いに競争させる方式を採ることもある。あらゆる業務において秘密保持を厳守し、隣の部屋にいる同僚が何をしているか誰も知らないどころか、自分が何をしているか知らない場合さえある。そして、意思決定がどうおこなわれているのかも、誰も知らない」

「実に詳しいね。それだけ知っていれば十分だ」顧問は笑った。

私は苦笑いして首を横に振った。実際のところ、モンテスキューの企業案内のような正式な文書は見たことがない。今話したのはすべて《エコノミスト》誌で読んだ情報だ。

「一般の人にとってのモンテスキューは、ＫＮ１００ワクチンを開発し、たまたまタイミングよく《大消滅》の収束に成功した企業、その程度の認識だろう。だが実際には、現代のワイン産業のカギを握る、最も重要な企業の一つなんだ。ＫＮ１００ワクチンがなければ全世界のブドウは死に絶え、我々のブドウ樹の健康管理業務も存在せず、ワイン産業の復活はありえなかった」顧問は言った。「モンテスキューの仕事は地味だが、目に見えぬ形で大きな利益を生んでいて、買収を目論む企業も少なくない。一方、我々をよく知りもしない政府部門や組織が我々を目の敵にし、その他の機関と一緒になって我々を排斥したり、攻撃しようとしたりすることもある」

顧問はシャンパンで喉を潤してから続けた。「特にここ数年、フランスやドイツ、イタリアといったEU加盟国において、非常にデリケートな立場にある」

「なるほど」私は相づちを打つ。

「だが、これだけ儲けているにも関わらず、世界中の数多くの国家や政府がモンテスキュー支持に転じるばかりか、盟友ともいえる関係になっている。なぜだか分かるか？」

「モンテスキューに実力があるからでしょう」

「それだけではない。もっと考えてごらん」

あれこれ憶測したくはなかったので、私は首を振って解説を求めた。

「国家も政府も、構成しているのは人間だ。政策を決めるのも人間だ。カギとなる人物を押さえれば、政策に影響を与えることも、さらには一国の政府を支配することも可能になる。一つの政府を数人の重要人物に分解して対処すれば、アプローチはずっと容易になる。どんなに優秀な人物でも、弱点や盲点の一つや二つは必ずあるものだ。こうした人物の協力を得たければ、その人物に適したアメとムチを見つけ出すことが肝心なんだ」

「今のモンテスキューには、ちょうどその専門家がいる」そこまで言うと、顧問はグラスのスパークリングワインをひと口飲んだ。「きちんと採寸して、オーダーメイドでアメとムチを作れる専門家だ」

私は言葉に詰まり、黙ってグラスを口に運んだ。

「モンテスキューはたいてい、潜在力のある人物にのみ狙いを定めて接触する。君が想像もできないくらい早い段階から、そうした投資と布石は始まっている。ターゲットの人物が重要な人材に成長する頃、君との間には長期的で深い交友関係が築かれている。しかも、その人物の成功の陰には君の助力がある。となれば、成功した彼らは必ず君の力になろうとするはずだ」

「ナイキがアスリートのスポンサーとして、小学生の頃から支援する、みたいな話ですか」そう言って私は、よく分かったというふうにうなずいた。

「まさに、君の言う通りだよ」顧問は言った。

「でも、なぜモンテスキューは世間から誤解されているんでしょうか」

「モンテスキュー・グループには独自の陰の哲学というものがある。豪華な本社オフィスも、いわゆる公式サイトもない。マスコミュニケーションや企業PRとは無縁で、上場もレバレッジ投資もしない。オフショア会社を複数持ってはいるが、百パーセント合法の多国籍企業だ。一般人の目には、モンテスキューは謎に満ちた巨大企業と映っている。ネット上には、モンテスキュー自身が公表した資料は非常に少ない。見つかるのは会社の基本的な登記情報と、文化財団が一つだけ。その他の機関がモンテスキューを紹介するドキュメンタリーを撮影したことがあったよ。いろんな内部事情が詳細に生き生きと描写されていた」顧問は笑い、声をひそめてつけ加えた。「……よくできたドキュメンタリーでね、私が見ても実に勉強になったよ。ハハ」

彼が言うドキュメンタリーとは、恐らく『モンテスキューが秘密にしていること』『迫り来るモンテスキュー』の二本だろう。どちらも見たことがあるが、バイオテクノロジー関連の陰謀論、アングロサクソンによる征服とユダヤ人弾圧、官民の癒着、政治的迫害と暗殺、謎の暗黒勢力、巨額の助成金、そして複数のオフショア会社による複雑な組織構造、といった内容だった。

「『その他の機関』とはどういう意味です？」私は尋ねてみた。

「モンテスキューとの提携対象になっていない企業はすべて『その他の機関』だよ。たとえばイギリスで我々と提携しているのはイギリス政府やＢＢＣなど十数の機関だけ。それ以外はみんな『その他の機関』だ」顧問は言った。

私はうなずき、理解したことを示した。でも、それなら「その他の機関」はあまりに多すぎないか。

「先ほどおっしゃった『陰の哲学』とは何ですか」

「ずいぶん好奇心旺盛だな、若者よ」顧問は頭を下げ、眼鏡の上から覗くように私を見た。

私は無邪気に笑ってみせてから、テーブルの上のグラスに目を落とした。

「モンテスキュー・グループは毎年、もともと高くない知名度をさらに下げるために、決まった予算を組んでいる。より目立たないように、大衆に存在を知られないようにと望んでいるんだ。一般的な企業とは完全に逆の道を進んでいる。これがモンテスキューの『陰の哲学』だよ」

「独特ですね」

「まだある。モンテスキューの仕事の肝は根気と忍耐力。最適な時機が来るのを待つのが得意だ。民主主義社会では、政治家が潮のように現れては消えていく。だが、世代を超越することができれば、永遠の敵も実現不可能な目標も存在しない」よどみなく語る顧問は、選挙演説をする大統領候補のような表情をしていた。

「ここまで話してきたことを総合したものが、すなわちモンテスキューの仕事だ」顧問は言った。「もう一つ、一般の企業とは逆を行くことがある――モンテスキューの仕事や企業文化、中核的価値観、戦略、目標などといった重要事項のいずれも決して明文化されない。報道されることも一般人に理解してもらうことも望んでいないんだ。こうした内容は必ず対面で、必要な相手と直接討論される。外部の人間に話すことがあるとすれば、理念を同じくする相手だけだ。そして一切の記録を残さない」

「禅宗の『不立文字《ふりゅうもんじ》、教外別伝《きょうげべつでん》』ですね？」私は言った。それから少し時間をかけて、複雑で単純なこの禅宗の理念について顧問に解説した。

「ハハ、君のたとえは面白いな。今まで聞いたのは、秘密主義とかそういうものばかりだった」顧問は笑った。

「なぜそんな独特なやり方になったんです？」

顧問は一瞬、真剣な顔で私を見た。時間にして〇・五秒。「創業者が作った規則でね、みんなそれに従っている。彼は『ペルシア人の手紙』[*1]を愛読していた。本から何かを感じ取ったのかもしれないね」

話し終えると、顧問はワインクーラーから残ったスパークリングワインを取り出し、自分と私のグラスに同量ずつついだ。顧問が語るモンテスキューの話は脈絡がなく、老人の愚痴のようにも感じられた。こんな話を聞かせる目的は分からないが、とにかく私はスパークリングワインを飲み干し、顧問に話の礼を言った。

　この時、八の字ひげのインド人ウエイターがワインボトルを持ってきた。顧問はラベルを見てうなずき、私に試飲させるよう促した。ウエイターは手早くスクリューキャップを開けると、テーブル上の小皿にキャップを置き、ひと口分を私のグラスについだ。

　グラスを揺らす。色は深く、ブルーベリーやブラックチェリーのような果実の香りの奥に、スパイスの香りが感じられる。新世界のカベルネ・ソーヴィニヨンを思わせる香りだ。ひと口飲んでみた。保存状態は良好、温度も申し分ない。味は香りよりさらに豊かで濃厚、甘みの中に木樽や皮革を思わせる苦みがかすかにある。私はウエイターを手招きし、ワインをデキャンタに移して二人についでくれるよう頼んだ。

「いいワインだろう？」顧問はウエイターに部屋を出るよう手振りで合図した。

「ええ、とても力強いボディですね。アメリカのカベルネ・ソーヴィニヨンにも似ていますが、それよりもっと、ジュースのようにふくよかで飲みやすい感じです。加えてまろやかさもある」私はためらいがちに答える。

「二〇四八年のSUX《サックス》[*2]だよ。知ってるかい？」そう言って顧問はラベルを私に見せた。

「知りません。変わった名前ですね。意図的ですか？」

「いいや。SUXとは産地のサセックスのことだよ。サセックスのカベルネ・ソーヴィニヨンがメインの混醸だ。このワイナリーは生産量がとても少ない。最高のブドウだけを使っている。オーナーは冗談好きのイギリス人だが、ワインへの情熱は人一倍だ。《大消滅》のあとにブドウ栽培を始めて、本格的にワイン醸造を始めてからまだ五年もたっていない。彼のワインはいくつも賞を取っているんだが、評論家からの評価が高く、毎回高いスコアがつく。短期間でこれほど質のいいワインが作れるとは、実に立派だ」顧問は続けた。「このワインは知名度が高いのに、飲んだことのある者は多くない。なぜだか分かるか？」

「なぜです？」そのまま聞き返す。

「生産量が少ないという根本的な理由もあるがね、オーナーがカルトワイン的な売り方をしているからだよ。高価格、高評価、高品質、ブームの演出、数量限定、購入の制限、抽選、行列といった一般的な方式に加えて、有名人に直接販売するという方法をとった。君が超有名人だとしたら、ワイナリーに手紙を書いて申し込むと一本だけ購入できる。列に並ぶ必要はない」顧問は言った。「時間が許せば、ワイナリーのオーナーが直接君の家にワインを届けてくれて、一緒に一杯飲む。そして君と撮った写真をＰＲ用のサイトに載せるんだ」

「すごいな。やはりイギリス人は貴族的で階級的なものが好きですね」私は言った。

「階級的か、まさにそうだな。イギリス人は集権とか王室とかユートピアとかビッグ・ブラザーとか階級とか、そういうものに夢中になりやすい」言いながら顧問は手早くもう一杯ついでくれた。

「このワインはモンテスキューを通じて手に入れたものだ。まあ私はそうワインに詳しいわけじゃなくて、かろうじて赤ワインと白ワインの区別がつくくらいのものだがね」顧問は笑った。

「なのにいつもいいワインが手に入る。これも二箱か三箱は持っているよ」

きっと私は「納得いかない」と「信じられない」が混じりあった奇妙な表情をしていたのだ

しよう」顧問は少し言葉を止め、それからまた話を続けた。「気に入ったか？ 君にも一本進呈ろう。

「ええ、ありがとうございます」私は答えた。近頃なぜかみんなが私にワインをくれようとする。それも、ごく貴重な品を。

「君が言っていた階級の話だが」顧問はまだ話を続けたいようだった。「『人は生まれながらにして自由かつ平等だ』という言葉を信じるか？」

「国連の世界人権宣言の言葉ですね。でも、現実はそうはいきませんが」私は探るように言った。「国連加盟国間の関係も十分に不平等だ」

「常任理事国とか安保理とかの、不平等な制度のことか？」

私はうなずく。

「私はかつて国連で働いていたから、国連の構造や運営方式は熟知している。国連は強権を持つ大国の利益のために作られた舞台にすぎない。舞台上で伝えられる理念も大国が生みだしたものだし、いわゆる会議や投票の類いもほかの国に見せるための演出だ。こうした運営システムそのものが、やむを得ず上演される舞台劇なのだ」顧問は少しの間を空けてから続けた。

「しかし、この世界をどう動かすかを決めているのはそういう大国ではないし、大統領や首相でもない。覚えておくといい、この世界では、真に力を持つものは見えない所に存在する」

「見えない所？」私は繰り返した。

「物事の本質に関わる問題だ。きりがないからこのへんにしておいて、君の話を聞こうか」

顧問は離れた所に立っていたインド人ウエイターを手招きして呼び、赤、黄、緑の三色のカレーとチャパティを持ってこさせた。カゴからチャパティをひと切れ取ると、緑のマトンカレーをつけて食べ、グラスを手に取りひと口飲む。伝統的なインドレストランではナイフを使わないため、レモンを浮かべたフィンガーボウルがテーブルに置かれる。

「ここのシェフはブラッドフォードから来たんだ。正統派のインド料理だよ」食べながら顧問が言った。「知ってるか？　ブラッドフォードはインド以外で最もインド料理がうまい町だ」

私はブラッドフォードへは行ったことがないので、うなずいて調子を合わせるしかなかった。私もチャパティをひと切れちぎり、いかにも辛そうな赤いカレーを食べる。「うまいです。カレーのスパイスがワインとよく合う。いいマリアージュですね」

「食べながら話そう」顧問は言った。「仕事は好きかい？」

「毎日、世界の各地を回って問題を解決して、ついでにいいワインも飲める。ピアノ調律師や海上消防隊よりは面白いです」私は冗談めかしてあいまいに答えた。

「君はバイオテクノロジーを学んだんだろう？」顧問が言った。

「はい。アメリカの大学でバイオ産業技術を学んだあと、イギリスへ来て遺伝子工学を学びました」私は言った。

「君は有能だ。君のサービスや専門性に関しては、クライアントの評価も高い。しかも、会社で最もワインに詳しい。実は何年も前から君に注目していたんだ」顧問は眼鏡型デバイスの位置を直した。何か情報を読み取ったのだろう。そして言った。「どうだろう。我々の《紳士クラブ》では今、バイオテクノロジーとワインに詳しい若者の加入を望んでいるんだが、君を推薦させてもらえないだろうか」

「あの……ありがとうございます……でも私は……」驚いた。いきなりそんな話をされても困る。

「いいんだ、そう急ぐ話じゃない。それより今日は別の話をしよう」顧問は私の言葉をさえぎって続けた。「バローロで長老のブドウ畑を見たろう?」

「はい。クライアントからの緊急の要請でした」

「ワイナリーを訪ねて本人に会い、施設を見学し、彼のワインを飲み、それから検査をおこなったと聞いている」

「はい。会社の日誌にも記録があります」私はあいまいに答える。

「以前から長老と面識があったのか?」顧問が尋ねる。

「いいえ」

「長老を知る友人がいる?」

「イタリアのクライアントはみんな長老を知っています」

「長老はなぜ君を指名した?」

「分かりません」私は答えた。「ただの急ぎの検査だと思っていて、まさか長老ご本人に会えるとは思っていませんでした」

「どんな人物だった?」顧問はそう言いながら、スプーンを使い皿の上で三色のカレーを混ぜ、チャパティを浸して食べた。

「メディアで報じられている通り、有能で頭のよさそうな感じでした」私は自分の答えを肯定するように、うなずきながら答えた。「さすが、国会議員まで務めた方は違います」

「その仕事の詳しい内容を聞きたいんだが」顧問が言った。

「会社には守秘義務がありますから、お話ししていいものかどうか」私は困ったような表情を作り、顧問を怒らせないよう慎重に答えた。

「分かってる。話さなくて正解だ。ハハ。それが正解だ。話さなくて正解だよ」気に障ったのかどうか、表情からは読み取れなかったものの、顧問は三回も同じことを言うと、帽子の下から紙に印刷された書類を出して私に渡した。「これは君の会社の社長と私とのやり取りの内容だ。これは君に渡しておく。社長に確認してもかまわない」

　正式な紙の書類を見るのが久しぶりだったからだろう、この書類はどことなく怪しい感じがした。悪意に満ちた、不吉な内容が書かれているような気がする。私は書類をよく見てみた。社内で暗号化処理がされた電子メールで、私に全面的な協力を求めるといった内容が書かれている。社長のＤＮＡ署名もある。このメールが偽造ではないことは確かだ。

　軽く咳払いをしてから、私は言った。「今回は通常通りのＢＫ－22の検査ではありません。一部のブドウ樹に対する迅速スクリーニング検査で、ＫＮ100やＧＶ９Ｘ１などの含有量を調べるものでした。BK-32規格のプログラムに従い、サンプル抽出と検査をおこないました。先頃提出した報告書で詳しく説明しています」

　顧問はうなずき、グラスを揺らして言った。「なるほど。そのブドウ樹の健康状態はどうだった？」

「問題はありませんでした。健康状態の指標はすべて基準値以上、少なくとも現時点で感染症の症状は何も出ていません」私はあいまいにやり過ごそうとした。

「そのブドウで作ったワインはＢＰＡ97認証を通るか？」

「もちろんです。世界のどの国でも問題ないでしょう」私は言った。

「検体は残してあるか？」顧問は私のケースを指さした。

「いいえ。クライアントが持ち出さないでほしいと」

「本当に？」顧問は疑っているようだ。

「はい。とても慎重なクライアントで。検査データも目の前で削除するよう言われました」

顧問は口をとがらせ、「まあ、仕方ないな」という表情でうなずいた。グラスのワインを飲み干すと、再び自分でグラスにつぎ、私にもついでくれた。

「長老と何を話したか、聞いてもいいか？」顧問はやや遠慮がちに言った。

「ワイン作りに対する考えとか、古代の醸造法とかの話です。彼の秘密の設備も見せてもらいました」

「秘密の設備？」

「秘密といっても、《ティム・ベイカー》誌にも載っていた製法ですよ。コーカサス地方で作られた巨大なかめを地下に埋めて、その中でワインを熟成させるんです」私は言った。「それから私にワインを三本くれました。念のためお伝えしますが」

「いいんだよ、それは知っている。君が昨夜ローマで友人と一本飲んだことも、うっかり瓶を割ったこともね」顧問は手を広げ「大丈夫」というジェスチャーをしたあと続けた。「長老は君を仲間に誘わなかったか？　何らかの企業や組織に加われと」

「それはありません。彼のワインを飲んで、その味について語ったあとは、神の話をしました」

「神？」顧問は不思議そうに聞いた。

「ええ、バベルの塔の話。旧約聖書の」私は言った。「人類の言葉が通じなくなった件について」

「それから？」

「科学も神の采配だと」私は続けた。「バッハのフーガも、ピカソの抽象画も、ブニュエルの映画も、人類の文明と成果のすべては神がお決めになったことだそうです」

「ほかには？」どう見てもこの話には興味がなさそうだ。

「専門的な話も少ししました。検査の正確度とか、誤差率とか」

「モンテスキューの機密は話さなかっただろうな」

「話してません。厳密に言えば私はモンテスキューの人間ではないですし、機密なんて何も知りませんから」

列車がいくつか同時に到着したのだろう、窓の外には一瞬にして人があふれ、しばらくするとそれぞれどこかへ吸い込まれていった。外の音はまったく聞こえない。音のないリアリティショーを見ているかのようだった。

「それだけか？」顧問は疑うようにもう一度聞いた。

「はい。でも、私たちは何を知ろうとしてるんです？」刺激しすぎないよう、試しに「私たち」という言葉を使って疑問を投げてみた。

「君はどう考える？」顧問が問い返す。

「長老も『その他の機関』の人間ですか？」

顧問は答えず、あいまいに微笑んだ。「ほかには?」

「『その他の機関』もワクチンを開発している?」

「開発と言うよりは、模造、あるいはリバースエンジニアリングとでも言うべきかな」顧問は言った。「我々が顧客にワクチンを提供している以上、当然、代替品を作ってもらっては困る」

「もう完成しているんですか」私は思い切って尋ねた。

「ワクチン開発は難度が高い。あと十年かかっても無理だろうな」顧問は眉をひそめて言った。

「ほかには?」

「長老が自分の陣営に私を引き入れようとしているとお考えですか?」私は言った。

「長老がそのつもりなら、あんなふうに公に君を呼び出したりしないで、水面下で話を進めるだろう」

私はうなずいた。確かにそうだ。

「長老が君に会いたかったのには理由がある」顧問は自信ありげな笑顔を見せた。「彼は意義のないことはしない。我々もそうだ。長老の目的はまだ明確ではなく、糸口を見つけたにすぎないが、必ず明らかにする。我々がやると決めたことは、決して手を止めず、必ずやり遂げる」

「もし長老からまた連絡があったら私に知らせてもらえないだろうか。こっそり会いに行ったり、何かを引き受けたりはしないことをおすすめしたい」顧問はやや低姿勢に申し出た。恐らく、彼が低姿勢になる時は「必ず従え」の意味なのだと推測する。だからこの言葉の本当の意味は「もし長老からまた連絡があったら必ず私に知らせろ。こっそり会いに行ったり、何かを引き受けたりはするな」だ。

「ところで、長老のワインはどうだった?」顧問が言った。

「不思議なほどおいしかったです。飲めば飲むほど濃厚な味わいで、ボディもしっかりしていて。決闘を終えたジョン・ウェインが夕日の下で、しかめ面で苦笑しつつ、馬に乗って学校帰りの娘を迎えに行くような、優しくて強い男のイメージです。穏やかで暖かい夕日がカウボーイハットと鞍を照らし、腰のホルスターに入ったピストルが揺れて……」私は言った。

「すばらしいな。西部劇は好きだ」顧問が口を挟む。「機会があれば私も……」

言いかけて、顧問は黙った。左手が感電したカエルみたいに震えている。手の甲に埋め込んだチップが何らかの信号を発しているのだ。特に比較的年齢の高い人は、分かりやすく反応しがちだ。顧問は右手の指で左手の甲を何回か軽く叩いてチップに情報を送ってから、私の顔から視線を外し、遠くの空間を見つめた。眼鏡型デバイスの情報を読み取っているのだろう。私たちの会話はそこで終わりとなった。

「急用ができて、行かなくちゃならない。君はゆっくり食べていってくれ」顧問は言った。

「申し訳ない」

「分かりました」私は言った。

「言っておくが、これは企業間の競争でも国家間の競争でもない。この局面において、モンテスキューもただの表象にすぎないんだ」顧問は言った。「さっき言ったように、君が目にした多くの物事はただの現象であって、本質ではない。真に力を持つものは見えない所に存在する」

「ただの現象で、本質ではない……力は見えない所に存在する……」私は無意識に、呪文のような顧問の言葉を繰り返した。

「正しいことをしろ。正しい選択こそが、努力より役に立つことが、人生にはままある」顧問は立ち上がり、手袋と帽子を持った。「この件がどれだけ複雑で、どれだけ大きな影響があるか、君にはまだ理解できんだろうな」

私も立ち上がった。「分かりました。一両日中に今回の出張の報告書をまとめます。詳しい資料はその際に」

顧問は私の答えを聞き流し、帽子をかぶりながら言った。「君にやると言ったさっきのワインだが、ティム・ベイカーから受け取ってくれ。ワインに詳しいやつだから、ついでにいろいろ話を聞くといい。私も彼に意見を聞きたい。『先生』を知ってるか？」

「ええ、もちろん……その……もちろん知ってます」私は言った。「先生」と呼ばれるティム・ベイカーは世界で最も有名で影響力のある、ベテランのワイン評論家だ。『ハンドブック』の著者であり、雑誌社とワインスクールの創設者でもある。私も、彼の希少な紙書籍を何冊も買った。「ワインに詳しい」どころか、現代世界に現れたディオニュソスとバッカス[*3]の化身だ。

「彼のオフィスはチャリング・クロスの近くにあって、テムズ川の景色がよく見える。誰かに聞けばすぐに分かるよ。彼は今ロンドンにいる。明日の午後に会いに行くといい。先生と君の会社の社長には私から連絡しておくから、君は直接訪ねていけばいいよ」

私はうなずいて了承した。

顧問は歩きだして振り返り、何かを思いついたように、穏やかに言った。「じっくり話しておいで。君のワインに対する知識の深さがどれほどか、私も知りたい」

顧問がまた柔らかで優しい口調になったので、「言う通りにしろ」と言われているのだと分かった。つまり、明日の午後に予定していた二つのミーティングは延期され、明日の夜にはグラスゴーへ移動するという計画は泡と消えたわけだ。先生に会って何を話せばいいのかはさっぱり分からないが。

「まいったな」私は思った。

ガラス窓の外で、顧問の姿は人の群れに消えていった。遠くに見えるエスカレーター横のパディントン像の近くには、巨大な3Dホログラム映像のパディントンが映し出されている。ペルー出身の、歴史あるおじいちゃん熊は、赤い帽子と青いコートをまとい、秘密のトランクを下げて、駅の中を歩き回っている。駅の人波がパディントンのほうへ集まり始めたら、小熊の誕生日パーティが始まるのだろう。

私はスプーンを手に取ると、三色のカレーを皿の上で混ぜ、冷めたチャパティにつけて食べると、グラスに残ったSUXを飲み干した。

原註

＊1　『ペルシア人の手紙』：フランスの政治家モンテスキュー（一六八九〜一七五五年）の一七二一年の著作。当時のフランスの政治・経済・文化・宗教制度などを風刺した、批判性の強い作品。

＊2　SUX：発音が同じ sucks は、「ちくしょう」「最低だ」などの意を表すスラング。

＊3　ディオニュソスとバッカス：古代ギリシャと古代ローマの神話に登場するブドウ酒の神（但し、多くの辞書や百科事典では同一の

神の別名としている）。

第4章　布石

二〇四三年四月一日
ボルドー市、ピエール橋付近

リヒャルト・ロートシルト（ドイツ語読み。英語読みなら「リチャード・ロスチャイルド」となる）は病室の客間のソファに座り、落胆していた。心筋細胞再生のための顕微鏡手術後、思ったように体が回復せず、退院が数日延びたのだ。

リヒャルト・ロートシルトは六十五歳。有名ワイナリー、シャトー・ラフィット・ロートシルト*1のオーナーだ。背は高くなく、むしろ小柄で痩せている。グレーの短髪、とがったあご、目元は彫りが深く、目尻には細かいしわ、ワシ鼻。頭の切れそうな、いかにもユダヤ人らしい風貌をしている。

ボルドー市中心部に位置するこの病院は、ロートシルト家の資金援助を受けている。一族の名を掲げてはいないが、病院の一フロアは一族の所有で、専用の病室が設けられ、最新の医療設備とセキュリティシステムを導入している。専用病室の広く快適な客間には、格調高いデスクが置かれている。室内にはあらゆる設備が完備され、壁には印象派の風景画まで飾られていて、ホテルのスイートルームと遜色《そんしょく》ない豪華さだ。最上階のため眺望はすばらしく、客間の半透明の窓ガラス越しに、夕日を浴びるガロンヌ川とピエール橋が見える。

ドアがノックされ、医師とロボット看護師が入ってきた。ロボット看護師は典型的なフランス人女性の顔をして、体に合った服を着ている。赤褐色の髪をしていて、帽子には五本の矢が描かれたロートシルト家の紋章がつけられている。

「血圧その他の測定をおこないます」ロボット看護師は礼儀正しくそう言い、自然な微笑みを浮かべた。

「このロボット看護師のフランス語は実に自然だな。人間が話すのと変わらない。どこの会社の製品だろう」リヒャルト・ロートシルトは立ち上がりながら考えた。「医療用ロボットは前途有望な分野だな」

ロボット看護師が手を伸ばし、体に触れずに数カ所をスキャンすると、医師のタブレット端末にさまざまな数値が表示される。

「どうです?」リヒャルトが尋ねる。

「数値はいずれも良好です」若い医師は腕につけた端末をちらりと見て、優しく言った。「明日もう一日様子を見て、問題なければ退院できますよ」

「良好とはどういう意味かな? 具体的な数値を教えてくれ」リヒャルトは食い下がった。ユダヤ人は幼い頃から数字を重視するよう教育を受けている。彼のDNAには「常に数字を提示せよ《デリヴァー・ナンバー・オールウェイズ》」の「D・N・A」が刷り込まれているのだ。

若い医師は少し動揺し、慌てて端末をタップして言った。「ええと……手術直後と比べて、各指標を総合的に見ると、おおむね八十パーセント前後は回復していますね。これは同年代の平均……いや、三十代から四十代の平均と比べても早いほうです……ええと……だいたい十パーセントほど早い回復ペースです」

「もういい、ありがとう」リヒャルトは眉をひそめた。具体的な数値は何一つ出てこなかったし、医師が「おおむね」「前後」「だいたい」「ほど」などと言うのが気に入らない。心の中でブツブツ文句を言いつつも、礼儀正しく感謝の言葉を述べた。

背後から電子秘書の声が、従兄弟のジェイソンの来訪を伝えた。リヒャルトは医師に向かってうなずいた。ほかに用がなければ出ていってくれ、の意味だ。医師が病室を出ると、リヒャルトは電子秘書に命じて消音モードに切り替えた。訪問者や電話、情報のリアルタイム通知を一時的に遮断する。

ジェイソン・ロートシルトは四十七歳。もう一つの有名ワイナリー、シャトー・ムートン・ロートシルト[*2]のオーナーだ。髪は少し薄くなっていて、黒縁の眼鏡をかけているとやや老けて見える。紺色の上質なジャケットに白いシャツ、シャトー・ムートン・ロートシルトのロゴ入りの赤いネクタイを締め、シルバーの台座に翡翠《ひすい》をはめ込んだカフスボタンをつけている。流行のファッションとアクセサリーで、いかにも多国籍企業のＣＥＯといった雰囲気だ。

二人は従兄弟同士だが、企業のＣＥＯ同士の対面らしく握手をした。

「元気そうですね」ジェイソン・ロートシルトが言った。

「大したことはない。ただの顕微鏡手術だ。なぜ一日も余計に入院させられたのか分からんよ」リヒャルト・ロートシルトは指輪を直しながらひとしきり文句を言い、牛革のソファに腰を下ろした。

あいさつを交わしたあと、二人は以前から検討を約束していた議題について話し合った。低下を続けるＬｉｖ－ｅｘ[*3]指数と高級ワイン価格への対策、メドックの格付け制度の必要性、メルロの割合を増やすべきか否か、ボルドーの土壌の重金属汚染問題、次の家族会議の場所と日時、ラグジュアリーブランドとアジアの資金がボルドーに進出している問題について、などだ。

一八五五年にパリで開催された万国博覧会において、外国人にボルドーのワインを広めるため、ナポレオン三世はボルドーワインの格付けを命じた。ボルドー商工会は、ワイン仲買人組合が作成した売価に基づく格付けリストを整理し、メドック地区のワイナリー（シャトー）の格付けを行った。そのうち、唯一の例外としてメドック以外の産地からリスト入りしたのがシャトー・オー・ブリオンである。

この格付けは第一級から第五級にランク分けされている。当時の一級は四シャトー、二級は十五シャトー、三級は十四シャトー、四級は十シャトー、五級は十七シャトー、合計六十シャトーだった。白ワインの格付けでは二階級にランク分けされたが、唯一、シャトー・ディケムのみが特別一級に選ばれたほか、十一シャトーが第一級、十二シャトーが第二級に格付けされた。

ボルドーワインの格付けは十七世紀には始まっていたが、歴史に名をとどめたのは一八五五年の格付けで、その後の基準となった。一九七三年にムートンが二級から一級へ昇格したのを除き、この等級は二百年近く変わっていない。権威と影響力を持つ格付けとして、百年以上もの間、絶えることなく伝承されてきた。この六十一本のワインを飲むことは、多くのワイン好きにとっての憧れとなっている。こんな話もある。一九八〇年代、あるフランス人が中東の某国で、数年間、人質として囚われていた。解放され帰国した彼は、毎日この六十一シャトーの名を暗唱し続けたおかげで正気を保てた、と語った。

ボルドーの五軒の第一級シャトーは「五大シャトー」「五大ワイナリー」と呼ばれる。この百年、ワイン産業はフィロキセラの虫害や二度の世界大戦といった重大な危機に見舞われた。こうした危機によってフランスのワイン産業は一定の打撃を受けたが、五大シャトーはその優れた品質を守り抜き、世界のワイン産業における地位は揺らぐことはなかった。

「今年は春が遅い。うちの醸造責任者が言うには、今年は発芽の状況がかんばしくないらしい。一週間ほど遅れているし、数も少ない。ブドウの樹もどことなく元気がない。このままだと収穫の頃には面倒なことになっているかもしれん」リヒャルトは言った。

「うちも似たような状況ですよ。うちだけじゃない、メドックではどこも同じらしい。極循環の影響で霜の被害が大きかったせいだとみんなは言っていますが、どうもそれだけではないような気がします」ジェイソンはそう言いながら、勝手知ったる様子で客間のバーカウンターからクリスタルグラスを二つと二〇一〇年のブランデーを取り出したが、少し迷ってからグラスを一つ戻し、自分にだけブランデーをついだ。

「うん、農業省の友人が内密に教えてくれたんだが、霜害の被害状況は想像以上に深刻らしい。

ボルドーだけでなく、フランス全土が同じ状況だそうだ。ロワール川流域の産地の大部分はようやく頭を出した程度、ブルゴーニュではほとんど芽が出ていない。南フランスの地中海に面した産地のワイナリーでは、この数日でようやく芽が出始めたところだ」リヒャルトは言った。

「こんな状況はちょっと異常ですね。二〇三二年と三四年、三八年の春にも暴風雪の被害がありましたが、あの時のブドウの樹はもっと生命力が強かった。今年のブドウはまだ冬眠から目覚めていないかのようです。発芽があまり遅れると、成長期が短くなり、ブドウの成熟度にも収穫量にも影響が出かねません。ワインも酸味と渋みが強くなりすぎるし、バランスもストラクチャーも劣るものになる」ジェイソンはそう言ってブランデーを飲んだ。

「人づてに聞いたんだが、パリでは二日続けて秘密会議を開き、この問題について討議したところ、相次いでさまざまな情報が出てきたらしい。なんでも、非常に珍しいブドウステムピッティング随伴ウイルスとかいうのが原因との疑いがあるそうだ。このウイルスにかかるとブドウ樹の生長が阻害されて、春の発芽が遅れ、育ちが悪くなり収穫量が減る。実がつかなかったり、樹が枯れたりすることもあるらしい。だが、現時点では結論は出ていない」リヒャルトは言った。

「天気のことなんか討議したってムダです。話し合いの結果、明日から暖かくなって霜が消えます、なんて話あるわけないんだし。すべてのブドウ樹を温室で育てるわけにもいかないですしね。結局のところ……自力でなんとかするしかない[*4]」ジェイソンは言った。

「そうだな。ここは二百四十六種ものチーズを持つ国だ。誰が政権を取ろうが、誰が法律を作ろうがどうでもいい。[*5]どうせ同じことだ」リヒャルトが賛同する。

ジェイソンはうなずいて同調した。心中では同じことを考えていた。「ただ、ちょっと気になることがあります。去年、ミシェル・ロラン・コンサルタンシー[*6]の理事、ソフィ・オコナーが、生物の体内時計が狂う謎の現象について話してたんです。確か、数年前アメリカのアイダホ州のスネーク・リバー・バレーで、複数のワイナリーのブドウ樹が冬の眠りから目覚めず、芽が出ても半分くらいの大きさで生長が止まったそうです。今の状況と少し似てますよね。その後、ブドウの樹はすべて伐採され、トウモロコシ畑に変わったそうです」

「アイダホ州のスネーク・リバー・バレー？　オレゴン州じゃないのか[*7]。アイダホ州のスネーク・リバー・バレーってのは牛を育ててる所だろう？」リヒャルトは言った。「確か、いい農場があるんだ。うまいアメリカンビーフを生産している」

「そこですよ」

「ハハ、その話なら私もソフィから聞いたことがある。去年の夏、マデイラで、あの《貧乏伯爵》に招かれた時に」リヒャルトは笑ってうなずいた。「実際、スネーク・リバー・バレーはブドウ栽培より牛の飼育とかトウモロコシ栽培に適してる」

「そうですね。馬に催眠術をかけるとか、魚に鍼《はり》を打つとかいう話は聞いたことがありますが、ブドウの樹に催眠術をかけられるやつなんかいませんから」ジェイソンはそう言って、またグラスを取り、ブランデーを飲んだ。

「さて、本題に戻ろう。もしそれと同じ事態が起きているとしたら、天候のせいで発芽が遅れているだけの問題では済まない。今年の収穫量不足に備える必要が出てくる」リヒャルトは険しい顔になって考え込んだ。空中でバーチャルなジグソーパズルをはめ込むかのように、顔の前で人さし指を動かしている。「……パリの動向を注意深く見ておく必要があるな。そしてパリより早く原因を突き止める。ワインの先物取引や投資も、しばらくは手を控えて様子を見よう」

「ええ、アメリカの気象コンサルタント会社にも連絡して、他国の情報を提供してもらいましょう」ジェイソンが言った。

「去年ルイスが買収した会社だな？　あの会社と、ジョンが上海でやっている大気汚染の研究計画は、将来性があると見込んでたんだ」リヒャルトは自分の息子たちを思って息をついた。「あの兄弟はなかなか見込みがある」

それから二人は共に術後の早期回復を祈って神に祈りを捧げた。ロートシルト家の基礎を築いた銀行家マイアー・アムシェル・ロートシルトの「共に祈る家族は、最後には一つになる」という言葉にならってのことだ。数百年来、ロートシルト家の家族はこの伝統を守り続けてきた。

祈りの途中、突然、電子秘書からの通知音が響いた。リヒャルトが空中で手を動かして電話に出る。「電話も情報も通知するなと言ったろ？」命を持たない電子秘書に向かって話しているとはとても思えない、厳しい口調だ。

電子秘書が話しだすと、リヒャルトは冷静になった。

「つないでくれ」ジェイソンに目をやり「ジョンだ」と言って、さらに話を続ける。「確か？」「間違いないのか」「ああそうだ、資料をくれ。ジェイソンもここにいる。一緒に確認したい」「上海は今何時だ？　自家用機はあるか？　今日こちらへ来られるか？」「通信は情報が漏れないよう慎重にな」「ああ、かまわない……飛行機をチャーターしてもいいから、できるだけ早く……準備ができたら知らせてくれ」

それからタブレット端末を取り上げ、何度かタップした。壁のディスプレイに中国を中心としたアジアの地図が表示される。中国は黄色、そのほかの国は灰色。地図は等圧線や等温線などの線で覆われている。グラデーション状の青い面が黒い線で分けられ、それぞれ小さな白い文字で日付が記されている。

「これは中国のデータだ。あとでアメリカとドイツのデータも届く。今回の発芽の遅れはヨーロッパの数カ国だけの問題じゃないらしい。中国の華北、東北、新疆《しんきょう》の産地、そして日本やカナダでも同じ現象が起きている。北半球全体で、発芽時期が一週から二週ほど遅れているんだ」

「くそっ、つまり原因は天候じゃないわけだ。アジアでもアメリカでも、春に霜の被害はありませんでしたから」ジェイソンは怒りを抑え込もうとするかのように、手を強くこすり合わせながら言った。「もはやこれは世界的な現象のようですね。まずいな、今年は北半球のワイナリーはどこも大変なことになる」

リヒャルトはジェイソンの最後のひと言を聞くと、獰猛《どうもう》な獅子のような表情になり、憎々しげにジェイソンをにらみつけた。それから何かを思い出したように、ゆっくりと、ジェイソンの背後の壁に飾られたモネの名画『睡蓮』へと視線を移す。リヒャルトの眼球が静かにくるくると動いた。絵に描かれた、深緑と青紫が重なり合う水の中に、何かを見つけたかのように。

「ちょっと待て……みんながこの事実に気づく前に、やっておくべきことがある」

この従兄弟とは数十年来のつきあいだ。リヒャルトがこんな顔をしている時は、決して考えを邪魔してはいけないことを、ジェイソンは知っていた。だから、いかなる音も発せず、ひと言も口をはさまず、喉の奥から声を絞り出すように「ん……」と二度ほどうなってやり過ごした。

「うん、そうだ」リヒャルトが我に返ったように言った。「パトリックに電話して、まだロンドンにいるかどうか聞いてくれ。ロンドンで動かせる資金の総計を出すよう伝えろ。事情はまだ話すな。何も知らせないまま、まずこっちへ来させてから詳しい話をする。ソフィ・オコナーには私から連絡する。アメリカのブドウ樹休眠事件の資料を可能な限り集めてもらって、明日の午前十時に報告に来てもらおう」リヒャルトは矢継ぎ早にまくし立てた。気が高ぶりすぎたのだろう、血圧や心拍数などのバイタルデータを示すモニター上で黄色と白の光が点滅し、ピーピーという警告音が鳴り響いた。

リヒャルトは動きを止め、何度か深呼吸したあと、水をひと口飲んだ。バイタルデータが正常値に落ち着くと、再び口を開く。「メディアと記者の動きを慎重に探れ。必要なら、うちのブドウ園の中には発芽が始まった所もあると、嘘の情報を流させろ。この件は人に任せず、自分で動くんだ。布石が完了するまでは、誰にも気づかれてはならない」

ジェイソンはぺこぺことお辞儀するように何度もうなずいた。言いようのない興奮と緊張が湧き上がる。リヒャルトの言う布石の意味を、ジェイソンは知っていた。家族が動かせる手元資金のすべてをワインの現物と先物に変える。数年来のワイン価格低迷が続いているこの機に大量購入し、後日、段階的に売りさばいて、ひと儲けしようというのだ。これは大きな賭けだ。凶作の影響でワイン価格が高騰した例は過去にもあったが、毎回そうなるとは限らない。しかも今回は……どこかで少しでも計算を間違えば、取り返しのつかない損失につながりかねない。

ジェイソンは手のひらに汗が噴き出すのを感じ、慌てて腿でぬぐった。

「嵐が来る。もう誰も逃れられない」

話を終えるとリヒャルト・ロートシルトは少し沈黙し、それからジェスチャーで電子秘書を呼び出した。「弁護士に私の家で待つよう伝えろ。ジョンにはすぐに上海を発つように言え。病院には今すぐ退院すると言っておいてくれ」

原註

＊1　シャトー・ラフィット・ロートシルト：フランス・ボルドー地方、メドック地区のポーイヤックに位置するワイナリー。ブドウ畑の総面積は九十ヘクタール、一ヘクタールあたり八千五百株のブドウ樹が栽培されている。カベルネ・ソーヴィニヨンが七割、メルロが二割、カベルネ・フランが残りを占める。平均樹齢は四十年以上。毎年三万ケースを生産する。

＊2　シャトー・ムートン・ロートシルト：ポーイヤックのシャトー・ラフィット・ロートシルト付近に位置する。ムートンの名は、この土地がかつて小高い丘を意味する「Motte」と呼ばれていたことに由来する。一八五三年にロートシルト家が土地を買い取った。一八五五年、ムートンはボルドーの格付けで二級に格付けされたが、一九七三年、百年の時間を経て一級に昇格した。

＊3　Ｌｉｖ－ｅｘ：ロンドン国際ワイン取引所（London International Vintners Exchange）のこと。一九九九年にロンドンで設立された、世界最大の高級ワイン取引所。高級ワインの取引・決済のためのプラ

ットフォーム。Liv－exの取引額は世界の高級ワイン取引額全体の七十五パーセント以上を占める。

＊4　かつてのフランス大統領シャルル・ド・ゴールの言葉。「二百四十六種ものチーズを持つ国を、誰が統治できると言うのだ？」この数字はド・ゴールが思いつきで言ったもので、実際はフランスには五百から六百種類のチーズがある。

＊5　マイアー・アムシェル・ロートシルト（一七四四〜一八一二年）の言葉。「私に通貨発行権と管理権を与えるなら、誰が法律を作ろうがどうでもいい」

＊6　ミシェル・ロラン・コンサルタンシー：ミシェル・ロラン・ラボラトリーの一部門。二十一世紀初頭の有名な「空飛ぶワイン醸造家」ミシェル・ロランが設立した。

＊7　アメリカのスネーク・リバー・バレーはオレゴン州とアイダホ州にまたがる地区。

第5章　先生

二〇五三年十一月十三日

ロンドン、チャリング・クロス

ベッドを出てウェアラブル端末をタップすると、電子秘書が今日のタスクを読み上げ始める。

午前十時、ＢＰＡ技術関連のビデオ会議。十一時半、南アフリカでの仕事の進捗に関するビデオ会議。午後の〈先生〉との面会時間は未確認。夜のスコットランド行きはキャンセルになったが、資料は完成させて送らなくてはならない。さらに、即返信すべきメールが十五件。後回しでも問題ないものが三十四件。このほか百十二件は電子秘書がすでに確認し返信済みなので、無視してよし。今日はかなり忙しい一日になりそうだ。先生との面会の予定だけが、まだ確定していない。礼儀として、まず先生のオフィスに電話して、確認を取ることにした。

「ワインをいただきにあがりたいのですが」電話口で名乗る。自分の声はいつも間抜けに聞こえるのはなぜだろう。

「少しお待ちください」きれいな声の女性が出た。言葉遣いも丁寧だ。「はい、承っております。先生の予定は午後三時から四時が空いております。もしご都合がよろしければ」

「大丈夫です。ありがとう」私は言った。

「ワインの銘柄を伺えますか？　準備いたしますので」

「二〇四八年産の、Ｓ《エス》－Ｕ《ユー》－Ｘ《エックス》という名のカベルネ・ソーヴィニヨンです」おかしな言葉に聞こえないよう、一文字ずつ区切って発音したが、やはりなんとなくムズムズする。

「はい、二〇四八年のＳＵＸ《サックス》ですね。開栓してデキャンタージュしておきましょうか」相手の女性はさらりと言った。

「いえ、結構です。ワインは持ち帰らせていただきます」

「では発泡保温ラッピングはご入り用ですか？」発泡保温ラッピングとは不透明な発泡剤で、ワインボトルの表面に吹きつけると四時間から六時間は温度を保ってくれる。環境にはあまり優しくないが、ワインを持ち運ぶ際には便利だ。はがす時にもラベルを傷つけることはない。

「いいえ結構です、保温バッグを持っていきますので」

「承知しました。では午後にお待ちしております」女性の口調は丁寧な中に親しみを感じさせた。


午後の会議を終えると、私は先生の紙の本が数冊入ったバックパックを背負い、地下鉄でチャリング・クロス駅へ向かった。今日は人出が多い。大通りも車でいっぱいだ。アジアからの観光客の一団が、駅の入り口でわいわい言いながら写真を撮っている。私には聞き取れない言葉を大声で話し、とてもにぎやかだ。チャリング・クロスはロンドンの中心を流れるテムズ川のほとりにある。いくつかの鉄道路線が交わる駅で、いつも混雑している。最も有名な建築は、砲台型のチャリング・クロス駅。００７の映画にも何度も登場している。シリーズの一作ではテロリストによって駅が爆破され、対岸のロンドン・アイも車輪のようにテムズ川に倒れたが、ビッグベンとウエストミンスター宮殿は無傷だった。

テロリスト目線で見れば、ロンドンには攻撃のターゲットになりそうな観光スポットがたっぷりある。セント・ポール大聖堂、ウエストミンスター寺院、バッキンガム宮殿、大英博物館、ロンドン塔、タワーブリッジ。ニューヨークには自由の女神くらいしかないのに比べると、かなり特殊だ。とはいえテロリストは観光客ではないから、観光スポットが多いか少ないかは重要ではないのだろう。

約束通り、午後三時ちょうどに先生のオフィスに着いた。早すぎず、遅すぎず――一部のイギリス人は、時間に正確であることを高く評価するものだ。入り口の受付にいる二人の女性は非常に美しく、上品さの中に威厳さえ感じさせる。そのうちアジア系の女性は電話中だった。私はもう一人の、ウエーブのかかった髪の女性に訪問の意図を伝えた。女性は何度かうなずいて言った。「申し訳ございません。担当の者はただ今電話中です。お呼びしますので少々お待ちください」

私はうなずくと、横の板張りの壁に掲げられた銅製のプレートを眺めた。雑誌社、財団、ワインクラブ、研究センター。いずれも先生の名を冠し、グラスを掲げて香りを嗅ぐ先生のシルエットをかたどった、グループのシンボルマークが使われている。つまり、ここにあるのはティム・ベイカー雑誌社と、ティム・ベイカー財団と、ティム・ベイカー・ワインクラブと、ティム・ベイカー研究センターというわけだ。壁にはさらに、「Know Thyself（汝自身を知れ）」という文言が刻まれた石板が飾られている。腰に手を当ててプレートと石板を見比べながら、私は、この言葉とワインは何の関係があるんだろうと考えていた。

その時、澄んだ声が聞こえた。「こんにちは。今朝、先生との面会の約束でお電話くださった方ですか？」振り返ると、ショートヘアの若くてきれいな女性が立っていた。襟つきの白いノースリーブシャツに、仕立てのいい青のタイトスカートを合わせている。首にかけたペンダントには、古いビー玉のような暗赤色のペンダントトップ。髪と目は茶色で、もみあげのあたりが少し前にカールしている。露出した肩から腕のラインがとても美しい。年はかなり若く見える。顔立ちも整っていて、上品で育ちのよさそうな雰囲気がにじみ出ていた。

「Sorry!」とっさに彼女の言葉が聞き取れなかった。イギリス人は階級が違えば言葉遣いも違う。階級を重視する一部のイギリス人に対しては、こういう時に「Pardon」と聞き返すと、わざとらしい印象を与えかねない。ある作家が「Pardon は Fuck より嫌がられる」と言っていたから、私はこの言葉を極力避けている。

「二〇四八年のＳＵＸを受け取りにいらっしゃると、お電話くださった方ですね」ショートヘアの女性は繰り返した。

「はい、私です」

「ようこそ、ではご案内します」女性はかわいらしい笑顔を見せた。「どうぞ、こちらへ」

彼女について廊下を進む。小さな応接間とトイレがある。壁には先生の名が記された各種の賞状や証書が飾られているほか、先生の舌、鼻、目など、あらゆる感覚器にかけられた巨額の保険金のギネス世界記録認定証もある。一部の典型的な「エセ上流階級」のイギリス人は、他人からうぬぼれていると思われないために、こうした品々を「人が必ず通るが、目立ちにくい」場所に置いておく。よくあるのが一階のトイレの中、あるいはトイレに通じる廊下だ。こうすれば客がトイレに行く際に必ず目に入るし、主人は、そんな大層な代物じゃない、ついでにそこへ飾っておいただけだ、と冗談めかして言うことができる。

廊下を過ぎると、非常に豪華な、一見するとレストランのような空間に入った。左右両側には天井まで届く木製の本棚が置かれ、本棚のガラスには細い木板で斜め格子状の装飾が施されている。入り口の脇には小さなバーカウンターと、照明つきの陳列棚があり、中には文化財のような展示物が飾られている。あらゆる壁には彫刻が施され、テムズ川に面したフランス窓を除き、窓にはクラシカルな分厚いカーテンが掛けられている。床には赤地に白い小花模様のカーペットが敷かれ、天井からぶら下がったいくつかの頼りなげな照明が、黄みがかった光を力なく放っている。室内には十人前後が席に着けるテーブルと牛革のソファがそれぞれ四台。レストランやオフィスというよりは、伝統的なイギリス紳士クラブのやや明るめの書斎といった風情で、古風で落ち着いた雰囲気に満ちていた。

長方形のテーブルには白いクロスがかけられ、テーブルの真ん中にはワインが二列に並んでいる。ボトルは伸縮性のある麻布の袋で覆われ、それぞれの前に番号札と四個のグラスが置かれている。グラスには少しずつワインが注がれ、コースターでフタをしてある。数えてみると、ボトルは計五十六本、グラスは二百二十四個。先生と男性二人、女性一人の計四人がスピトゥーン（試飲の際に口に含んだワインを吐き出すための器）を抱えてテイスティングをしている。傍らでは二人のアシスタントと一人のカメラマンが彼らの評論の内容を記録していた。

ショートヘアの女性は私をバーカウンターの椅子に座らせ、少し待つように言うと、先生に知らせに行った。女性が戻るまで、私は脇にある透明なガラスの陳列棚を眺めていた。金の刺繡で縁取りした濃い藍色《あいいろ》のビロードの敷き布の上に、空のボトルとコルク、金属製のトランクと手錠が飾られている。少し太めのボトルには、「1787 Lafitte TH. J.」の文字が刻まれている。コルクはバラバラに砕けていて、ほとんど粉のようになっている部分もある。トランクはアルミ合金製で、同色の持ち手と番号式の錠がついている。見たところ、ワインボトル専用のケースのようだ。手錠の一端は開いていて、反対側はトランクの持ち手につながれている。鉄の質感が放つ冷たい光は、強い意志を感じさせる。陳列棚には何の説明もないが、かなり古くて貴重な物であることがうかがえる。

二杯のワインと一杯の水を乗せたトレイを持って、女性が戻ってきた。背後から私に声をかける。「ここへいらっしゃる方は、皆さんワインボトルより手錠が気になるようです」

「そうですね。ボトルはすでに空ですから」私は少しおどけて答えた。「すぐに興味を失ってしまう」

「フフ、それは以前、先生がお世話になった先輩から贈られたものなんです。その方へのお慕いの気持ちを込めて、先生はそこに飾っているんですよ」ショートヘアの女性は笑った。「このワインが贈られた時、ボトルはトランクに入れられ手錠をかけられ、何人ものボディガードに囲まれて到着したそうです。だからトランクも手錠も一緒に飾っています」

「なるほど」と私。「さぞかし貴重なワインなんでしょうね」

「おかけください」ショートヘアの女性はトレイの水とワインをテーブルに置きながら言った。

「申し訳ありません。もう少し時間がかかりそうなので、こちらを召し上がりながらお待ちいただくようにと、先生が」

「分かりました。ありがとう」私は言った。「このワインは?」

「今日はブラインド・テイスティングのため、銘柄はすべて隠してあります。こちらは先生が選んだもので、私は銘柄を知りません」彼女は言った。「生産国と産地だけは聞きました」

「ここで働く人たちも、皆さんワインを飲まれるんですよね」好奇心から、聞いてみた。

「もちろんです。財団と雑誌社の社員はみんな、先生の生徒なんです」彼女の口調は耳に心地よい。「W&Sマスターの資格を持っている社員もいますよ」

「本当に? じゃあ、いいワインを飲む機会も多そうですね」

「そうなんです。そこがいい点であり、悪い点でもあります」

「どうして？」

「珍しくて貴重なワインを飲みすぎると、普通のワインを心穏やかに飲めなくなってしまうんです」女性は言った。「ここがダメ、あそこがダメ、って気になってしまって。ウェイトローズ[1]へ行ってもワイン売り場は見もしないで通り過ぎます」

「なるほどね」私は言った。航空機の副機長を務める友人から、常に美女に囲まれているがゆえの苦悩を聞かされたことがある。

「恋人との関係に影響が出ることもあります」

「と言うと？」私は少し驚いた。

「ワインを知るにはおいしい料理は欠かせません。いくらでも食べられてしまいます。だからすぐに太ってしまう。それに、恋人のことを、ワインもグルメも知らない味気ない人だと感じてしまうようになるんです」

「そんなに大変なのか」それもそうだろう。私の副機長の友人も、街を歩く女性たちを見ても美しいと思えないと言っていた。

「想像してみてください。トゥールダルジャン[2]で食事していて、二〇三五年のクリュッグとクロ・ド・タールを飲んだ恋人が、このシャンパンはスカッシュみたいだとか、クロ・ド・タールは渋いブドウジュースだとか言いだしたら、興醒めじゃありませんか？」女性は言った。

「確かにそうですね」その場面を想像してみる。「それならファンタのブドウ味を注文したほうがマシかも」

彼女はまたあのかわいらしい笑顔を見せた。「A023とB007の二種類です。お試しください。のちほど銘柄をお知らせします」

A023のグラスを手に取り、口に含む。なめらかな甘みにしっかりしたボディ。黒に近い、深い赤。古くも新しくも感じる。濃淡のバランスがよく、酸味も渋みもある。あまたあるワインの中でも、こんなに味わい豊かで変化の大きいワインは珍しい。個性の異なる双子のそれぞれと恋愛しているような、あるいはすばらしく上質な二本のワインを混ぜ合わせたような、そんな感覚だ。

「人生が美しく見えます」感動して、思わずそんな言葉が口をついた。

「たったひと口のワインにそんな効果が」彼女が笑う。

「何より効果がありますよ。試してみては？」私はグラスを差し出す。

彼女は少しためらってから、グラスを受け取り、香りを嗅いで言った。「すばらしいですね」

「飲んでみますか？　勤務中でも飲んでかまわないのでしょう？」

「もちろんです。退勤後はもう飲みたくないくらい」女性は私にグラスを返し、いたずらっぽく舌を出して言った。「でも、私は違いますよ。私、飲んべえなので」

「だったら飲んでみるといい。人生観が変わるかもしれませんよ」私は再びグラスを渡す。

「わあ、万華鏡みたい！」控えめにひと口飲んで、彼女が言った。それから、言ってはいけないことを言ってしまったかのように、慌てて手で自分の口をふさいだ。

「ほらね。人生は美しいでしょう」私は言った。

「私たちはワインの味をそんなふうには表現しません」女性はティーテーブルの下のほうから

一枚のカードを取り出した。カードにはドーナツのような何層もの同心円が描かれている。「〈ベイカーのフレーバーホイール〉の描写を使って表現します。それから『ハンドブック』のルールに従って飲みます」

彼女が私に聞いた。「〈ベイカーのフレーバーホイール〉をご存じですか？」

「もちろんです。Ｗ＆Ｓ40級の訓練を受けましたから。私だって、〈ベイカーのフレーバーホイール〉に基づいた表現もできることはできるんですよ」

「では、先生と話される時には『ハンドブック』と〈ベイカー・ホイール〉の方法論でワインを語ってくださいね。あまりご自身の想像や主観で感想を述べられないほうがいいと思います」女性は言った。

「こうした描写をして初めて『共通性』と『客観性』が生まれます」私は暗唱してみせた。「思想、行為、性格、文化といった、主体の差異を排除することで、比較的客観的な結果が得られます」

「そうです。まさにその通り」女性はうなずいた。「先生の理論体系をよく理解されていますね」

「先生の代表的な著作はすべて紙の書籍で買いました。『ワインの飲み方ハンドブック』『ワインの味覚体系　ベイカーのフレーバーホイールに関する再論』『ワインと国家の文化競争力』。それ以外にも『ハーバードのワイン評論』『人類とワインの主体・客体関係』『世界ベストワイナリー巡礼』『一生の飲酒計画』は電子書籍で買いました」私は重いバックパックを叩いてみせた。

「先生の大ファンでいらっしゃるんですね」

「そういうわけでもないんですが。とにかくワインの本を読むのが好きなんです」私は舌を出す。「読み終えていない先生の大作も多くあります」

「さっきのワインは何だと思いますか?」彼女が聞く。

私は再びグラスを手に取り、ひと口飲んだ。「分かりません。本当に難しい。ワインを舌の上で転がすと、何組もの登場人物が出てくる複数の物語を聞いている気分になる。『高慢と偏見』『戦争と平和』『老人と海』『トリスタンとイゾルデ』を全部混ぜ合わせたような豊かさがあります。新世界のものか旧世界のものかさえ判別が難しいですが、私の予想では、旧世界の、ボルドーではないどこかの混醸でしょう」

私の言葉に、女性はつい笑いだした。「ずいぶん複雑で難解な描写をなさるんですね。でも、おっしゃりたいことはよく分かります」

「本当に豊かな味わいです。人生と同じように」私は言った。「これが人生だとしたら、ちょっと経験が豊富すぎるくらいだ」

「ではB007を試してみては?」女性が言った。

「ええ、いただきます」水をひと口飲み、味蕾をまっさらにして次の挑戦に臨む。

B007のグラスを持ち、コースターを取る。軽く回してから口に含む。色は深く、味はかなり濃厚。ブラックベリーとチョコレートのきっぱりした風味と、柔らかな木樽の香り。巨大な何かによって生じた力と重量感、たとえるなら気圧が変化する時のどんよりと重い感じが、しばらくあとを引く。はるか遠くの国で、霧の中をゆっくりと去っていく巨人の後ろ姿を見ているような印象だ。私は感想を一通り語ると、霧の中にぼんやり見える巨人の意味と、はるか遠くの国とはどんな国かを真剣に解説した。

「あなたの味の表現のしかた、好きです。想像力にあふれてる。『ハンドブック』と〈ベイカー・ホイール〉の描写とはまったく違ってて」女性が笑う。「でも、あなたをよく知らない人が聞いたら、でたらめを言っていると思うかも」

「ゴッホの『星月夜』の青と『アイリス』の青の違いは、パントンのカラーチャートでは説明できませんよ」わずかに皮肉を込める。「型通りはつまらないですから、私は『魔笛』を見ようと言って女の子を誘ったりしません」

「残念、私モーツァルトが大好きなのに」彼女は本当に残念そうな表情を浮かべた。

私は一瞬うろたえて、返事に困った。彼女は手を伸ばして私の手からB007のグラスを取ると、香りを嗅いでからひと口飲み、首をかしげて味わった。彼女の短い髪と首を見ていたら、急に胸が鳴りだした。こんなにワイン通の美女といつも一緒に飲めたら、どんなに楽しいことだろう。

「私、このワインが何か分かりました。間違いないと思います」もうひと口飲んで、彼女は言った。「あなたは、どこのワインだと思います？」

「ええと……旧世界の、たぶん少し古い、北ローヌ地方のワインじゃないでしょうか」真剣に考えて答える。「もっと具体的に言うなら、二〇四三年頃のエルミタージュあたりでしょう」

女性は笑っているようないないような表情をした。正解か不正解かは分からない。その時、急に何かを思い出したように言った。「あ、二〇四八年のSUXはあとでお飲みになりますか？　開けておきましょうか」

「いいえ、持ち帰らせていただきます」私は言った。「先生にごあいさつして、直接お礼を言いたくて」

「そうですか。ではお帰りになる際にお渡しします」

「ただ、保温バッグを忘れたので、やはり発泡保温ラッピングをお願いします」

「承知しました」女性はうらやむような表情で言った。「二〇四八年のＳＵＸは評価がとても高いうえに、もう手に入らないと聞きました」

「ああいうカルトワインは生産量が少ないのが常です。でも、あなたたちなら先生のコネクションで一本や二本手に入れることはできるでしょう」私は言った。

「できるでしょうね。ただ、一本手に入れるだけでも、お給料が何カ月分も飛んでしまいます」女性はあきらめたように言った。

「じゃあ私のを差し上げましょうか。私は一度飲んだことがありますから」

「だめですよ、あんな貴重なワインを。いただけません」彼女は驚いて言った。

「いいんです。いただき物ですし」私は言った。「モンテスキューの顧問をご存じですか？」

「ええ、よく先生の所へお話しにいらっしゃいます。とても丁寧な方ですね」

「彼からもらったものなんです」もう少し、食い下がってみる。「あなたならこのワインの価値がお分かりになるでしょう。差し上げても惜しくはない」

「それでもダメです。ご自分で飲んでください。そろそろ飲み頃でしょうから」笑いながら彼女は言った。美しい女性は最も効果的な笑い方を知っている。これは私の勝手な持論だ。あるいは、美人はどう笑っても美しく見える、というだけの話かもしれない。

「ではこうしましょう。次に私が飲む時、あなたをお誘いします」彼女の茶色に輝く瞳を見つめながら、私は言った。

彼女は顔を上げて私を見ると、少しおどけて言った。「飲んべえは誘惑に逆らえないこと、ご存じでしょう」

「もちろん」私は彼女に目くばせした。「〝フィガロの結婚の伯爵〟[*3]より、こっちのほうがずっと魅力的だってことも」

彼女は一瞬ぽかんとして、それからぷっと吹き出した。「ああ、アルマヴィーヴァ伯爵のことですね。もちろん、ＳＵＸはアルマヴィーヴァよりずっと魅力的です」

向こうからよく響く笑い声が聞こえてきた。試飲会が終わったのだろう、テーブルのワインボトルはすべて片づけられている。一人のスタッフが表を確認し、もう一人が残ったワインをスピトゥーンに空けている。試飲していた評論家たちは集まって写真を撮り、それぞれ先生と握手してあいさつを交わしていた。

「終わったようですね」女性は静かに立ち上がった。「見てきます」

しばらくすると、女性が先生と一緒に戻ってきた。先生のベージュのセルフレームの眼鏡は、ほとんどスキンヘッドに近い短髪と茶色のひげによく似合っている。マティスの絵を思わせる、青地に白いカラスがデザインされた個性的なジャケットをまとい、左の胸ポケットには先生のイニシャルが刺繍されたチーフ。上質な白いシャツに、黒のパンツとレンガ色の革靴を合わせている。雑誌で見た、厳格で生真面目そうな写真とは似ても似つかない。ファッションデザイナーのようなおしゃれな雰囲気で、中年の頃のアレキサンダー・マックイーンに少し似ている。

「顧問が言ってましたよ、あなたは若いのに才能があるから、話してみるといいって」先生は手を伸ばして私と握手しながら言った。「新聞記者の方？」

「いいえ、違います。モンテスキューの『顧問』から、先生の所でワインをいただいてくるよう言いつかりました」私は自然と言葉が堅くなった。現在の世界のワインのスタンダードを決める、業界で最も有名な評論家が目の前にいる。名実共に、世界のトップに立つ人物なのだ。

「彼のウニコかな？」先生が言った。「それならコーシャムのワインカーヴ[*4]に保管してありますよ。まだ飲み頃には早い」

「いいえ、イギリスのワインです。二〇四八年のＳＵＸ」私は先生の胸ポケットから覗く白いチーフを見ていた。胸ポケットにチーフを入れる男性に対して、私は昔から偏見を持っている。チーフを入れた男性と話していると、自分はどこか小汚いような気がして不安になるのだ。

「ああ！　思い出した。昨日、電話がありましたよ」先生は言った。「あのＳＵＸはすばらしい。飲んだことはあります？　どうでした？」

「昨日いただきました」私は指で宙にカギカッコを描いてみせた。「あれは『すばらしい新世界』ですね。力強いボディの外側のテクスチャと深みがすごい」

「うまい表現だな！　よく言い表している。ふだんはどんなワインがお好きですか？」

「何でも飲みますが、一番好きなのはフランス、イタリア、スペインの三大旧世界ですね」私は答えた。「どちらかと言うと古いものが好きみたいです。日曜日には教会へ行くような、古きよき生活こそ美しいと信じている」

先生は隣のショートヘアの女性のほうを向き、テーブルのグラスを指して言った。「さっきの二本を持ってきて。それから私のワイン倉庫から熟成したマンチェゴチーズと、空のグラスも頼むよ」

ショートヘアの女性が去ると、先生は真顔になって言った。「神の存在を信じますか？」

「もちろん信じます。バッカス神の存在も」私は軽く冗談を言ってみた。なぜだか知らないが、最近やたらと「神を信じるか」と問われる。

「ハハ、いいね。あなたは顧問の部下で、私はあなたと話すよう顧問に言われた。それで、何か私と話したいことがあるんですか？」先生が言った。

「ええと……その、『自分自身を知る』ことがなぜ重要なんでしょうか」私は顧問の直属の部下ではない。厳密に言えば属する会社も違う。ただ、ここではっきり否定するのも妙な気がしたので、触れないことにした。何を話せばいいか分からず、さっき入り口で見た言葉のことを聞いてみた。

「デルポイを知っていますか？」先生が言った。「ギリシャの古代都市です」

「大学時代、夏休みに行ったことがあります。山の上にあって、音がよく反響する古代の劇場が残っている。世界のへそですね」

「世界のへそ？」

「そういう話がありますよね」と私。「世界の中心がどこか知りたいと思ったゼウスは、世界の両端から真ん中に向かってワシを飛ばしたんです。二羽のワシが出会った場所がデルポイだった。それでゼウスはデルポイを世界のへそ、つまり中心と定め、都市を造った」

「そう、まさに。デルポイの神殿には七つの言葉が刻まれています。そのうち最も有名なのが『汝自身を知れ』です。永遠の名言ですね。人は歴史や地理や科学や宇宙を知っているのに、自分自身のことは知らないものだ」先生が言った。「私の望みは、人々がワインを通じて自分自身を知ることです」

「でも先生の理論では、主体の差異を排除して客体の『共通性』と『客観性』を描写すべきだと、一貫して主張されていますよね」私はまた暗唱するように言った。「重点は客体にある。違いますか?」

「正直なところ、深奥な哲学の心理を探求するつもりはないんです」先生が言った。「ここに私がいる。一本のワインがある。私が主体でワインが客体です。私はワインを飲んで描写する、つまり主客関係です。これが基本的な出発点。ごく簡単な話ですよ」

「ええ、分かります」私はうなずいた。すべて先生の本や文章に書かれていたことだ。

「西洋の初期の哲学思想は客体という土台の上に作り上げられました。いわゆる客体とは、主体によって観察される対象の事物であり、主体とは観察者そのもののことです。主体は客体に対する認知を通じて初めて真実を理解する。哲学者たちは、客体とは事実が自然の中に姿を現したものである、つまり客体が真実を表すと考えた。だから真実を理解するには必ず客体が出発点となる」先生は力強く語った。「ここまでは大丈夫ですか?」

「分かります。一本のワインの味は一つの事実であり、絶対的に客観的な真実であるという意味ですね」

「完璧です」と先生。「ですが、西洋の哲学者たちも徐々に気づき始めます。主体の思想、行為、性格、文化、年齢、性別、それらはすべて客体の認知に影響を与えますが、主体が担う役割とは、客体に対する主観的認知にとどまり、客観的認知ではないことに」

「いわゆる唯心論と主観意識ですね」私は言った。「同じワインでも、飲む人によって異なる感想を持つ。飲む時の気分によっても感じ方は違う」

「すばらしい。『感じる』という言葉はもう少し正確であるべきですが、おおむね正しい解釈です」先生は続けた。「主客関係の話に戻りましょう。哲学思想において、主体と客体の関係が存在する目的は事物を出現させることにあります。事物の出現を可能にする、その根源は人が事物を描写し叙述することです。人の主客関係に対する描写を通して、人と事物の関係が浮かび上がる。主客関係とは人為的な定位点です。広大な絶対時空と、互いに影響し合う事物の中で、特定の時点で客体を描写する、この時の主体と客体はすでに相互に作用し合っています。主体が客体との間に存在する関係に対して認識と描写をおこなう時、それは同時に主体と客体の関係が進行する時でもあるのです」

「ここは理解できますか？」先生が言った。

「人がワインを飲み、認識し、描写する、その瞬間のすべてが主体と客体の相互関係の一部だということですか？」

「そう、その通り。ちょっと待って、まずは飲みましょう」先生は振り返って手招きし、近くで待っていたショートヘアの女性にワインを持ってこさせた。「アルコールが入らないと、頭がはっきりしすぎて、うまく話せない」

「ハハハ」私は笑った。先生にも意外とユーモラスな一面がある。

「だから私は極力〈ベイカーのフレーバーホイール〉を使ってワインの味を描写するよう勧めています。主体による差異をできる限り排除し、描写の一致性を保つことで、最終的に明確な主客関係に到達するよう望んでいるからです」先生は言った。

「ワインの成分の科学的分析と味覚を関連づけ、定型化、定量化し、ワインの味の標準化に向けた下地を作るのですね」私は先生の本の語句を使った。

「そう」先生は言った。「会社組織を作り、『ハンドブック』と〈ベイカー・ホイール〉で示した飲み方と味わい方の標準化を広く進める。科学的、人為的な方法で世界中の味覚を校正し、世界の主要なワインの味と評価を定量化する。私の目的はそこにあります」

先生の話が一段落した頃、ショートヘアの女性が私たちにＡ０２３のラベルを見せた。長い指でボトルの首を握り、私と先生のＩＳＯグラスにつぐと、最後にボトルの口をくるりとひねった。ワインの量は多すぎず少なすぎず、グラスの側面には一滴も垂れていない。その動作は非常に優雅で自然で、祝祭の日のダンスのようにリズミカルだった。Ｗ＆Ｓの専門的な訓練を受け、さらに練習を重ねることで、『ハンドブック』に示された優雅で完璧な所作を身につけたのだろう。

ショートヘアの女性は私にグラスを渡しながら、こっそり目くばせしてきた。先生にもグラスを渡す。先生は彼女にも自分の分をついで席に着くよう促した。

私はグラスを取って軽く回してから、先生と女性に向けてグラスを掲げた。もう一度グラスを回し、側面を流れるワインのしずくを注視する。鼻を近づけて香りを嗅ぐと、さらにもう一度グラスを回して、ゆっくり口へ運ぶ。目を閉じて息を吸い、ワインと空気が完全に混じり合ったら、口腔内と舌先に広がる味を十分に感じ取る。最後に喉へと流し込み、グラスを持っていないほうの手で、口の中で余韻が消えていくまでの時間を数える。どんな小さな動作も、一つ一つ、すべて『ハンドブック』に従って進めた。できる限り、すべての手順において儀式のようにふるまった。教皇に謁見する巡礼者のように、厳粛で神聖、かつ自然な動作を心がけた。私の姿を撮影すれば、『ハンドブック』の模範例のような写真が撮れたはずだ。

私が一連の手順を終えるまでじっと待っていた先生は、称賛するようにうなずいて言った。「さっき話した主客関係の道理を理解したら、最後にようやく〝汝自身を知れ〟のレベルに到達できますよ」

先生はグラスを何回か回すと、香りを嗅がずにそのまま口に含んで言った。「〝汝自身を知れ〟とは主客関係の反射であり、持続的な相互作用です。主体が常に最も差異の小さな状況下で異なる客体を描写し、認識し、表現する時、そしてこの種の主客関係が増えるにつれて、単独の主客関係の意義は薄れていき、総体的な主客関係……つまり単独の主客関係の総体は、より有意義になります。主体は多くの異なる客体から情報を受け取り、主体自身に対する制約を生み、主体自身の認知と経験を強化し、主体自身の立ち位置を理解する。場合によっては、主体自身に変化をも生じさせる」

「つまり、私たちはさまざまなワインを飲み、それを描写する経験によって、自分を理解し、自分を変えることさえできるというわけですね。ＧＰＳの位置情報によって自分が存在する地点を確認し、次の目的地へ進むように。そういう意味ですよね？」一つの主体が中心にあり、いくつもの異なる客体が主体の周辺に散らばっていて、主体と客体の間がそれぞれ長さの異なる直線で結ばれた、同心放射状の星系図のイメージが浮かんだ。

「そうとも言えます」先生はグラスを持ち上げてもうひと口飲むと、目を閉じて味わった。少しの沈黙のあと、再び話しだす。「最終的に、すべての客体について、無数の主体による認知と描写と評価の定量化を経た資料ができた時、その客体はすでに、絶対的な客観状態に極限まで近づいていると言えるでしょう。この時、あらゆる主体と客体は、膨大な数の主客関係を頼りに、この時空の中で自身が存在する位置を知ることができる」

「人類とワインの世界と宇宙が形成されるわけですね」私は自分のイメージを言葉にしてみた。全人類と同じ数の同心放射状の星系図。互いに連結し合って構成される宇宙。

「まさに」先生は言った。「それが統一化、標準化、系統化を基礎とする世界であり、君の言葉で言う……宇宙です」

「ありがとうございます、先生。とても勉強になりました」ワインを飲むのがこんなに複雑で難しいことだなんて、考えたこともなかった。気軽に飲んで楽しむほうが、やはり私の性に合っている。

先生はA023のボトルを示して言った。「飲んだことは？」

私はボトルを受け取った。二〇四一年のシャトーヌフ・デュ・パプ。《大消滅》以前のワインだ。ワイナリーはクロ・サン・ジャン、ワインの名はデウス・エクス・マキナ。

ラベルには茶褐色でキリスト像のマークが描かれている。記憶によると、かなり評価の高いワイナリーで、以前は年配の兄弟が二人で経営していた。

「知ってはいますが、飲んだのは初めてです」私は答えた。A023はシャトーヌフ・デュ・パプだった。なめらかな甘みと豊かで多様なイメージに、なるほどと思った。

「デウス・エクス・マキナはラテン語で『機械仕掛けの神』を意味します。具体的には『仕掛けを用いて舞台上に送られ、事態を解決に導く神』ということです。古代ギリシャの演劇において、複数の登場人物が異なる物事に対し異なる解釈をし、それぞれが自分のやり方で自分なりの正義と幸福を追求した結果、誰もが行き詰まってしまう状況に陥る、そんな時に、機械の仕掛けを使って秩序を正す神を天から降臨させるんです。『機械仕掛けの神』は登場人物それぞれの位置を観察し、進むべき道を指示します。まるで交通整理をするようにね。そうして世界の秩序は回復する」先生が続ける。「さっきの主客関係の話に置き換えて考えると、あれは機械仕掛けの神の視点です。つまり一瞬の『人類とワインの世界と宇宙』なんです」

「なるほど」私は感じ入った。「すごいですね」

「ほかには？　何か聞きたいことはありますか」先生は言った。

「ええと……《大消滅》のあと、世界のワインの味は変化しましたか？」長い間、疑問に思っていたことを尋ねてみた。

「試飲会をすると、みんなが言うんです。『ああ！　これぞロマネ・コンティの味だ』『これこそが○○ワインの味だ』ってね」先生は言った。「でも、同じ醸造家が作った同じワインを三十年以上飲み続けていなければ、その味を完全に理解したとは言えない。まして、だんだんよくなったとか悪くなったとか、そんなことはとても判断できません」

「ロマネ・コンティじゃなくてもいい。三十年以上、飲み続けているワインはありますか？」先生が問いかける。

「ありません。そんなことをするのはワイナリーの関係者くらいでしょう」

「それですよ。《大消滅》の前後でも、《フィロキセラ》の前後でも同じ。科学的、統計的に、ワインの質がよくなったか悪くなったかを判断するのは難しい。それは主体も客体も常に変化し続けているからです。流水に足をひたす時、その水はすでにもとの水ではない。一年ごとに、私たちは年を取り、気候は変化し、ワインは熟成する。互いに同じ条件で比べられるものなど何一つないんです」先生は言った。「ただ、あえて答えるとすれば、《大消滅》の前後でワイン全体の品質に特別な変化はないと、私は感じています。ワインが作れなかった数年間を除けば、特別に悪い年もいい年もなかった。だが、《大消滅》がブドウ産業に新たな希望と可能性をもたらしたことは確かです」

「新たな希望と可能性？」私は聞き返した。初めて聞く見解だ。

「ワインに、より大きな可能性を与えた」そう言うと、先生はグラスを手に取り口へ運び、目を閉じてワインを味わった。

先生が目を閉じて動きを止め、ワインの味をかみしめる時、そこにある種の空気が生まれることに私は気づいた。まるで、世界が彼と共に動きを止めるのが必然であるような感覚。法廷で判決を待つ瞬間のようでもあり、ローマの闘技場で闘士の勝敗が決まる瞬間のようでもある。この時、先生は裁判官であり皇帝だ。彼こそが機械仕掛けの神であり、最高至上の支配者なのだ。あらゆる人、いや、世界のすべてが息をひそめて待っている――時は止まり、天上から光が差している。彼の手のひと振り、あるいは発するひと言が、運命を決める瞬間を。

「私の考えでは」先生の目が開き、鋭い光を放つ。「人類がいいワインを作る方法は、たったひと言で言い表せます。それは『いいブドウの樹にいいブドウが実り、いいブドウからいいワインができる』ということです」

私とショートヘアの女性が同時にうなずく。この話は先生の本に何度も出てきた。

「過去数百年、人類の進歩は『どれだけいいブドウを実らせるか』の段階にありました。つまり栽培技術の向上です」先生は空のグラスを持ち、手を高く上げて振った。「気候、環境、土壌、栽培方法によって生じるブドウ品質の差異を理解し、正しい土地に正しい品種を植える。やがて、年ごとの天候が違っても、毎年一定水準以上のブドウを収穫できるレベルに達する。この数百年来、糖度は上昇を続け、酸度とストラクチャーは維持され、多層的で複雑な味わいが作られてきたことからも、それが分かります。これは人類の栽培技術が向上し、天候による影響の一部を克服し、高品質のブドウを安定的に生産できるようになったことを意味します」

「ええ、だからこんなふうに言われていますよね。『今や生産年による質の良し悪しの差はなくなった。よかった年は最高のワインができ、そうでない年でも最高に近いワインができる』」私は言った。

「こんな言葉もありますよ。『最高の年に最高のワインを作ることは、どんなワイナリーにもできる。平凡な年に非凡なワインを作れるのが、偉大なワイナリーだ』」先生が笑う。「あるいは『〝悪い年のワイン〟はもはや存在しない。あるのはいわゆる〝醸造家の年のワイン〟だけだ』とかね」

「確かにそうですね」私は感心して言った。

「この百年の成果は『いいブドウからいいワインができる』段階へ進んだこと、つまり醸造技術の進歩ですね。その内容は二つの部分に分けられる。一つは『設備と制御』です」先生は体勢を変え、背もたれに体をあずけた。「醸造のための設備と技術は常に進歩しています。最新のナノテクノロジーと精密な制御技術の普及によって、ワイン醸造の精度は著しく向上しました。現在では浸漬や酸化における単位面積あたりの接触時間を一〇〇〇分の一秒単位でコントロールできるし、巨大なワインタンクの温度を一〇〇分の一度単位で均一化することも可能です。そんなこと、昔は想像すらできなかった」

「もう一つの部分は『味覚分析と統計』です」先生は言った。「この二十年、データ統計、品質分析、成分分析、合成技術の飛躍的な向上で『味覚予測の数量化』ができるまでになりました。電子舌と味覚認識システムの登場で、ワインに含まれる百種類近い成分の解析が可能になり、成分と味の関係が明確になったんです。品質や品種の異なるブドウのブレンドの割合、醸造方法、時間、温度など、すべてを精密なデータとモデルで参照できる。専用の支援ツールもあります。どこのワイナリーでも、公式やコンピュータやツールやコンサルタント会社の提案に従うだけで、うまいワインが作れるんです。なんだか悲しい話に聞こえるけど、ワイン醸造技術という点において、人類は間違いなく完璧かつ最高のレベルに到達しています。もはや失敗は存在しません」

「『いいブドウの樹にいいブドウが実る』。そして『いいブドウからいいワインができる』。これを総合すると、人類は栽培と醸造の二つの分野において、すでにかなり成熟していると言えます。だから、ワイン産業で新たに飛躍的な品質向上を求めるなら、課題はブドウの種《しゅ》そのものなんです」先生は言った。

「質のいいブドウの株を選んで、DNAをコピーするということですか？」

「違う。遺伝子操作の話です。遺伝子を書き換えたブドウなら、ブドウという種が持つ制限の枠を越え、より豊満な、より変化に富んだワインが作れる」先生は言った。「たとえば現在、すでに遺伝子操作の技術が進んだ酵母菌や乳酸菌、また乳酸菌の一種ロイコノストック属など多くの菌種を使い、温度、圧力、アルコール度数などが異なる多様な環境下での安定的なアルコール発酵や二次発酵が可能になっています」

「遺伝子を……書き換えた……ブドウ品種」ショートヘアの女性が、詩を読むように先生の言葉を繰り返した。

「そう。それはワインをさらなる高みへとのぼらせ、人類にとって未知の領域に到達する可能性をもたらします」先生は光が差したように顔を輝かせ、やや興奮気味に続けた。「遺伝子操作でアルコール耐性を高めた酵母菌で作られた十年物のアモンティリャードが去年、市場に出ました。このワインの味は伝統的なシェリーをはるかに超えています。想像してみてください、地球温暖化に耐えうる、あるいは熱帯でも栽培できるブドウ品種ができたら、栽培地域はインド南部やメキシコまで拡大されます。ブルゴーニュとボルドーの長所を併せ持ち、一年に二回収穫できる、高品質で育てやすいピノ・ノワール。一体どんな光景が広がるのでしょうね。もっと大げさに言えば、シャブリに生牡蠣《なまがき》、カベルネ・ソーヴィニヨンにビーフステーキの風味を加えたりもできる。なんと不思議で、美しくて、怪しい情景でしょう」

「それこそが、すばらしい新世界です」最後に先生はそう言った。「〈ベイカー・ホイール〉が十個あっても描写しきれません」

あまりに荒唐無稽で、想像もつかない話だった。先生のような立場の人の口から聞くと、なおさらだ。私はショートヘアの女性を見た。彼女も初めて聞いた話だったようで、グラスを中途半端に掲げたまま呆然とし、しばらく言葉を失っていた。私は軽く息を吸って、この驚くべき想像の世界から無事に戻れるかどうかを確かめた。そっと体を動かしてみる。うん、オーケー、大丈夫。私の手のひらは腕とつながっていたし、あごはきちんと顔にくっついていた。

「しかし……それには常識を覆すことや障害を克服することが必要で……消費者はそう簡単には変わらないのでは?」私はできる限り遠回しに言ってみた。「私たちには見えないものが、先生には見えているのでしょうが……」

「君はバイオテクノロジーが専門だと聞いています。これが決して不可能な話ではないことが、君には分かるはずだ」先生が言った。

「ええ。現在の技術なら、十分な時間と資源があればですが、実現は可能でしょうね」私は言った。「それは理解しています」

「技術的には可能」先生は言った。「『ベイカー・テイスト』という言葉を聞いたことは?」

「もちろんあります」当然だ。ベイカー・テイストとはワイナリーが先生の味の好みに合わせて特別に作ったワインのことで、先生はこれに高い評価とスコアをつけている。一部の界隈からは批判を受けたものの、知名度も利益も容易に得られる方法であることは間違いない。非公式の統計によると、「ベイカー・テイスト」で作られたワインは、品質と生産量が同程度のワインに比べ、十三倍から二十二倍前後の価格がつくという。かつてドキュメンタリーで見たことがある。スペインのラマンチャ地方のとあるワイナリーが、入念な研究に基づいて先生の好みに合うワインを発売し、高い評価を得た。それがＰＲとなって、その後は大幅に利益を伸ばした、という話だった。

「今や各種の評価制度の影響力は、伝統的な格付けや原産地呼称の規定を上回っています。ほとんどの消費者は評論家の評価を参考にしてワインを買うか買わないか決めている。今後、原産地呼称や伝統的な格付けはどうなっていくと思いますか？」

「分かりません」私は少し大げさに首を振った。

「恐らく今後は、食品安全表示とか、貴族の勲章のような、ある種のお飾りになるでしょうね」

「なるほど」先生はさすがの見識だ。非常に説得力がある。

先生はグラスの中のワインを少し指先につけると、角と角をつき合わせた、上向きと下向きの三角を描いた。一見すると漏斗のような形だ。「これは現在のワイン市場の構造です。上の逆三角形は生産者であるワイナリー、下の三角形の底部が消費者。『評論家』と『メディア』は二つの三角が交わる所、真ん中の支点の位置にある。この構造においては、生産者も消費者も、真ん中で味のスタンダードを決める『評論家』の意見に逆らえない」

先生が「評論家」と「メディア」という言葉を発した時、言葉の一部が空中に吸い込まれたように、ふわりと柔らかくなった。だが私たちは知っている。彼が言う「評論家」と「メディア」とは彼自身のことだ。世界のワイン市場の大半を動かすに十分な力を、先生自身が持っているのだ。

「消費者は評論家が高く評価したワインを飲む。だからワイナリーは評論家に高く評価されるワインを作ろうと必死になる」私は言った。「卵が先か、ニワトリが先か」

「そう。ワイン産業の構造とはそういうものです。ワインの味のスタンダードを決めるのは評論家です。そのひと口のワインはどんな味か、あるいはどんな味であるべきか、消費者に代わって決める。同時に、市場を動かすのも評論家です。産品のあるべき価格と味を、ワイナリーに代わって決めるんです」先生は私の目を見つめながら静かに言った。「真ん中の支点にいる評論家には、市場全体を変える力がある。評論家がすべての生死を握っているんです」

私は心底同意し、深くうなずいた。中央集権政府より、よほどシステムとして機能している。

「世界二百四十二カ国に、七億人の忠実なW&S会員と、二千万人のW&Sスクール受講生が存在します。W&Sは世界のワイン消費量上位四十カ国において、公式の認証基準として承認されています。世界百九十カ国において、ワイン関連業務への従事者はW&S認証の級を取得することが求められています。我々は一定水準以上のワイン愛好者の九十二パーセントにリーチすることが可能であり、世界のワイン購入行動の四十三パーセントが我々の評価の影響を受けています」先生は息を吸って続けた。「君が言う常識だの障害だのは……実際には大した問題じゃない。ごく簡単に解決できます」

「なるほど」私はうなずいて言った。「完璧な標準化、理論化、系統化という基盤の上に、W&S受講生の多層的な体系が積み重なり、堅固で揺るぎない金字塔と帝国が作り上げられているわけですね」

先生は答えずに笑っている。その目は私に話を続けろと言っていた。三人の前にそれぞれ新しいグラスを置くと、Ｂ００７のボトルを取り、三つのグラスに注いだ。

「だから、現在の重点は、〝生牡蠣味の白ワイン〟や〝ビーフステーキ味の赤ワイン〟を支持するかしないかという問題にある」私は少し考え、正解を探りながら言った。「能力の問題ではない。なぜなら我々の財団にはすでにそれを成し遂げる能力があるから。利益の問題でもない。いずれにせよ我々はすでに十分な利益を得ている。問題は本質に即しているかどうかだ。本質を極めてこそ意義がある。そうおっしゃりたいのですね？」

「本質に即しているかどうか」ショートヘアの女性が私の言葉を繰り返す。

「ハハハ、君は優秀ですね。見事な判断力だ。あっという間に状況を理解した。顧問が私に紹介するだけのことはある」先生は話をそらすように、Ｂ００７のボトルを私に手渡した。「飲んだことは？」

私はＢ００７を受け取った。二〇四九年産、北ローヌのコート・ロティ。ワイナリーはＥ・ギガル。ワインはラ・ムーリーヌ。クリーム色のラベルにはゴールドの装飾。山並みの頂上付近に、ハリウッドの看板のような物が描かれている。確か、コート・ロティとは「火あぶりの斜面」という意味だ。文字通り、急斜面の畑に当たる強い日差しのせいで、生産量は少なく、コストも高いため、この産地のワインはどれも非常に高価だ。

「もちろんあります。北ローヌのジゴンダス、サン・ジョセフ、コルナス、クローズ・エルミタージュ、エルミタージュ、すべて飲みました」私はいくつかの産地名を一気にまくしたてた。

「Ｗ＆Ｓのクラスを受講したことは？」先生は言った。

「カリフォルニアでＷ＆Ｓ40級を。それ以降は受講していません」

「W&S70級の試験を受けてごらん。君の知識なら80級からでもよさそうだ」先生が言った。「推薦状を書いてあげますよ。ロンドンにはしばらくいるんでしょう?」

「えっ!」隣にいたショートヘアの女性が驚いて声を上げた。

「え……ありがとうございます……うれしいです。ただ……このあと南米へ出張でして」思いがけない申し出に驚きながら、私は答えた。そして、まるで消防隊のようなコンサルタント業務について大ざっぱに説明した。先生はあまり興味がない様子で、うわの空で聞いていた。

「もう一つ、先進の生産方式があります——ヴィンテージの再現技術です」先生は急に何かを思いついたように、手を空中に掲げた。「聞いたことはありませんか? アメリカではすでに成功例がある」

「どこかで聞いた気がします。植物工場の手法ですか?」

先生がうなずき、正解であることを示す。「特定のブドウ株のコピーを、完全に隔離された植物工場で育てる。土壌、温度、湿度、日照、気圧、養分、微生物など、生長環境はすべてがコントロール可能です。完全な無性生殖のブドウ樹を植え、目標のワイナリーにおける特定の生産年の毎分の生長環境データに合わせて環境を調整する。植物工場内に、そのワイナリーのその年の風土環境を再現するんです。それによって、まったく同じ品質のブドウを収穫することができる」

「カリフォルニアのドーム・オブ・オーパス・ワン(DOO)という巨大な植物工場で、最高品質だった二〇三〇年のオーパス・ワンを毎年再現できるのも、この技術のおかげです」先生はため息をつくように言った。「ハハ。この千年来、フランス人は堅く信じてきました。その土地固有の風土《テロワール》は複製できない。すべては唯一無二であり、偉大なヴィンテージの再現など不可能だと。しかしアメリカ人はやってのけた。ヘンリー・フォードよろしく、大量生産に成功したんです」

「なるほど」私はうなずいて言った。「ＤＯＯ２０３０なら何度か飲んだことがあります。ヴィンテージが違ってもワインの味はよく似ていた。確かに、同じ型を使って複製したかのようでした」

「あれはヴィンテージとは呼べない。ただの製造年月日ですよ」先生が訂正する。

「そうですね。確かに」

「昔《全世界風土研究プロジェクト》というのがあったでしょう？　全世界の二千軒近いワイナリーで、五年間かけて、あらゆる風土と生長環境のデータを集めた。あのデータと資料を使って、相応の資源と時間をかけて栽培すれば、二千軒のワイナリーの特定のワインを再現できるんです」

「相応の時間とは？」

「八年から五十年」先生は言った。「ゼロから新しく栽培を始める場合はね」

「でも、風土と環境は再現できても、そのブドウ樹がなければ同じものはできませんよね？」

「二〇二五年、ノルウェーのスヴァールバル世界種子貯蔵庫[*5]の隣に、〈終末ＤＮＡ庫〉が作られ、世界の有名ワイナリーから最良のブドウ樹のＤＮＡが収蔵されました。すべて《大消滅》とＧＶ９ウイルスの影響を受ける前の、元来のブドウ樹のＤＮＡです。それらのブドウ樹のＤＮＡをコピーして培養するだけでいい」先生は言った。「モンテスキュー・グループは、スヴアールバルの終末DNA庫と《箱舟計画》の重要な出資者ですよ」

「そうだったんですか」いろいろと納得がいった。

「たとえDRCが消えてなくなっても、地球上のどこかに植物工場を建てて、最高のヴィンテージのロマネ・コンティを作り続けることができるんです」先生は言った。「人類の文明とこれほど直接的に関わる飲み物はありません。聖書には五百二十一回もワインが登場する。ワインはキリストの血です。ワインは人類文明と密接に関連しています。世界で最も重要な事柄の一つなんです。偉大なブドウのDNAを適切に保存する、これは国連の《箱舟計画》の重要な一環でもあります」

「先生の次のプロジェクトですか？」好奇心で尋ねた。

先生は笑い、その質問には答えなかった。両手をひざの上に置いて言った。「そろそろ時間ですね」

私はうなずいた。先生はショートヘアの女性にSUXを保温バッグに入れて持ってくるよう指示した。立ち上がって背筋を伸ばし、ジャケットの第一ボタンをかけると、左胸のポケットから白いチーフを取りだし、たたんで内ポケットにしまった。私は、かすかに異国の赤いフルーツの香りを放ち始めたB007を慌てて飲み干すと、ジャケットのボタンをかけ、バックパックを背負って立ち上がり、先生と一緒に長い廊下を歩いて外へ出た。

「実に印象深い話でした。私も同意すると顧問に伝えてください」先生が言った。ショートヘアの女性からSUXが入った袋を受け取り、私に手渡す。「どうぞ楽しんでください。このワイナリーのオーナーは私の友人なんです。飲んだら感想を伝えてあげてほしい。気に入ったら何本か送るよう彼に頼んでおきますよ」

「同意って何だ?」私は考えた。顧問とは特別親しい関係ではないことを先生に伝えるべきかどうか、まだ迷っていた。エレベーターのランプが光り、木目調の装飾を施した金属のドアが音もなく開いて、私が乗り込むのを待っている。

「お会いできてよかった」先生が手を伸ばし、私と握手した。

「私もです。いろいろ学ばせていただきました。ありがとうございます」心からそう言って、ショートヘアの女性にこっそり目くばせした。女性は気づかないふりをしつつ、そっとうなずいた。


エレベーターのドアが閉まる。心を決めたかのように、静かに、ためらいなく、まっすぐ下降していく。外に出ると、空はすでに暗く、街の空気は少し冷たかった。私は手首の端末のバッテリー残量を確認すると、端末を操作して着衣内の温度を二度上げた。遠くに見えるチャリング・クロス鉄道橋の下には、石灰洞窟のようなバーの明かりがともり、入り口に置かれた巨大なアルミのビール樽が、くたびれた光を放っていた。

つるつる光る、少し湿った石畳の道を歩きながら、先生の話を思い出していた。そして、ショートヘアの女性の茶色い目と、赤いビー玉のペンダントのことも。チャリング・クロス駅で地下鉄に乗り、重いバックパックを下ろしてから、先生の著書にサインをもらうのをすっかり忘れていたことに気がついた。

原註

＊1　ウエイトローズ：イギリスの高級スーパーマーケットチェーン。

＊2　トゥールダルジャン：フランス国王アンリ三世ゆかりのレストラン。パリのセーヌ河畔に位置する。名店名は太陽に反射して光り輝く姿からトゥールダルジャン（銀の塔）と呼ばれた城にちなむとされる。名物料理は「血の鴨（Canard Au Sang）」。数百年来、この料理を注文した人には唯一無二の「鴨番号」が与えられることも、特色の一つ。トゥールダルジャンは四十七万本のワインを所蔵しており、ワインリストの重さは八キログラム。初めて来店してワインを選ぶ際、動揺のあまり誤った選択をしてしまい、ウエイターに「哀れみの目で見られる」人も多い。

＊3　オーストリアの作曲家モーツァルトの有名なオペラ『フィガロの結婚』に登場するアルマヴィーヴァ伯爵と同名の、「アルマヴィーヴァ」というチリワインを指す。

＊4　コーシャムのワインカーヴ：イギリスにある世界最大のワイン保管倉庫。もとは第二次世界大戦時の武器庫だった。面積は約百万平方メートル、サッカー場十八面分に相当する。

＊5　スヴァールバル世界種子貯蔵庫：ノルウェー政府が二〇〇八年に完成させた貯蔵庫。人類が直面しうる、あらゆる危機に備えるため、世界中から集めた多種多様な種子を収蔵している。

第6章　再会

二〇四三年四月十二日
サンフランシスコ　サンノゼ

フランスのワイン産業の危機？

《サンフランシスコ・デイリー》二〇四三年四月十二日

フィガロ紙の報道によると、フランス農業省が昨日、今年のブドウ生産に関する発表をおこなった。それによると、今年、フランスのワイン産地の大部分で、ブドウの発芽状況がかんばしくなく、例年に比べ二週間ほど発芽が遅れているという。ほとんどのブドウ樹が冬眠から目覚めないような状態で、発芽した一部のブドウ樹も活力に乏しく、生長状態が著しく劣っている。

フランス農業省主任研究員のジャン・ルソー氏によると、今年の春季に深刻な霜害が発生したものの、それが全国的にブドウ樹の発芽が遅れる原因になったとは考えにくいという。

ジャン氏らは「ステムピッティング病」に似たウイルス感染を疑っている。このウイルスに感染したブドウは水分や養分を吸収して運ぶ機能が衰え、活力を失い発芽できなくなる。現在、フランス農業省は、各地で採取したサンプルとフランスのＤＮＡデータベースの資料を比較対照することで、迅速に原因を特定し問題解決につなげたいとしている。

研究室でこの記事を読んだアンドリュー・アダムスは飛び上がるほど驚いた。かつて大学で勤務していた頃に関わった、ある研究プロジェクトの内容と酷似していたからだ。

アンドリューは今年四十四歳。カリフォルニア大学デービス校のブドウ栽培・醸造学修士、エディンバラ大学の生物化学博士、現在はエムジェント社で遺伝子編集作物の研究開発に従事している。身長百八十八センチ、短く切りそろえられた髪はグレーで、趣味はランニングとフィットネスと文章を書くこと。頭がよくてユーモアがあり、人とのコミュニケーションや交渉ごとに長けている。研究者にはこういうタイプは多くないため、学校や研究室を代表して、スポンサー集めや対外的なプレゼンテーションを任されることが多い。三十二歳で結婚し、娘が一人いる。

アンドリューは当時を思い出していた。数年前、アメリカのアイダホ州で似たようなブドウ樹休眠事件が発生した。アンドリューはデービス校を代表し、アイダホ州政府の農業部門などと共同で数日間の作業をおこなった。共同といっても、実際には分業だ。アンドリューが請け負ったのは、ブドウ樹と感染が疑われるウイルスの遺伝子を検出して比較し、病気の原因を探る作業だった。二人の学生を連れて現場へ赴き、二日間ほど作業をおこなったが、原因が究明される前に、予算などのよく分からない事情でプロジェクト自体が中止になった。州政府も大学もこの研究をさほど重要視しなかったため、この件は一部の畑で起こった病害にすぎないとされ、アンドリューが大学の研究資料センターに簡単な報告書を提出しただけで終わった。

アンドリューは数日前のことも思い出していた。学生向けに授業をしていた時、大学の同期だったソフィ・オコナーがフランスから電話をくれて、留守電にメッセージを残していた。その用件も同じ事件についてだった。十年以上も会っていなかったが、最初のひと言でソフィの声だと分かった。昔を懐かしむでもなく、ただ非常に恐縮した様子で、折り入って頼みがある、当時アンドリューが書いた報告書を見せてほしい、と言った。

ソフィの話によると、彼女のクライアントが大至急、当時の詳しい状況を知りたがっているという。フランス時間の明朝──つまり数時間後には、クライアントに報告しなければならないらしい。切迫感のある口調ながら、揺るぎない自信を感じさせる声だった。自分の近況などには触れぬまま、最後に自分の連絡先を告げた。

授業が終わるとアンドリューは車で研究室へ向かい、個人のデータベースから例の報告書を捜し出してソフィに送った。アンドリューはこの時初めて、ソフィが現在、有名なミシェル・ロラン・コンサルタンシーの醸造コンサルタントでありアソシエイト・パートナーであることに気がついた。報告書を受け取ったソフィは、すぐさま技術的な質問をしてきた。アンドリューは少し時間をかけて分子生物学の基礎理論の一部を解説した。最後にソフィはアンドリューに、当時の簡単なデータや写真をもう何点かと、そして地方紙に載った数少ない記事を要求した。

アンドリューはこの「古い友人」をよく知っていた。仕事に対する情熱と高い目的意識を持っていて、手に入れたいもののためなら自分を犠牲にできる、そういうタイプの女性だった。カリフォルニア大学デービス校にいた頃、一時期二人は交際していた。本心を表に出さず、アンドリューを含むすべての人に対し常に仮面をかぶっているようなソフィの態度が、アンドリューは気に食わなかった。だが同時に、情熱的で、気まぐれで、自信に満ちていて、冷酷で、無情で、負けず嫌いな、矛盾だらけの性格に強く惹かれてもいた。

「そう。気に食わなかったけど、やっぱり強く惹かれていた」少なくともアンドリューはずっとそう思っていた。

《アイダホ・デイリー・ニュース》二〇三八年六月一日

謎のブドウ樹休眠事件

アメリカ・アイダホ州のワイン産地スネーク・リバー・バレーの複数のブドウ農園で、奇妙な「ブドウ樹休眠事件」が発生した。約四エーカー、三つの独立した畑で、ブドウ樹の発芽や開花が止まる現象が起きている。栽培されていたブドウの中にはカベルネ・ソーヴィニヨン、メルロ、シャルドネの三品種も含まれる。周辺の畑では正常に生長しているという。

アイダホ州政府の農業部門とカリフォルニア大学デービス校の生物化学研究所などが調査に入り、ブドウ樹の健康、風土、微気候、病虫害、化学薬品、放射線量、灌漑、栄養などについて、物理、化学、生物学など多方面からの分析を試みる。

現地の人々の話によると、ブドウ農家の間では、原因不明の伝染病ではないかという不安が徐々に広がっているという。ブドウ農家のマイク・パーマー氏はやむなく所有するすべてのブドウ樹を根こそぎ抜いて焼却し、リンゴなどの作物を新たに植えた。調査計画も中止に追い込まれた。マイク・パーマー氏は語る。「実に奇妙な事態です。農園を始めて三十年、ブドウの樹は友達のようなものでした。私と変わらない樹齢のものもありました。抜いてしまうのはとてもつらかった」

フランス農業省のニュースは世界中から注目された。これがフランスだけの現象ではないことが、多くの国で確認された。イギリス、アメリカ、ユーラシア大陸と、北半球全域で同様の現象は起きていた。数日が過ぎても、フランス農業省が疑ったウイルスは発見されなかった。だが研究の結果、発芽しなかったブドウ樹のＤＮＡに共通の変化が現れていることが明らかになった。ただ、ＤＮＡの改変がこのブドウ樹休眠事件の原因となったのかどうかは定かではなく、そのほかにもありとあらゆる説が飛び交った。原因は気候だ、いや汚染だ、病虫害だ、陰謀論や終末論、さらには宗教的な原因だと断言する者さえ現れた。

高級ワインの価格を反映するＬｉｖ－ｅｘの各指数は高騰を始め、一週間で三十五パーセント前後の上昇となった。一気に数年前の水準まで戻り、上昇の勢いは止まる気配を見せなかった。一部のファンドの積極的な介入と、計画的な市場コントロールによって、Ｌｉｖ－ｅｘ指数は過去最高を記録した。「ビールを飲もう！　我々は今、有史以来ワインが最も高い時代を迎えている」ＣＮＮのニュースにはこんな言葉が流れた。

ソフィから二度目の電話が来たのは二日後の夜だった。その時アンドリューは、自身のチームで手がけていた研究プロジェクトの完了を祝っていた。海藻からエネルギーを作り出す目的で、遺伝子を書き換えた八百三十二組の海藻を作った。海の生態環境を模した実験基地で初歩的な観察と実験をおこなったところ、六組のサンプルから非常に優れた結果が得られた。特許の取得や量産化、市場への流通が可能かどうかは分からないものの、研究者にとっては、シャンパンを開けて祝うには十分な成果だった。

「私たちのクライアントが、あなたの昔の研究内容を詳しく知りたいそうなの。時間があったら先日の報告書とデータとサンプルを持ってフランスへ来て、クライアントに説明してもらえない？」何の含みも持たせない事務的な口調で、ソフィは続けた。「会うのは久しぶりだし」

アンドリューはどきりとして、あまり考えずに承諾してしまった。連日報道されているこのブドウ樹休眠事件にはかなり興味があった。あまりに謎が多すぎる。「世界中のブドウ樹のDNAを一斉に書き換えられる者などいるのだろうか？　ウイルスが原因だとしたら、ウイルスが飛行機に乗って飛ぶわけでもないのに、なぜこんなに速く感染が拡大したのか？　かつてのアイダホでの事件と今回の件に関連はあるのか？」もちろん、長い間心の奥に抱き続けてきた、もう一つの個人的な疑問についても、答えが知りたかった。

アンドリューはミシガン州の田舎で育った。両親は町の公務員だった。一年の半分は冬というこの地方で、平和な少年時代を過ごした。アンドリューは読書好きで口数の少ない子供だった。感情を隠しておくのが苦手なタイプで、賢くて芯が強そうに見える反面、柔軟な心を持っていた。ソフィと知り合ったのは大学の学部を卒業したばかりの頃だ。ソフィとつきあっていた二年間で、彼の生き方は内向きから外向きに変わった。ソフィに刺激され、ひたすら研究に没頭する科学者の性格も引き出された。こうして、内向性と外向性を兼ね備えた彼の個性が完成された。アンドリューにとって、ソフィは自分に重大な影響を与えた四人のうちの一人だ。そして、彼の人生観に最も影響を与えた人物であることは間違いなかった。

ミシェル・ロラン社は、四月十四日午前七時のエールフランスKLMのビジネスクラスを予約してくれた。このスペースプレーンの最高速度は音速の五倍、大気圏を出て宇宙空間を飛行し、目的地で再び大気圏へと下降する。高速でエネルギー消費が少なく、サンフランシスコからパリまで二時間あまりで到着する。シャルル・ド・ゴール空港の新ターミナルに着くと、ミシェル・ロラン社が迎えによこした、城塞都市カルカソンヌのように巨大な真四角の専用車が待っていた。二〇三二年に建て直されたシャルル・ド・ゴール空港は、旧ターミナルの概念を引き継いだ有機体のような構造で、奇妙なパイプやエレベーター、複雑な通路が互いに連結している。歩いていると、アントマンになってトイレの配管スペースを歩いている気分が味わえる。

「こんな超現実的で前衛的なデザインを喜ぶのは、ロマンチストのフランス人くらいだな」アンドリューは思った。

ソフィとは六時半にレスパドンという店で会う約束だった。レスパドンは何年も連続でミシュラン三つ星の評価を受けている伝説的な老舗《しにせ》レストランで、宿泊しているリッツ・パリの一階にある。リッツ・パリは甘美さと品格を兼ね備えたホテルだ。部屋には状態がよく精緻で美しいアンティークの家具が置かれ、壁の名画や装飾も気品にあふれている。ヘミングウェイやシャネル、サルトルら著名人たちが長年通ったホテルで、イギリスのダイアナ元王妃がその数奇な人生で最後の食事をした場所でもある。

「私が天国での生活を夢みる時、美しい出来事はすべてリッツ・パリで起きている」ヘミングウェイはヨーロッパ生活の中で多くの名言を残したが、この言葉は最も共感を呼ぶものだろう。

部屋に入ると、アンドリューはあちこちを見て回った。クラシカルな風格のある豪華な寝室にはどこかノスタルジックな雰囲気が漂う。ルイ十六世様式の家具、レンガ造りの暖炉。壁に施された木製の装飾は清潔な白色で、ベッドのヘッドボードと燭台を模したランプにはゴールドの装飾。床には毛足の長いペルシャ絨毯が敷かれている。布地、木材、金属、羊毛など、すべてが純粋な天然素材で、高級感のある優しい手触りをしている。機能性とモダンなデザインを売りにする一般的な五つ星ホテルとは一線を画していた。室内では現代科学設備の痕跡はほとんど目に入らず、現代のテクノロジーとクラシカルな装飾が見事に融合している。応接間のテーブルに置かれたラタンのカゴには、二〇二八年のシャンボール・ミュジニー・レザムルーズが一本とペリエが二本、リンゴが二個、そしてナッツ。傍らには花のような透かしの入ったグラスが置かれ、リッツ・パリからのウエルカムカードが添えてあった。

アンドリューは応接間のソファに身を沈め、ネクタイを緩めた。ワインボトルを取り上げ、手首のウェアラブル端末で底のチップを読み込むと、このワインに関する情報が壁に映し出される。産地の地理と風土、ワイナリーオーナーへのインタビュー、そしてロマンあふれるブルゴーニュの風景を紹介するショートムービーまで。最後は各種機関による評価、注文案内、口コミでの評価、購入者の声などの画面で止まる。注文案内のボタンがひときわ鬱陶《うっとう》しく点滅し、

「ヨーロッパの各大都市なら、二時間以内に、ドローンによる保温配送でご自宅までお届けします」というベリー・ブラザーズ&ラッド社*1のメッセージが表示されていた。

　アンドリューはTV5のニュースを見ていた。流れていたのはサッカーリーグ・アンの情報だ。パリ・サンジェルマンが依然として首位の座にあり、今後数週間の展開が非常に楽しみだと、キャスターがうれしそうに語る。続いてワイン関連のニュース。二年間の価格下落が続いたあと、今後の状況が不確定な中、各方面から買いが入り、二〇四三年のボルドー先物価格は上昇の兆しを見せている。ボルドーの生産者団体グラン・セルクル・デ・ヴァン・ド・ボルドー代表のフランシス・ピノ氏はこう語る。「二〇四三年のボルドー先物価格は二〇四二年比で二十五から三十パーセントの上昇が見込まれます。これは驚くべき上昇率です」

　アンドリューは約束の時間より十五分早くレストランに着いた。下手なフランス語でソフィの名を伝えると、ウエイターの表情がごくわずかに変化し、どうぞこちらへ、と英語で言った。アンドリューが席に着くと、ウエイターはフランス語と英語で書かれたメニューとワインリストを持ってきて、ごらんください、と言うとどこかへ消えていった。アンドリューはメニューをじっくり眺めた。操作マニュアルのように、時には手首の端末で情報を検索しながら、一行ずつ丁寧に読み込む。まるでメニューは重大な研究任務で、時間内に最善の解決方法を見つけなければならないかのように。

　ソフィはベージュのワンピース姿で現れた。前衛的な宝石のネックレス、大きくウエーブがかかった髪、スパンコールで飾られたイヤリング。淡いブルーの瞳、スッと通った鼻筋。赤茶色だった髪はブロンドに染められ、炎のように華やかに顔を包む。目を見張るほど艶やかで女性らしい。店に入った瞬間から人目を集め、スターのように輝いていて、すれ違った男性は振り返ってその後ろ姿に見とれた。レストランのスタッフが素早く駆け寄り、ソフィの手荷物を預かると、椅子を引いて着席を促した。

アンドリューはぎこちなく手を伸ばしソフィと握手をする。何か話そうと口を開きかけた時、ソフィが歩み寄り、アンドリューの首に手を回して頬を寄せた。アンドリューはソフィの髪の甘い香りにどきりとした。少し照れくさくもあった。ソフィを抱き寄せるべきかどうか迷い、左手を空中に浮かせたまま、ソフィに合わせて右左右と頬を寄せ、ビズを交わす。

「久しぶり。すごくきれいだ」なぜか舌がうまく回らない。舌の上にトンボでも止まっているようだ。

「ありがとう。あなたも素敵よ」ソフィが微笑む。「旅は順調だった?」

「快適だったよ。今時の飛行機は……速すぎるね。朝の七時にサンフランシスコで飛行機に乗って、機内で朝食を取って、三時間半後にはもう暗くなって夕食の時間だ」アンドリューは舌の機能が少しずつ回復するのを感じた。トンボは飛び去り、体の歯車が回り出す。心拍数は正常に戻り、言葉もなめらかに出てくる。

席に着くと、ソフィは手招きしてウエイターを呼び、標準的なフランス語で食事を始める旨を告げた。ウエイターはうなずいて了承の意を示すと、アンドリューが先ほど熱心に研究していたメニューとワインリストを持っていってしまった。ソフィが先に料理とワインのオーダーを済ませていたらしい。

「最近どうなの? 元気?」ソフィが言った。

「相変わらずだよ、毎日研究ばかり」

「何の研究？　世界を救う技術？」

「そうとも言えない。植物からエネルギーを作る、いわば光合成を利用した一種のエネルギー変換技術だね」

「面白そう。あなたは変わらないのね。技術的な話もひと言で明確に説明してくれる」ソフィは感心したようなまなざしで言った。

「君はどうなの？　ミシェル・ロランにいるんだろ。パートナーだって？」

「アソシエイト・パートナーよ。経営には口を出せない」

「どんな仕事をしてるの？」

「空飛ぶ醸造コンサルタント」とソフィ。

「なるほど。ワイナリーでの醸造を支援してるのか」

「結構な数を担当してるの。だいたい五十軒くらい。新世界も旧世界も。南北半球五大陸、年産六百万本、毎年の市場価格は約五千万ドル。うちの会社では第二位、世界では第十二位」ソフィは慣れた口調で数字を並べた。

「へえ、それはすごいな。そんなランキングもあるなんて知らなかった」アンドリューは驚いて言った。

その時、ウエイターがさりげなく登場し、エペルネの年代物のシャンパンをアンドリューに見せた。アンドリューは不安そうにソフィに目をやってから、ウエイターに向かってうなずき、開栓するようジェスチャーで伝えた。ウエイターはマジシャンのような手つきで二人にラベルを向けると、シールをはがしてポケットに入れ、乙女のため息ほどの静かさで、空中で栓を抜き、かすかに得意げな面持ちで二人にワインをつぐと、テーブルを離れていった。

「世界を飛び回る、いわゆる『空飛ぶ醸造家』には、ゴルフとかテニスみたいに世界的な公開ランキングがあるの。でも見るのは業界内の人だけで、普通の人は興味ないと思う」ソフィはシャンパンを手に取って微笑み、話題を変えた。「そんなことより、フランスまで来てくれてありがとう。私にとってはとても重要なことだったの。だから私すごく……何て言うか……救われた」

「いいんだ、僕は、その……光栄だよ」アンドリューもグラスを掲げて言った。「それはそうと、具体的には何のために僕を呼び出したの？」

「特別なことじゃないの。あなたの研究報告に興味を持ったクライアントがいてね、誰かに先を越される前にあなたを見つけ出して、彼らに会ってほしかった。それだけ」

「未完成の報告書だよ。そんなに血眼になって探す必要がある？」

「最近あちこちで話題になってる休眠事件と関係があると思われるから、クライアントもすごく重視してるの。きっとそこに原因があるって」ソフィはゆっくりと髪を払い、有無を言わせぬ感じで言った。「とにかく、明日になれば分かるから。ね？」

「でも……」アンドリューはさらに食い下がろうとする。

「アンドリュー、あなたって全然変わってないのね。とことん追求しないと気が済まない。結婚はしてるんでしょ？」

「してるよ。娘が一人いる」アンドリューは何気ないふりでソフィに聞き返した。「君は？」

「前は……ずっとつきあってた人がいたんだけどね。彼女とは別れた」

「彼女？」急に気まずくなった。

「言ってなかった？」

「聞いてないよ」何年も会ってないんだから、聞いてるわけないだろう、とアンドリューは思った。

「あなたと別れたあと、フランス人と結婚したの。ワインのネゴシアン、つまり卸売業者ね。かっこよくて有能でバカで、すごく好きだった。でも私と彼女の関係が原因で離婚したの……彼女は才能のある芸術家でね、自分の考えをしっかり持ってて、個性的で。でも彼女の作品はあまり理解されなかった」

「へえ」アンドリューはあいまいに答えた。

「私は美しいものが好き。自分が欲張りだってことは認める。たくさんじゃ物足りない。もっともっとたくさん手に入れたい。あらゆるもの、すべてが欲しい。分かってくれる？」ソフィは言った。「それで決心したの。結婚や家庭生活とは縁を切ろうって。誠実で正直でロマンチックで優しいものを、私は受け入れられないと気づいた。優しさは弱さの象徴だし、弱い人は敗北者だから」

「何年も会ってなかったけど、君は相変わらずたくましいね。成功への渇望に満ちている」アンドリューはそう言ってみた。

「でもね、その代償は大きかった。空飛ぶ醸造コンサルタントとして、ひと月の三分の二は世界各地の産地を飛び回ってる。友達なんてほとんどいない。去年だけで二百日以上ホテルに泊まったし、中国には三十回以上行った。南アフリカ、オーストラリア、チリ、アイルランド、ロシア、いろんな産地を回った。誰かが南極か月面でブドウを栽培してたら、きっと私も行くと思う」

「ああ！」アンドリューはため息をついて言った。「そりゃ大変な人生だ」

ソフィは答えず、アンドリューも何も言わなかった。二人の間に沈黙が流れ、女性シンガーの歌う魅惑的なシャンソンだけが空気中を漂っていた。

「ところで、あなたはどんなワインが好き？」沈黙を破ったのはソフィだった。

「どこのでも飲むよ。特にこだわりはない。ただ、スタンフォード大にいたからね。あそこの人はみんなリッジ・ヴィンヤーズ[*2]の愛好者だ。モンテベロだけで十年分は飲んだ。人生で一番たくさん飲んだ銘柄かも」

「お部屋のワインは開けてみた？　二〇二八年のレザムルーズを用意したんだけど」

「見たけど、何もメッセージがなかったから、ホテルからのサービスかと思った」

「私がホテルに頼んでおいたの。グラン・クリュ（特級と認定された畑）じゃないけど……助けてくれたことに感謝したくて」ソフィは急に語気を和らげ、庭でチラチラと光る明かりに目をやりながら、小さな声で言った。「うちのワインセラーで十年間眠っていたものよ。いつか一緒にあのワインを……飲める日が来るかと思って」

ソフィの視線が戻ると、アンドリューはその瞳を見つめた。瞳の奥に情熱的な光が見え隠れしていた。アンドリューはうなずいて手を伸ばし、ソフィの手をそっと握って言った。「やっぱり君はきれいな目をしてる。星が宿ってるみたいだ」

ソフィはアンドリューの手の厚みを確かめるように、優しく手のひらをなで、笑って言った。

「その言葉、私にはすごく効くの、知ってるでしょ」

アンドリューはウエイターを呼び、会計を部屋につけてくれるよう頼んだ。立ち上がり、素早くシャツの襟を正すと、ジャケットの第一ボタンをとめる。ソフィも自然に歩み寄ってきてアンドリューの手を取り、その肩に頭を預けた。そうして二人は一緒に店を出た。


部屋に入ると、アンドリューは後ろからソフィを抱きしめた。ソフィはちょっと待ってと言って応接間へ行き、カーテンを閉めた。落ち着いた手つきでテーブルの上のレザムルーズを開け、優雅にコルクの香りを嗅ぐと、濡れた面を上にしてテーブルに置いた。舞台俳優の演技のように自然な動きだった。

それから二人は抱き合って熱いキスを交わした。ソフィはアンドリューのジャケット、ネクタイ、シャツと順に脱がせて脇に放っていったが、アンドリューには自分の服を脱がすことを許さず、体にも触れさせなかった。

「私をよく見てほしい」ソフィはアンドリューの手をつかみ、押しのけるようにして言った。

ソフィはアンドリューの体を見ながら自分の指に口づけし、その指でゆるゆると自分の体をなでてみせ、アンドリューを焦らした。アンドリューの目をじっと見つめる視線は、獲物を狙うヒョウのようで、燃える炎のように熱を帯びていた。アンドリューは耐えきれずソフィに抱きつき、激しくキスをして、荒々しく優しくベッドに横たえた。ソフィの体は美しく、肌はなめらかだった。ソフィの体から放たれる甘い香りとワインの香りが混ざり合う。アンドリューはぐちゃぐちゃに混乱した頭で、女性の魅力というものは体からはじけ出るものなのだな、などと考えた。

体を重ねながら、ソフィは昔と同じように、歯を食いしばったままとろりと目を細めてアンドリューを見た。ベッドに横たわったまま、アンドリューの愛撫を受け入れ、なまめかしい声をあげた。今日のソフィはなぜか決して目を閉じようとしなかった。まるで自分の魂と心を体から離れていかせまいとするかのように。アンドリューが自分の体の上でほしいままに快楽を享受し、淫らに壊れていく姿を、冷たい目で見つめていた。

アンドリューは無意識の中でジェットコースターのようにめまぐるしく、あらゆる刺激を味わい、激しく体を動かした。最後の長い坂を上りきって下降を始める直前、一瞬の停止の間に、アンドリューは突然、わずかに理性を取り戻した。額の汗を拭い、ソフィの汗ばんだ肌を見つめ、空気中に漂うメスのフェロモンのような香りを嗅いだ。わけもなく、昔フランス人の教授とスタッグス・リープ・ディストリクトのブドウ畑を訪ねた時のことを思い出した。教授は強いフランス南部アクセントの英語で言った。「完熟したブドウは色を変え、糖分が豊かになり、味の複雑さを増す。生理学的な成熟のあと、構造が変化し酸度が低下を始めるその前……」それから教授は目を細め、左手の五本の指をすぼめて口元へ持っていき、爆発させるように指を開いて投げキスをした。「今がまさに収穫に最適の時期だ」

アンドリューの体の中で何かがうごめいた。腰を曲げてソフィに体をぴたりと沿わせる。二人の汗が互いに相手を濡らす。アンドリューはしきりにソフィの耳や首に唇を這わせ、むさぼるように舌を吸った。この時、ソフィは突然、何かを感じたように、長い長い息をついた。頭を後ろに反らして目を閉じる。遠のく意識の中で、からめた足に力が入る。下半身がにわかに収縮し、愉悦の声が大きく響いた。

あえぎ声がやんだ頃、アンドリューは体を起こし、裸のまま応接間へ向かった。二杯のワインをついで戻ると、ソフィと乾杯した。二人でワインを一気に飲み干す。とてもワインをじっくり味わう雰囲気ではなかった。

「気づいてた？」ソフィが言った。

「何が？」満足げに微笑んで、アンドリューが言った。

「あなたに電話して声を聞いた瞬間、あなたを手に入れたいと思った。必ず手に入るって、私には分かったの。あなたは絶対に私を助けに来てくれるって」ソフィはグラスを置いて言った。「昔、言ってたでしょ。私は光と熱を放つ太陽で、あなたは地球。地球は太陽から離れられないんだって」

アンドリューは何も言えずにいた。年月を経ても、ソフィがこれほど自信に満ちあふれていて、それを隠そうともせず堂々と口に出すことに驚いていた。プライドを傷つけられたとは感じなかった。ソフィと一緒にいる男は、ソフィの自己愛の強さを受け入れ、包み込む度量が必要なのだ。アンドリューをごく親しい間柄と認識しているから、こんなにも無遠慮に、自信をひけらかすような物言いができるのだろう。

アンドリューはうなずいて、静かに口を開いた。「いいワインだね。大きなぬくもりに包み込まれるようだ」

「素敵な表現ね。私たちみたいな科学者にも感性豊かな一面はあるのね」そう言ってソフィは、アンドリューの心情の変化にはまったく気づかない様子で、ベッドを出て、応接間からワインボトルを持ってきた。

「あの頃の私のこと、ひどいやつだと思ったでしょ」ソフィがアンドリューにもたれかかる。

アンドリューは笑って、肯定も否定もしなかった。ワインボトルを手に取り、ソフィのグラスに注ぎ入れる。彼はもう二十代の未熟な若造ではない。こんな時には何も言う必要はないことも、自分の考えや本心を軽々しく語るべきではないことも理解していた。あの頃、ソフィはアンドリューにひどい言葉を投げつけ、アンドリューはその理不尽さを受け止めきれなかった。その後、二人は別れを選んだ。

「どうしてあんなこと言ったか分かる?」

アンドリューは首を振った。ソフィと再会するまでの何年もの間、ずっとその答えを知りたいと思い続けてきた。なのに今、突然すべてがどうでもよくなった。雨上がりの晴れた空の下、一人で道を歩いている時のような気分だった。

「あの時、シアトルの海岸で、あなたは太陽と地球の話をした。科学者の口からそんな言葉が出るなんて、なんてロマンチックなんだろうって思った。そして思ったの、私が探し求めていた人はあなただ、私の心のお城に迎え入れるべき人だって」ソフィが言った。「私だって人間よ。しかも女だもの。幸せになりたいって思いはある。毎日おいしい料理を作って、愛する人の帰りを待ち、狂ったように愛し合う日々を思い描いてた」

「そうなのか。君にもそんな一面があったんだ」

「でも心の深い所から声がするの。成功を求めよ、何かを成し遂げよ、って声がずっと聞こえてた」

「その話は聞いたことがある」アンドリューは言った。「使命感みたいなものか？」

ソフィは黙り、続きを聞かせて、という顔をした。

「『最後の誘惑』って映画みたいに」アンドリューは言った。「運命の十字架を背負っている」

「そんな大層なものじゃない。私があなたと別れたのは、このままじゃ離れられなくなるって思ったから。早く離れないと手遅れになるって」ソフィはアンドリューの手を取り、においを嗅ぎながら言った。「言ってること、分かる？」

アンドリューは首を振った。そしてうなずいた。長年、知りたかった答えがこれか。まったく予想外の答えだった。

「でもね、人生の中で、後悔って書かれたボタンだけは押しちゃいけないの。もし後悔してしまったら、私の選択は間違ってたことになる。これまでの人生のすべてが間違いだったかもしれないってことでしょ」ソフィが続ける。「だから私はずっと後悔しなかったし、人に弱さも見せなかったし、誰かと甘い言葉を交わすこともなかった」

「常に武装してる必要なんかないんだよ。自分の中の完璧で強い部分だけをうまく使って物事に当たればいい。人には必ず、寛容で柔軟な一面がある」アンドリューはそっとソフィの髪をなで、歌うように柔らかい口調で言った。「僕たちが飲んでるこのワインだって、春の草原に寝転んだ時のように、あらゆるものを包み込むような寛容さがある」

「あなたは本当に変わった」心を打たれたのか、ソフィの声は少し震えていた。

「だけど……使命感なんてもの本当はなくて、何もかも、聞こえてくる声も含めて全部、君の想像だったってことはない？」

「ありえない。何年たっても、あの声はいつでも聞こえてる。今、私が変わってしまったら、すべては間違いだったことが証明されてしまう。そうでしょ？……だから私は後悔しない。私はこうやって生きていく」そう言って、ソフィはアンドリューの手に口づけし、その手を自分の顔に触れさせた。

アンドリューは考えていた。「違う。君はとっくに後悔してる。ただそれを認めたくないだけだ」


アンドリューが目覚めた時、もうソフィの姿はなかった。ベッドの中で一人、テーブルの上のグラスに残ったワインと、ふちに残る唇の跡を見ていた。空のボトルが床に転がっている。ベッドにはソフィの甘い香りと、金色の髪の毛が残されていた。

窓の外には、何かは分からない小さな光がきらめいていた。子供の頃、冬の夜のミシガン湖畔で、はるか遠くに見える緑の光を見つめていた記憶がよみがえる。若い頃に読んだギャツビーのように、心の奥底の一番柔らかい部分にまで染み込んでくるような、ごく小さな光だった。

アンドリューは手首の端末をタップし、個人アカウントのクラウドに放り込んであった例の報告書を捜し出して、目の前の空間に映し出した。


アイダホ州スネーク・リバー・バレー地区Ｋ４３６－５６８エリアにおけるブドウの発芽停止に関する研究報告（抜粋）

……プロジェクトは、ブドウ樹本体とウイルスに対し、初歩的なDNAおよびバイオインフォマティクス研究をおこなうものである。現地にて、メルロ、カベルネ・ソーヴィニヨン、シャルドネの三品種のブドウ樹のうち、正常株と対象株をそれぞれ採取した。結果は以下の通り。

未知のウイルスへの感染：検査対象株に、未知の新型ウイルスに感染した痕跡は見られなかった。

既知のウイルスへの感染：正常株と対象株に、既知のGV9ウイルスの変異現象が見られた。変異が起きた原因は不明。

ブドウ樹のDNAシークエンシング：正常株と対象株を比較した場合、同種の異なる株どうしの差異を除き、目標株のDNAに特定のバイオマーカーおよび変異の発生は見られなかった。

本プロジェクトにおける当初の仮説：(1) GV9ウイルスの突然変異により対象株のDNAが書き換えられた。(2)対象株のDNAの変異が発芽停止の原因として……(略)すべての対象株のブドウ樹は研究過程においてすべて破棄されたため、さらなる分析と検証をおこなうに十分なサンプルを得ることは不可能であり、アイダホ州政府の関連部門と協議の結果、本プロジェクトは中止された。

カリフォルニア大学デービス校　生物化学研究所

アンドリュー・アダムス博士

（本報告書は参考として提供するものであり、学術的な実証および提議には用いない）

原註

＊1　ベリー・ブラザーズ＆ラッド：一六九八年にロンドンのセント・ジェームス街で創業。イギリス王室御用達。世界で最も影響力のあるワイン＆スピリッツ商で、酒類の卸および小売のほか、ワイン貯蔵・教育・先物取引などの事業を手がける。独自ブランドのワインの製造、独自の先物取引市場も運営している。

＊2　リッジ・ヴィンヤーズ：カリフォルニアの名門ワイナリー。創業は一八八五年。一九四〇年代に新オーナーとなった四人は全員スタンフォード研究所の研究員だった。モンテベロは最も有名な銘柄。

第7章　ショートヘアの彼女

二〇五三年十一月十五日

ロンドン　セント・ジョンズ・ウッド

電子秘書にアルゼンチン行きの航空券を予約させたあと、私はティム・ベイカー財団に電話をかけた。電話に出たスタッフに、事務的な口調であのショートヘアの女性の容貌を説明し、つないでもらえるよう頼んだ。

「こんにちは」ショートヘアの彼女の声だ。

「『魔笛』のチケットが二枚あるんです。行きませんか」私が切り出す。しばらく間があった。

「女の子を誘う口実に『魔笛』は使わないって言ってましたよね」この声は、たぶん笑っている。

「そうだね。それじゃあ二〇四八年のSUXで」

「飲んべえには最高の口実です」ショートヘアの女性が小声で言う。

「仕事が終わるのは何時？」

「七時半頃だと思います」

「じゃあ都合のいい場所を指定して。ワインを持って行きます」

「ああ……そうね。少し考えます」

「私の連絡先を教えましょう」

「大丈夫。連絡先は知ってます。場所が決まったら情報を送りますね」

「よろしく。では夜に」

「のちほど」

電話を切ったあとの空気には、そこに何かを置き忘れてきたような、においと重量感があっってていった。しばらくぼんやりしていた私は、ビル・エヴァンス・トリオの『ポートレイト・イン・ジャズ』をかけ、電子秘書が整理してくれた絶え間なく押し寄せる検査業務レポートの波へと戻っていった。

セント・ジョンズ・ウッドは由緒ある閑静な高級住宅街だ。クラシカルな街灯と典型的なレンガ色と白の建物が並ぶ、清潔で美しい町並み。晴れた日に散歩していると幸福感に包まれ、世界一美しい場所だと感じる。ローリング・ストーンズの歌にも、この町の名が出てくる。統計によると、NW8の郵便番号をもつ建物は非常に高額で人気も高く、全ロンドンで最も価格の高い住宅街の一つだ。一般庶民にとっては、価格が一定の水準を超えてしまえばもはや何も感じなくなる。三億ポンドだろうと五億ポンドだろうと、ただの天文学的数字にすぎない。天文うんぬんは空の上の話で、人類には何の関係もないのだ。

少なくとも私はずっとそう思っている。

地下鉄の出口を出ると、メインストリートにはカフェや花屋、ブティック、スーパーマーケット、パン屋などが軒を連ねていた。雨のあとの冬の夜は路面も濡れていて、歩いている人は思ったより少ない。誰もが黒いコート姿で、黙々と歩いている。シャーロック・ホームズの小説のような雰囲気が漂うが、道を走るのは馬車ではなく、自動運転の電気自動車だ。デューク・オブ・ヨークというパブは、街角でもひときわ賑わっていた。あたたかい色の照明が、大海原に立つ灯台の明かりのように、町行く人を引きつける。外の深緑色のシェードの下では、アルミフレームのラタンの椅子が、まるで何かに耐えているかのように、濡れたまま置かれていた。店内では大勢のサッカーファンが、チップスをつまみＩＰＡ[*i]を飲みながら、やかましくサッカー中継を観戦している。

ショートヘアの彼女を待つ間、私もサッカーを見ていた。放送しているのはアストン・ヴィラ対リーズ・ユナイテッドの試合だ。テレビは無音で、店内には古いイギリスのロックが流れている。ロンドンのチームが出ていないせいか、誰もがさほど熱狂している様子ではなく、ついでに見ているという感じだ。リーズ・ユナイテッドのサポーターはちょっとイカれている。数万人が立ち上がり、タオルマフラーの両端を握って腕を広げ、大声で下品な言葉を叫び、《リーズ！　リーズ！　リーズ》を歌う。頭がどうかしているようにしか見えない。私もＩＰＡを頼み、この奇妙な景観を楽しんでいるかのように装いつつ、この数日間の出来事を思い返していた。

最初は長老だった。誰の推薦かは分からないが、奇跡のようなブドウ園を見ることができた。続いて長老が何を話したかと顧問に問われ、先生と会うことになった。顧問と先生は相当親しい関係のはずだ。彼らは私に興味を持ち、よく分からない何かに私を巻き込もうとしている。ブドウ栽培とワイン醸造のロジックに関して言えば、長老と先生は完全に相反する立場だ。一人は自然と原点をあがめ尊び、一人は改造と整合を提唱する。

「面倒だな」もやもやした思いが次々に浮かび、私はため息をついた。

ふと、『すばらしい新世界』の中で自殺した野人を思い出した。野人ジョンは、テクノロジーによる支配と制約を受ける未来の人類文明を受け入れることができなかった。思想も、ヒューマニズムも自由もない、あるのはテクノロジーだけの世界。最後は屈辱にまみれ、孤独に命を絶つ。だが、ジョンを死に追いやったのは『シェイクスピア全集』だとは言えないだろうか。二五四〇年になっても『シェイクスピア全集』を真剣に読む者が、果たしているのだろうかという疑問は残るが。

「ああ、すばらしい新世界。こういう人たちが住んでいるの！」私は『テンペスト』のセリフをつぶやき、顧問の口調をまねて言った。「君たちイギリス人はユートピアとかディストピアとか、そういうものに夢中になりやすい」

ショートヘアの彼女は薄化粧をしていた。髪もカットしたようだ。今日はラインのきれいなスミレ色のシルクのシャツを着て、ロングパンツにハイヒール。ボタンを二つ開けて、美しい胸元をほんの少し露出させている。頭の先からつま先まで、輝くような美しさだ。遅れてごめんなさいと彼女が言い、構いませんよと私が答える。どこでだったか忘れたが、いつか見た統計によると、イギリス人男性は一生のうち平均一年を、女性を待つことに費やすという。私が彼女を待っていた時間はたったの四十五分だ。

「十分に早い」私は思った。

「かっこいいですね。MI5の諜報員みたいだ」

「そう？　ありがとう」少し照れくさそうに彼女が言った。「ずいぶん待ったでしょう？」

「いえ」私は、泡の立ったビールグラスをワイングラスのように揺すった。「暖を取ってました」

見る者すべてをとりこにする明るい笑顔を見せて、彼女は私に少し待っててと言った。奥へ行って店長にあいさつすると、デキャンタを持って戻ってきた。店のワインを一本頼めば、持ち込んだワインを飲んでも構わないと言う。

「リーデル・オー*2を二つ持ってきました」ショートヘアの彼女が小声で言う。「カベルネ・ソーヴィニヨン専用のリーデル・オー」

「それはいいね」私は言った。『ハンドブック』は、異なるブドウ品種のワインを飲む際はそれぞれに適したグラスを使うべきだと強く主張しているが、私はそこまで気にしていない。

彼女と相談しながらメニューを眺め、サバのサラダとステーキ、ヨークシャー・プディングとフィッシュ・アンド・チップスを注文した。ワインはマーガレットリバー産の樽熟成を経ていないシャルドネにする。この間、私はずっとバーカウンターのほうから男たちの視線を感じていた。きれいな彼女と冴えない私。きっと納得がいかないんだろう。何にせよ、誰にとっても、美人とのデートは虚栄心をくすぐるものだ。

私はポケットからソムリエナイフを出し、すばやくSUXを開けて、コルクを小皿に置いた。わざと見せつけるように、ボトルのワインを細くゆっくりデキャンタに注ぐ。彼女は目を細めて私のパフォーマンスを見ていた。つぎ終わると、デキャンタの首を持って軽く揺らし、ワインを目覚めさせる。彼女に香りを嗅いでもらう。彼女がこちらを見てうなずく。

「すごく楽しみ！」彼女が言った。その表情は、クリスマスプレゼントを開けようとする少女のようだった。

「うん。ゆっくりワインを開かせてるから、僕が前回飲んだ時よりうまいはず」

「もう飲み頃なんですか？」

「五年だから、いい頃合だと思う」手首のウェアラブル端末をボトルの底に近づけると、このワインに関するあらゆる情報が表示される。テーブルの上の空間に小さく映し出して、彼女と一緒に読んだ。先生の評価によると、飲み頃は二〇五一年から二〇七六年。ブドウ収穫の四年後から飲めると書いてある。

「よかった。そうでなきゃ、あまりにもったいないもの」彼女は言った。

「ハハ。今日は忙しかった？」少し探りを入れてみる。

「私たち、先生のアシスタントとして、先生のプロジェクトをそれぞれ分担して手伝ってるの。来月はクリスマスだからやることが多くて、みんな忙しいんです。私まで受付に座って電話を取らされるはめになって」

「へえ。先生のアシスタントってどんなことをするの？」

「何でもやります。原稿書き、ワイン選び、試飲会の手配、採点、試験問題の作成、取材、講演、講師、メディア対応、ワイナリーとの連絡、栽培と醸造の研究。何でもありです」ショートヘアの彼女は言った。「最近、新しくワインのバイオ研究センターも立ち上げました」

「ずいぶん幅広いな」私は言った。「アシスタントに求められる条件は？」

「W&S80級以上は必須です。ワインに関して一定水準以上の専門知識が求められます。そうでないと何をするにも知識が不足して、責任ある対応ができませんから」

「W&S80級か。それはなかなか厳しい」私は驚嘆した。

この時、ウエイターが白ワインとグラスを持ってきた。ボトルに触れる。いい温度だ。私がうなずくと、ウエイターは栓を抜き、少量をついで私に試飲を促した。私は手を振って試飲は不要と伝え、グラスの最も膨らんだところまでワインをついでくれるよう頼んだ。私たちはグラスを回し、互いに言った。「乾杯《チアーズ》！」

「うん、きれいな味だ。パイナップルとか柑橘類、メロンを思わせる」と私。

「ええ。噛みごたえがある感じ。後味はさっぱりしてるけど」ショートヘアの彼女が言った。「丁寧に作られたワインですね。でもこの年は気温が高すぎて、酸味もストラクチャーも今ひとつだった」

「そういう時、収穫を早めることは効果があるのかな」

「それでもダメだと思います。いずれにせよ味の豊かさに欠けるし、果実味も出にくい」

「話を戻すけど、君のところのアシスタントの条件は本当に厳しいね。W&S80級なんて、僕は一生受かりそうにないな」W&S80級はとんでもなく狭き門だ。合格まで三十年かかった人もいると聞く。

彼女がにこりと笑う。「でも先生はあなたに、80級でも問題ないと言ってましたよね。四階級も飛ばすなんて、そんなすごい人には会ったことないですよ」

「まずはW&S70級に受からないと。でも僕には無理じゃないかな。知らないことだらけだから。たとえばこのワインは西オーストラリア産だけど、この産地のサブリージョンの土壌やテロワールの違いは何も知らない」私は言った。「ワイン愛好家ってみんな賢くて、好みにうるさくて、少し見栄っぱりで、あまり寛容じゃない人が多いでしょう。どこかのワイナリーの有名なワインとか、特殊な製造技術とか、産地の風土とか、オーナーの祖父の名前とか、そういうものを知らないとワインを味わう資格はないみたいに。そんな飲み方、僕には耐えられないんですよ」

「ワイン好きの人には繊細でこだわりの強い人が多いのは確かです。でも、ワインのよさが分かる人には、いいワインを惜しげもなく飲ませたりしますよね」彼女は言った。「せっかくならよさを分かち合いたいじゃないですか」

彼女は私の目をじっと見つめた。小指を立ててワイングラスを持ち、私のグラスと軽く合わせる。澄んだ音が私の心をくすぐり、胸のあたりをざわつかせる。美しい女性というものは、人の心を強く揺さぶる力を持っているものだ。私たちはワインをひと口飲み、ワインについて語り合った。

サバのサラダが運ばれてきた。新鮮なサバをあぶり、さばいてサラダに仕立てたものだ。塩辛さも生臭さもなく、新鮮な魚のほどよい塩気に酸味のあるソースがよく合う。日本料理を思わせる、絶妙なバランスだ。豊かな酸味と柑橘の香りのシャルドネとは最高の組み合わせで、実に食欲をそそる。

「ワイナリーの方と飲んで、その味を語り合うのは好きなんです」私は言った。「ワイナリーの人たちは手がけたワインを自分の子供みたいに思ってる。そのワインをいただくのは、子供の発表会を一緒に見ているようなものです。自分の子供だからね、出来がよくても悪くても、みんなうれしそうなんだ」

「自分でワインを作ってみたいとは思いませんか？　私、最近よく人にそうやって聞かれるんですけど」ショートヘアの彼女が言った。

「僕には無理だな。僕は子供の頃、ワインの産地に住んでいて、ワイナリーで育ったとも言えるんで、いろいろ見てきてますから。ワイナリーの生活って、人が思うほど華やかじゃないし、ロマンにあふれてもいない」

「ふうん。じゃあ何かやりたいことはあるんですか？」

「あちこち出かけて、面白くてうまいワインを見つけて、いろんな味を試したいだけです」

「独身ですか？」下唇を軽くかんで、彼女が言った。「おつきあいしてるお相手は？」

「いませんよ。しょっちゅう飛び回ってて、ほとんど国内にいないんで、つきあう時間なんかない」私はさっきの彼女の言葉を借りることにした。「自分の好きなもののよさが分からない人とは、楽しみを分かち合えませんから。たとえエル・ブジに行ったたって意味がない。それ以上、進展することもないです」

「ふだんはどんなふうに過ごしてるんです？」

「現地のバーに行って、夜中まで飲みながら、一夜限りの相手を探します。いい感じに酔ってきたら、君の家か《トウ・カサ》、僕の家か《オ・ラ・ミア》」言いながら人さし指で彼女を指し、自分を指す。

「なるほどね。かわいそうな人」彼女が私の指をつかんでうなずく。どきりと胸が鳴った。

ステーキとヨークシャー・プディングが運ばれてきた。特製ソースのかかった巨大なTボーンステーキとフライドポテト、ジェノベーゼソースのトマトサラダなどが木のプレートに乗せられた豪華なひと皿だ。テキサスのステーキを思い出させる。ヨークシャー・プディングにはグレイビーソースがかかっている。これを頼んだのは失敗だったかもしれない。ステーキとはあまり合わなそうだ。続いてフィッシュ・アンド・チップスが来た。サクサクの衣に少しビネガーをたらす。ビールには合いそうだが、SUXには少しくどい気がする。

ＳＵＸをリーデル・オーに注ぎ、一杯を彼女に渡す。「十分に開いたか、飲んでみよう」

彼女がうなずく。私はひと口飲んで、息を吸い、少し考えて言った。「今夜のＳＵＸは、数日前に顧問と飲んだ時と同じように、強くしっかりしたボディと酸味が感じられる。でも、十分に開かせた分、より多層的で複雑な味わいになっている。バニラやリコリス、シナモンの香りと、甘く漂うアルコール感。そろそろ満開を迎える、奔放な真紅のヒナゲシ畑を思わせますね」

「きれいな描写。確かに主張の強いワインですね」彼女は突然、少し恥ずかしそうに小声になって言った。「赤いドレスを着て、くるくると舞い踊り、愛を歌い上げるカルメンのよう」

「開かせたらずいぶん印象が変わった。さすが、先生が満点をつけたワインだけある」言いながら、私はステーキをカットし、二切れを彼女の皿に乗せた。

「うん、ワインの酸味がステーキとよく合ってる。最高のマリアージュね。ワインの中のスパイスの風味が特に際立つ感じ」

「そうだね。肉の脂っぽさも中和されて、繊細な味わいになる」私はボトルを取り、彼女についでやった。

「ところで、あなたは賛成ですか？　遺伝子を書き換えたブドウでワインを作ること」ショートヘアの彼女が、急に暗い顔になって言った。

「分からないけど、今ひとつピンと来ないな……どんな味か興味はあるけど、やっぱり受け入れがたいかも」

「そうですよね。私もです」彼女は不安そうな表情をした。

「生牡蠣風味のシャブリとか、ビーフステーキ風味のボルドーワインができるなら、シャブリ風味の牡蠣やボルドー風味のステーキだって、できてもおかしくないはずですよね」勢いに任せて、いい加減なことを言ってみる。

「ポテトチップス味の焼き肉か、焼き肉味のポテトチップスか、みたいな話ですよね」と彼女。

「そんなの、いくらでもできてしまうよ。シャトー・ラトゥール味のステーキも、シャトー・ディケム味のパイナップルも、マンザニラ[*3]味のハモン・イベリコ[*4]も」私はテーブルの上のメニューを手に取り、オーダーするまねをして言った。「うん、今日はシャトー・ラトゥールのリブアイ八オンス……もちろんレアで。血の滴るようなラトゥール・ステーキの味は格別だからね」

「もうやめてください、怖すぎます。どんな味だろうってずっと考えちゃう。分子ガストロノミーみたいに、脳が侵される感じ。本当に怖い」彼女はフォークを置いてワインをひと口飲んだが、また何かを想像してしまったようで、すぐにグラスを置いた。

「あなたが変なこと言うから、せっかくのおいしい料理が台なし」少し怒らせてしまったようだ。

「すっかり暗示にかかって、自分の味覚を信じられなくなってない？　僕は何ともないけどね」フォークを手に取り、ステーキを口に入れる。「フフフ……このステーキとＳＵＸの組み合わせは最高だな、ハハハ……研究室でＳＵＸ風味のＮＹストリップステーキを作ったらうまいだろうな！」

彼女が怒った顔で何か言おうとした時、ウエイターがカウンターのベルを鳴らしながら大声で言った。「ラストオーダー！」[*5]

　彼女は何かに操られるように、あるいは催眠にかかったように、ぶるっと身震いをして、冷たい目で私を見ながら言った。「私、帰ります」

「どうしたの？」少し悪ふざけがすぎたか？　機嫌を損ねてしまったようだ。何かまずいことを言っただろうかと、私は焦った。

「何でもありません。ただ帰りたくなったんです」彼女が自分のバッグを見る。一体どうしたのか、わけが分からなかった。

「じゃあ残ったワインをボトルに戻しておくから、持って帰って」私は言った。

　彼女はうなずき、こちらを見ずに立ち上がると、カウンターへ会計をしにいった。私は慌ててデキャンタのSUXをボトルに戻して栓をした。リーデル・オーを紙ナプキンに包んで袋に入れると、彼女を追って店を出た。

「送るよ」優しく声をかける。

　彼女がうなずく。私はすぐに手首の端末で、会社と契約しているタクシーを呼ぼうとしたが、近くの車が見つからない。慌てる私を見て、彼女は笑って通りを指さし、車を呼ばなくても歩いて帰れます、と言った。

「セント・ジョンズ・ウッドに住んでたの？」歩きながら尋ねる。仙女に、仙境に住んでいるのかと聞くようなフレーズだ。

「そう。だからここへはよく飲みに来るんです。庭みたいなものね」ショートヘアの彼女は首をすくめ、腕をからめてきた。

五分ほど歩き、一軒家を改装した高級そうなアパートに着いた。築百年はたっていそうだ。彼女について階段を上る。彼女は顔認証でドアを開けると、振り返り、飲んでいくかと聞いた。

「もう少しSUXが飲みたくて」淡々と彼女が言った。

「もちろん」胸の鼓動を抑えつつ、冷静に返事をする。

ヴィーナスとバッカスが手を取り合って、扉を開こうとしているのだ。誰にも止められるはずがない。


彼女の家がどんなだったか、あまり覚えていない。覚えているのは、ソファに荷物を放り投げ、そのまま部屋に入ったこと。私は彼女の両手をつかみ、壁に押しつけてキスをした。こんなのは映画でしか見たことがない。夢中でキスをする。下半身を荒々しく押しつけ、彼女の胸へと唇を這わせる。彼女も私のリズムに合わせて体を揺する。酔ったせいだけじゃない。私は彼女の体を求めていたし、彼女が私の体を求めていることも分かった。ハリウッド映画の影響ではないと思うが、この時の私には、こんな激しい始め方しか考えられなかったのだ。

彼女にのしかかり、お互いの服をめちゃくちゃに引き剝がしたあとは、それまでのトーンを変え、優しくゆっくり彼女に口づけをした。目から耳、唇、胸、腹、さらに下へ。彼女は小さく震えながら、私の頭を抱くようにして、かすかなあえぎ声をあげた。私は彼女をベッドに横たえると、ベッドの脇に立ち、彼女の面前で残った服を脱ぎ捨て、体を見せつけた。この時になってようやく、私も彼女をちゃんと見た。

彼女の髪は乱れ、軽く下唇をかんでいる。顔にかかる前髪の奥の目には困惑の色が浮かぶ。

均整の取れた体つき、形の美しい胸。長い足はわずかに開かれている。腕はイギリス人女性らしからぬ細さだ。上から下まで一本の毛髪もなく、肌はなめらかに光っている。その姿はぎこちなくも魅惑的で、とてもそそられる。ワインで言うならサンセールのソーヴィニヨン・ブランだ。きらきらと透き通った酸味、すっきりしたボディ、どこか火打ち石や鉱物の存在を感じさせる、あの味。そんな彼女の体が明かりの下で魔法の宝石のように青白い光を放っていた。

私は水をひと口飲み、少し高さのあるベッドに乗ると、彼女におおいかぶさるようにして唇にキスをした。彼女が長い指でぎゅっと私の腕をつかむ。私はその手を下へと導き、十分に奮い立った私の体に触れさせた。彼女は歌うように長く声を出し、体をこわばらせ、私に合わせて動きだした。

私たちは二回、体を重ねた。一回目は乱暴で性急で、押さえつけていた感情をぶちまけるようなセックスだった。私は彼女の柔らかい体を強くつかみ、彼女も私の背をきつく抱いて、肩にかみついた。二人ともとても興奮していて、すぐに絶頂を迎えた。一度目の絶頂のあと、私たちはゆったりとキスを交わした。何かを探り、確かめるように、互いに相手の体に口づけた。彼女のあたたかい唇が私を再び奮い立たせ、私はゆっくりと彼女の中に入っていった。体の中も外も、体の隅々まで触れて、味わっているような、そんな感覚だった。私たちはきつく抱き合い、最後はゆるやかに二度目の絶頂を迎えた。

「どう？」行為のあとにかける言葉に、いつも迷う。

「すごかった。うっとりしちゃった」ショートヘアの彼女は少し照れくさそうに言った。

「ありがとう。君の体は本当にきれいだ」彼女の豊かな胸を見ながら、私は言った。

「何か飲む？　飲みかけのＰＸ[6]があるの。それともさっきのＳＵＸにする？」ショートヘアの彼女が私の体にもたれたまま尋ねる。

「いや、セックスのあとは甘い酒が飲みたくなるんだ」私は深く息をついた。

彼女は私のシャツを羽織ると、猫のようにしなやかにベッドから飛び降り、ワインを取りにキッチンへ行った。私は部屋を見回した。どうやら、ここは屋根裏部屋らしい。斜めの天井、栗色の花模様の壁紙、濃い色のオーク材の床、毛足の長いベージュのカーペット。家具はすべてオフホワイトを基調としている。クラシカルなデザインの黄色いランプ。壁には砂丘の風景か人体の曲線のような、コントラストの強いモノクロ写真が数枚飾られている。部屋の隅にはラバランプが置かれ、赤い浮遊物がクラゲのように漂っている。品があってロマンチックで、センスのいい部屋だ。

彼女は半分になったＰＸのボトルと、ＩＳＯグラスを一つ持ってきた。髪は整っていて、羽織ったシャツのボタンはいくつか留まっている。女性が私のシャツをパジャマにしている姿を見るのが、私は好きだ。自分だけのものになったようで、色気を感じる。それは潜在意識の中の親近感なのか所有欲なのか、よく分からないが。

「来月から一カ月、パリにフランス料理のレッスンを受けに行くの」ショートヘアの彼女はグラスについだＰＸを私に手渡しながら言った。「フランス料理には詳しい？」

「特に詳しくはないよ。注文には困らない程度かな。ル・コルドン・ブルーかどこかで学ぶの？」

「まさか。私が企画を担当してるプロジェクトでね。フランスの司厨士協会との提携なの。うちが協会向けにW&S40級のクラスを開講して、私たちはフランス料理のプロとしての訓練に協力してもらう。簡単な基本概念から始めて、次は食材、そして調理、最後にお酒とのペアリングを学ぶ予定」

「でも、フランス人にワインの講座なんか必要あるかな？　フランスのシェフならワインに相当詳しいはずだろ」気になったことを聞いてみる。

「フランスにはありとあらゆるワインがあるでしょ。だから、たいていのフランス人は、フランスのワインしか知らない」ショートヘアの彼女が言った。「フランス以外のワインと料理のペアリングを学ぶ手助けをするのが、私たちの仕事」

「それはそうだ」私は同意した。「君はフランス語ができるの？」

「前に何年か住んでたことがあるから、それなりに」彼女が舌を出す。

「うらやましいな。フランスという国は偉大だ。うまいものがいくらでもある」

「そうなの。だから私も何から始めればいいか分からなくて」

「『バベットの晩餐会』って映画を見たことはある？　十九世紀、フランスの名シェフだったバベットがデンマークの海辺の村で、友人のために最高のフランス料理の晩餐会を開こうとする話なんだけど。見てみるといいよ、この百年で最高のフランス料理の映画だって言われてる」

「見てないけど、聞いたことはある。でも、古い映画なんでしょ」

「じゃあ現代版に直して話してあげるよ。聞きたい？」

「ええ、聞かせて！」彼女が興味をそそられていることが、その声で分かった。

パリのミシュラン三つ星レストラン〈パレ・アングレ〉のシェフ――バベットは、不可解なDNA鑑定を証拠に無実の罪を着せられる。グリーンランド西北部のナミヤクト（原文では「納米亞科特」）という小さな漁村に逃れたバベットは、友人の友人――信仰に人生を捧げ、世俗を捨てて暮らす二人の姉妹の家に身を寄せる。バベットはこの村で、姉妹の助けを借り、素性を隠して暮らすことになる。二十四年間、メイドとして無償で姉妹に仕えるバベット。その間に事件は二十年の時効を迎える。


「どんな罪なの？」

「そこははっきりしてない。ただ、現場で彼女のDNAが検出された。そのうえ彼女にはアリバイがなかったんだ」

「じゃあ事件の時、彼女はどこにいたの？」興味深げに、彼女がさらに問いを重ねる。

「たとえ罪を着せられても、言えないようなことをしてたんだろうね。禁じられた恋の相手と密会してたとかさ」そう言って私は、ごくりとワインを飲んだ。

「禁じられた恋？」

「そう。政治家とか、有名人とか」

逃亡中、バベットの夫と息子は感染症で命を落とした。彼女とパリを結びつけるものは、三十年間買い続けている宝くじと、保険だけになった。バベット自身、グリーンランドの寒さとシンプルな生活にいつしかなじんでいた。村の住民の大半は、清貧生活を生涯貫く清教徒で、毎年五月から十月の間だけ外部へ通じる連絡船が出る。桃源郷というよりは、世間から打ち捨てられた寒村といった風情だ。この村にはちょっと変わったところがある。インターネットが通じておらず、ウェアラブル端末などどこにも売っていないばかりか、教会の鐘塔には鐘がない。バベットはもう何年も、インターネットもやっていないし、鐘の音も聞いたことがなかった。

「今の地球上に、ネットが通じてない場所なんてあるの？」

「ないこともない。少なくとも村人は誰もウェアラブル端末を持ってない」

すでに他界した姉妹の父親が生誕百年を迎えるにあたり、姉妹は信徒たちを招いて食事やコーヒーを楽しもうと考えた。姉妹に頼まれて町にコーヒーを買いに行ったバベットは、町でネットを見て、宝くじで百万ユーロが当たったことを知る。姉妹にそのことを告げると、姉妹は喜ぶが、同時に、バベットがパリへ帰ってしまうだろうと考えた。バベットは姉妹に、父親の生誕百年を祝う晩餐会を開こうと提案する。二十四年間の恩返しとして、晩餐会の料理を作らせてほしい、費用はすべて出すから、と。バベットは言った。「今まで私が頼み事をしたことがありますか？」姉妹は申し出に応じるほかなかった。

「百万ユーロ。それは大金ね！　パリでアパートが買える」

「そう。郊外なら小さな戸建ても買えるよ」

バベットはパリへ行き、手続きを済ませて宝くじの当選金を受け取ると、晩餐会の料理に必要な物を買い込んだ。数日後、配送業者がそれぞれ異なる配送温度で、彼女の買った物を運んできた。チーズに牛の頭、生きたウミガメ、カゴいっぱいのウズラ、カトラリーと食器、そして数箱のワイン。配送業者はトラックから降りてくると、なんて分かりにくい場所なんだ、と文句を言った。そして、運搬用のアリ型ロボットで荷物を運び入れると、バベットに確認させた。村人たちは初めて目にする光景にあぜんとしていた。姉妹は、美食と美酒の誘惑によって仲間たちの信仰心が揺らぐのではないかと不安を覚えた。そこで密かにみんなを呼び出して話し合い、一つの取り決めをした。晩餐会の料理がどんなにおいしくても、決して興奮しないこと。当日もそれ以降も、料理に関することは一切話題にしないこと。それが神への尊崇を示すことになる。

「私たちに与えられた試練だと思うことにしよう」信徒の一人が厳かに言った。

「ウミガメって、保護対象の希少動物じゃない？」

「人工飼育のものだろう。カリブ海の海洋牧場で養殖されてる」

「それと、どうして料理の話をしちゃいけないの？」

「人々はさまざまな方法で神をあがめ敬う。彼らは清教徒だからね」

「七つの大罪を恐れているのかも」彼女は怯えたような表情を作る。「美食は悪魔の言語だから」

晩餐会の前夜、思いがけない客が訪れた。パリの公館に駐在経験のある、グリーンランドの武官——名望のある将軍で、かつて姉妹の姉にプロポーズした男だった。姉妹は晩餐会の料理が足りず、将軍へのもてなしが行き届かないのではないかと心配した。しかしバベットは顔色一つ変えず、何も問題はないと言った。彼女が用意した食材は十二人分、食器も十分足りている。

バベットは四品の料理と四種類のワインを用意した。給仕のための助手を一人雇い、丸一日かけて準備をした。晩餐はシェリーとウミガメのスープで幕を開け、キャビアのブリニ添えには年代物のシャンパンを合わせた。舌の肥えた将軍は、料理名をぴたりと言い当て、料理の華やかさと味のよさを称賛する。そして、こんな寂れた田舎の家庭で、これほどまでに豪華な、極上の料理が出されることに驚く。しかし、料理について語らないと約束した信徒たちは、将軍の言葉にただ「ハレルヤ！」と応じるか、明日は雪が降るかどうかについて話すばかりだった。将軍はこの美食美酒への喜びと感動を誰とも分かち合えず、ただため息をついて、席で独り悶々とするのだった。

「シェリーは何？」彼女が質問を挟む。

「恐らくボデガス・トラディシオンのＶＯＲＳ30、つまり四十年物のアモンティリャードだ」

私が一番好きなシェリーだ。

「シャンパンは？」

「二〇三九年のヴーヴ・クリコのエノテーク[*7]。〝《大消滅》前の最後の美酒〟と言われてる」

メイン料理のウズラのパイ詰めペリグーソース添えには、クロ・ド・ヴージョ[*8]を合わせた。メインを食べた将軍はついに耐えきれなくなり、立ち上がって熱く語り始めた。かつてパリに駐在していた頃、友人に連れられて〈パレ・アングレ〉へ食事に行き、この世のものとは思えぬほどの極上の料理を味わった。友人は将軍に言った。「ここのシェフは女性でね、メディアでは天才と絶賛されている。彼女は食事を愛に変える力を持っている。誰にもまねできない特別な才能だ」

将軍は立ったまま大きな身振りで言った。「今夜いただいた料理は、あの味と遜色ない。いや、あれ以上に感動的だ」

「ウズラのパイ詰めペリグーソース添えって、どんな料理？」

「ウズラの腹を割ってフォアグラとトリュフで作ったペリグーソースを入れ、糸できつく縛って鍋でゆでる。そのあと、パイ生地で作ったお碗状の皮につめてオーブンで焼く。皿に盛ったらブランデーとバター、マッシュルームのソースをかけてテーブルへ」私は言った。「検索しまくって調べた」

「へえ、おいしそう。香りもよさそうね。クロ・ド・ヴージョは？」

「二〇二四年物かな。ブルゴーニュでは今世紀最高のヴィンテージだ」暗唱するように、私は言った。

「なるほどね」と彼女。「前に飲んだことがある。あったかくて、愛を感じさせる味だった」

メイン料理を食べ終えると、続いてサラダとチーズ、サヴァランが出された。最後に一同は客間へ行き、コーヒーとフィーヌ・シャンパーニュのブランデーを楽しんだ。贅を極めた、心づくしの晩餐だった。信徒たちの心もほぐれ、誰もが幸せで満ち足りた気分だった。一同は庭で輪になって賛美歌を歌った。

「サヴァランって?」

「ブリオッシュにラム酒をかけた、パンとケーキの中間のようなスイーツだよ。ハロッズの地下でも売ってる」

「コーヒーは? どんなコーヒーかな」

「パナマのラ・エスメラルダのゲイシャ。ウォッシュド、ハンドドリップ。後味がきれいで、宴席の最後を締めくくるのにふさわしい」

「フィーヌ・シャンパーニュのブランデーっていうのは?」

「ええと……食後のディジェスティフだね。どこかの名門ワイナリーのマール・ド・シャンパーニュだろう。詳しくは確かめてない。ただ、そろそろ晩餐も終わりだ。マール・ド・シャンパーニュかマール・ド・ブルゴーニュか、ヴュー・マールかトレ・ヴュー・マールか、あるいはもっとありふれたマールでもグラッパでもオルホでも、[*9]大した違いはない」ほんの少し、知識をひけらかすように、私は言った。

ショートヘアの彼女がうなずく。「飲み比べてみたら分かるわ。どれもさほど大きな違いはないって」

彼女の茶色い瞳を見つめながらうなずき、同意の意を示す。W&S80級の美しい女性が傍らにいる。私が話す、人類文明の中でも特に奇妙で不可解な言葉を、彼女はすべて理解し、その細かな差異や由来にも詳しい。まるで神からの贈り物のようだ。なんて幸せなのだろう。私は思わず彼女を強く抱き寄せ、彼女の体に手を這わせた。あえぎ声をこぼした彼女は、私を強く押しのけた。「待って……お願い、今は……ちょっと」

私は彼女を離し、軽くキスをして、バベットの物語を続けた。

客が帰ったあと、姉妹が厨房へ来た。バベットは椅子に腰掛け、グラスを揺らして残ったクロ・ド・ヴージョを飲んでいた。飲み慣れた味に満足げな表情を浮かべている。姉妹がバベットに、今日の晩餐会への感謝を告げた。今夜の料理を一生忘れることはないだろうと。バベットはこの時初めて、自分がかつて〈パレ・アングレ〉のシェフだったことを告白し、パリへ戻るつもりはないと言った。

「どうして?」姉妹が尋ねる。

バベットは言った。「私を待っていてくれる人は、あの町にはいません。みんな死んでしまいました。それにお金もないですし」

姉妹は言った。「あの百万ユーロは?」

「使い果たしました」バベットはテーブルの上の皿やしつらえに目をやり、腰に手を当てて、すこし高慢な表情で言った。「〈パレ・アングレ〉で十二人を招いて晩餐会を開いたら、百万ユーロほどかかります」

姉妹はとても信じられないという顔をして、しばし呆然としたあと、口を開いた。「私たちのために、そんな大金を使う必要なんてなかったのに……」バベットは言った。「あなたたちのためではありません。私は……」ここでカメラがズームアウトする。海岸近くの空に浮かんだ雲に穴が開く。雲の穴から下を見下ろす映像、海上には石油プラットフォームが浮かぶ。天国の鐘の音が響き渡る。映画はここで終わる。

「面白い話ね。フランス料理を食べに行きたくなった」ショートヘアの彼女が言った。

「だから百年で最高のフランス料理の映画と言われてるんだ」

「〈パレ・アングレ〉ってレストランは実在するの?」

「本当の名前は〈カフェ・アングレ〉。百年以上前は実在した。三人の皇帝が晩餐を共にしたという〝三皇帝の晩餐〟のメニューで有名だよ。でも残念ながらカフェ・アングレは閉店してしまったんだ。ワインセラーのワインはすべてトゥールダルジャンが引き取ったそうだよ」私は言った。

「〝三皇帝の晩餐〟って?」

「ディネ・デ・トロワザンプルール――歴史上、最も有名な晩餐の一つだよ」フランス語で言ってみる。だが、一つの物事を別の言語で言い換えただけでは何の説明にもならないので、さらに補足する。「一八六七年六月七日、プロシア皇帝ヴィルヘルム一世が、ロシア皇帝アレクサンドル二世と、次期皇帝となる皇太子のアレクサンドル三世を招いて、共に晩餐を楽しんだ。十六品の料理と八種類の酒が出され、食事は八時間以上も続いたそうだ。同じメニューの代金は、当時の金額で一人あたり四百フランくらいだったらしい」

「四百フラン？　思ったほど高くない感じ」彼女が続ける。「じゃあ〝三皇帝の晩餐〟のメニューは今でも食べられるの？」

「五十年前にオーストラリアのシェフがこのメニューを再現してドキュメンタリー（『The 3 Emperors Dinner: Recreating a Culinary Past』二〇〇三）も撮った。あの時は一人七千五百ドルしたそうだよ。今ではもっと難しいだろうね。食材もワインも、もう手に入らないものがたくさんある」私は言った。

「わあ、高いのね。今なら一人いくらになると思う？」

「最低でも五万から八万ユーロはするだろう。あれだけの名酒と料理をそろえたら」

「もう一つ教えて！」彼女が言った。「最後に雲に穴が開くのはなぜ？」

「忘れてしまったな、映画の中では語られていなかったような……たぶん……天使も極上の料理を食べたかったんだろう[*10]」

「映画を見てあなたはどう感じた？」

「どうだろう、ただ感動した。人類が作り上げた美食という文明に。分かるかな……フランス人は、彼らは人類文明の美しいものすべてを持っている……すべてだ。そして僕たちはそれを借りてきているにすぎない」私は少し興奮気味に言った。「何度も見て、そのたびに涙があふれる」

「アハハ、あなたって可愛い」そう言って、彼女は私にキスをした。

「ワインは人を貴族にする」私は言った。「英米の文化の多くはただの金持ちの文化にすぎない。決して貴族にはなれないんだ。もちろん、支配階級としての貴族という意味じゃないよ」

「こういうおしゃべりって好きよ」彼女がまたキスをする。「すごく奥が深い」

「ありがとう」少し照れくさくなって、私は言った。

「南米からはいつ戻ってくるの？」彼女が聞いた。「先生が、あなたに電話して聞いておけって。もっと話がしたいみたい」

「本当に？」指先で彼女のなめらかな背中をなぞる。彼女が悩ましげに体をよじる。「先生に覚えてもらえるなんて、本当に光栄だよ」

「ワインのバイオ研究センターを立ち上げるって言ったでしょ？ブドウ栽培とワイン醸造、品質管理、バイオ技術のすべてに詳しい人をずっと探してたの。しかもあなたは顧問の紹介だし」

耳元に吐息を感じ、頭の位置を少し調整して、私は言った。「実は、顧問とは数えるほどしか会ったことがないんだよ。うちの会社が数年前にモンテスキュー・グループに買収されてね。顧問の部下って言えるのかどうかもよく分からない」

「そんなこと気にしなくていいんじゃない？いずれにせよあなたにとってはいいチャンスでしょ。先生と仕事ができるんだもの」

「その研究センターでは〝ステーキ味のボルドー〟を作るんだろ？理論上は可能だと思うけど、本気で実現しようとすれば莫大な時間と資金と技術が必要になる。あまりにも難度が高い」私は言った。「それに、万が一〝カボチャ味のボルドー〟ができちゃったら大変だよ」

「怖すぎる。カボチャのスープみたいなワインなんて飲みたくない。タンニンとカボチャの甘みがケンカしそう」ショートヘアの彼女は真顔で言った。

彼女の白い胸にかかる赤いビー玉のペンダントを手に取り、光に透かしてみた。中には一つの世界があるように見えた。「熱に強いピノ・ノワールならもう少し簡単かも。もっと有益だし」

なぜだろう。彼女の赤いビー玉を見ていると、前世の記憶というか、ずっと前から知っているような、不思議な感覚を覚える。

「遺伝子を書き換えたブドウには賛成なの？」

「人体にとって無害だと証明できるならね。ウイルスの予防、天候対策、生産量の増加、味の向上、そういう改変はやってもいいと思ってる」さらにつけ加える。「でも、実際に無害かどうかを証明するのは難しい。人の寿命は長いからね。種子会社とかバイオテクノロジー企業とかには、それを証明できるほどの忍耐力はない」

「もしこの職に就いたら、いろんな国へ行ってワインを飲んだりできなくなるでしょ。惜しくない？」

「うん。ブリティッシュ・エアウェイズのビジネスクラスのラウンジに置かれた清潔なソファから漂う洗剤の香りが懐かしくなるだろうな。でも、船乗りだっていつかは陸に上がるものだよ。まあ、先生が僕を雇いたいとは限らないけど」私は言った。「明日はアルゼンチンへ行く。そのあとは南アフリカ、スペインで、ロンドンに戻るのは月末になる。その時、先生がロンドンにいたら、またお会いする約束を取りつけてほしい」

「朝食の時に、先生のスケジュールを見せてあげる」ショートヘアの彼女はいたずらっぽく言った。「ただし……お酒をご馳走してくれること。私が飲んべえだってこと忘れないで」

「いいよ。南アフリカでヴァン・ド・コンスタンス[*11]を買ってきてあげるよ」私は浮かれていた。

「寂しさを癒す薬だ」

ショートヘアの彼女はうなずき、また例の魅惑的な笑顔を見せた。見るからに上機嫌だ。口笛でオペラ《後宮からの誘拐》の序曲の一節を吹きながら、ボトルに戻したSUXを飲み始めた。もっと彼女と一緒にいたい。そう思いながら、私はこっそり時計を見た。月が地球の潮を引き寄せ、太陽は地球の反対側にいる。もう夜中の三時になっていた。

原註

＊1　IPA：インディア・ペールエール。香りの強い、上面発酵ビール。かつて、イギリスからインドへ輸出されたことで名が知られた。焙煎麦芽を発酵させて作る。

＊2　リーデル・オー：脚のないワイングラス。大きさも形状も異なるさまざまなタイプがある。持ち運びがしやすく、カジュアルな宴会での使用に向いている。

＊3　マンザニラ：シェリーの一種。スペインの港町サンルーカル・デ・バラメダで作られる。フィノに似た風味がある。

＊4　ハモン・イベリコ：スペインのイベリコ豚の肉を乾燥させて作るハム。世界最高のハムと呼ばれる。いくつかの等級がある。ワインによく合い、スペイン人にとっては欠かせない食材。

＊5　第二次大戦後、イギリスでは夜十一時以降のアルコール販売が禁止された。そのため多くのパブでは十一時十分前になるとベルを鳴らし、大声でラストオーダーを告げるのが慣習となっている。イギリス人はベルの音を聞くと、数杯の酒をオーダーし、席に戻ってゆっくり飲むのだ。

＊6　PX：「ペドロ・ヒメネス」の頭文字。スペインのシェリー用のブドウ品種。

＊7　エノテーク：「エノテーク oenotheque」はギリシャ語で、イタリア語の「enotèca エノテカ」、ドイツ語の「vinothek ヴィノテーク」に相当。本来はワインを収蔵する場所、またはワインを販売する店を意味する。シャンパンの世界では、たまった澱を取り除くデゴルジュマンという作業を遅らせ、澱と共に長時間熟成させることで、シャンパンをより芳醇にする製造工程を指す。エノテークとは本来、長期間熟成の間、シャンパンを保管する場所、の意。

＊8　クロ・ド・ヴージョ：ブルゴーニュ地方コート・ド・ニュイにある小さな村。ヴォーヌ・ロマネの南に位置し、ブルゴーニュで最も優れた産地の一つ。このブドウ畑には数々の伝説がある。皇帝ナポレオンに年代物のワインの献上を求められた当時のオーナーは、使者を出して、皇帝に自ら飲みに来るよう伝えたという。また、ナポレオン配下のビッソン少将は、この畑のそばを行軍した際、畑に向かって敬礼するよう隊員に命じたともいわれている。その後、フランスの部隊はこの地を通るたびに、畑に敬礼するようになった。

＊9　マール／グラッパ／オルホ：いずれもブドウの絞りかすを使って作る蒸留酒。樽熟成の有無などの違いはあるものの、作り方に大きな差はない。フランスではマール、イタリアではグラッパ、スペインではオルホと、呼び名が異なる。

＊10　このラストシーンは、デンマークの映画監督ラース・フォン・トリアーの『奇跡の海』のもの。

＊11　ヴァン・ド・コンスタンス：南アフリカ産の甘口ワイン。ナポレオンが愛飲していたことで有名。

第8章　サンプル

二〇四三年四月十五日
パリ・セーヌ川右岸　十六区

一八六三年、プロヴァンス地方のアルルで害虫フィロキセラが発見された。フィロキセラに寄生されたブドウは徐々に葉が枯れ落ち、新たな芽が出ても生長せず、実も成熟しない。さらに、こうした症状が出てから約三年後には、ブドウ樹は完全に枯死してしまう。科学者たちはやがて、原因がアメリカ大陸から来たフィロキセラという害虫であることを突き止める。フィロキセラは貿易商がアメリカから持ち込んだブドウ樹や土と共にヨーロッパへ渡ってきた。土の中に生息し、ブドウの根に寄生するため、発見は非常に難しかった。

このフィロキセラは一八六三年からの四十年間でヨーロッパから全世界に広がった。多くのワイナリーが、犠牲をいとわず、代々受け継がれてきた古樹を焼き払ったが、それでも病害の蔓延を止めることはできなかった。統計によると、当時、フランスのブドウ樹の七十パーセント以上がフィロキセラによって枯死し、数え切れないほどのブドウ農家が廃業に追い込まれた。

実際のところ、現在に至っても、フィロキセラを撲滅できていない。フィロキセラは依然として、世界の大部分の産地の土壌中をゆっくりと這いまわっている。人類は、フィロキセラに強いアメリカ系のブドウ樹の根に接ぎ木するという方法で、寄生を防ぐしかないのだ。

午前九時半。昨日の城塞のような高級車がアンドリューを迎えに現れた。車に乗り、セーヌ河畔にひっそりとたたずむ大邸宅へと向かう。門にマークや紋章などはなく、一見すると秘密の集会所のようでもある。ソフィと若い女性が門まで迎えに出てくれた。今日のソフィはいかにも仕事のできそうな雰囲気のビジネススーツに身を包み、髪をポニーテールにまとめていて、昨夜とは別人のようだ。頬を合わせてオフィシャルな挨拶を交わすと、ソフィは検査するようにアンドリューの服装を上から下までじっくり見た。

アンドリューは黄みがかった茶色のウールのジャケットに、細身のパンツ、先のとがった黒い革靴、シャツには学生風のスタンフォード大のネクタイを締め、茶色の眼鏡をかけている。バイタリティあふれる有能な教授、といった印象だ。

「アンドリュー教授、お久しぶりです。ミシェル・ロラン社へようこそ。教授の豊富な経験を生かし、お力添えを賜れれば幸いです」ソフィが明るい声で言った。久しぶりに旧友に再会したかのように、模範的な笑みを浮かべている。完全に、いつものソフィだった。昨夜のソフィはすっかりどこかへ消えてしまったのだと、アンドリューは理解した。

空港のような保安検査を経て、室内へ通された。警備員、ロボット看護師、執事などの脇を通り、壁に彫刻を施した巨大なエレベーターで階上の広間へと移動する。広間には三人の人物がいた。いずれもフランス人男性のようだ。年齢は四十歳から六十歳といったところか。みんな上質そうなジャケットを着ている。病人のように痩せて小柄な年配の男性と、やや髪が薄く、ワインレッドの眼鏡をかけたおしゃれな男性、そして一番若く見えるのが、痩せて背が高く、髪を横分けにした男性だ。アンドリューが広間に入ると、三人は立ち上がって握手を求めた。だが、「どうも」「お噂はかねがね」「ようこそ」といった簡単な挨拶をするばかりで、ソフィも、こちらが私たちのクライアントです、としか言わない。事前に取り決めをしていたかのように、誰もアンドリューに詳しい自己紹介をしないし、名刺を取りだして交換しようともしない。

取り交わしたのは、手のひらから伝わる温度と力、口元の笑みと自信に満ちたまなざしだけだった。

アンドリューは室内を見回した。セーヌ川が見える広間には窓から陽光が差し込んでいる。遠くに風も日差しも穏やかだ。対岸の遊歩道では、人々が犬の散歩やジョギングをしている。ソファは背筋をぴんと伸ばしたエッフェル塔の姿も見える。室内には鋲打ち革張りのクラシカルなソファが数セット置かれていた。三人はそのソファの一つに座って葉巻をふかし、テーブルには香りのいいエスプレッソが乗っている。高級感のある木の香りが部屋中に満ちていた。

「教授のお越しを歓迎します。例の研究報告書はすべて拝見しましたし、ミシェル・ロラン社からも簡単にご説明いただきました。それでも、どうしても直接お目にかかって、専門家としてのご意見を伺いたく、わざわざご足労いただきました」病人のような年配の男性がかしこまった口調で話しながら、ACC2038と書かれた年代物のキューバの葉巻を差し出した。年配の男性はフランス語を話し、隣の若いアシスタントが英語に訳してくれる。ソフィとアシスタントの女性は言葉を発せず、脇に座って自身のタブレット端末をのぞき込んでいる。どうやら会議の記録を取っているようだ。

「遠慮なく、直接質問させていただきますよ。お若い方」年配の男性が単刀直入に問題を提起した。「最近のブドウ樹休眠事件はご存じですね。あなたがかつて経験した《アイダホ事件》と同じ病気だと思いますか？」

「二つの事件はいずれも、ブドウ樹のDNAが改変されたことによって病症が生じたものです。《アイダホ事件》では突然変異によって生じたウイルスが、ブドウ樹のDNAを書き換えたと思われます」アンドリューは、自分の科学的推論を、リズムに乗るようにゆっくりと語った。「一方、今回の事件では、新たなウイルスは見つかっていないにもかかわらず、ブドウ樹のDNAが書き換えられている」

「しかし……そうであっても、それぞれの感染株の改変されたDNA配列によって決定されるバイオマーカーを比較することで、同じウイルスかどうかを確かめることができます」アンドリューは直接的な回答を避けた。

「それは分かっています。DNA鑑定の結果が一致すれば、同じ病気だということくらい」年配の男性は、求める答えがダイレクトに返ってこなかったことに対し、明らかに不満そうだった。「いいでしょう。我々が何を求めているか、はっきり申し上げましょう。休眠したブドウ樹を治療してほしいと言ったら、あなたはどうしますか？」

「私の推測では、治療法も薬も存在しない、という可能性が最も高いです」アンドリューは直ちに簡潔で率直な回答を返し、あえて黙ったまま年配の男性の目をじっと見つめた。

このような状況では、アカデミズム的な推論や科学者のリズムを用いて、仮説と推理と検証を一つ一つ重ねることで、最終的に相手自身に答えを出させることはもはや不可能だと、アンドリューは知っていた。この年配の男性のように、経験豊富で個性の強い経営者タイプの人間には、直ちに単刀直入で鋭利な、相手も納得する答えを返さなくてはならない。拳を打ち込まれたら即座に打ち返す。そうすることで相手は自分を尊重し、話に耳を傾けようという気になるのだ。

「自然界に存在する特定のウイルスだけを消滅させることはできません。ネコを飼ってネズミの侵入を防ぐとか、かかしで野鳥を追い払うのとは訳が違います。私たちにできるのは、ウイルスを制御し、抑え込み、餓死させ、ウイルスに抗うこと、あるいはウイルスと共存することだけです。DNA配列の書き換えを医療に応用することは理論上、可能です。しかし、一株のブドウのすべての部位のDNAを書き換えることはできませんし、すべてのブドウ樹を研究所に持ち込んで治療し、再び植え直すことも不可能です」アンドリューが続ける。「使い古された手法ではありますが、毒性の弱いワクチンを作り、未発症のブドウ樹に接種して、免疫力をつけさせることが、私たちにできる唯一の方法です。すでに発症した株に対しては、なすすべはありません」

三人の男性たちはこの回答に驚かなかった。すでに誰かが研究を進め、詳しく報告していたのだろう。年配の男性はアンドリューの仮説に同意するように、厳しい顔でうなずく。手招きをすると、隣にいたアシスタントが折りたたんだ新聞紙のようなタブレット端末を手渡す。年配の男性は流暢な英語で言った。「これはフランスの異なる産地で採取した、発症したブドウ株のDNAデータです。あなたがお持ちのアイダホ株のデータと比較させてもらえますか？」

「ええ、構いません。私のデータはカリフォルニア大学デービス校の資料室にあります。非公開の情報ではありませんから、大学に申請すればすぐ手に入ります」アンドリューは資料について説明しながら、自分のブリーフケースから金属製のメモリを取り出し、アシスタントに手渡した。

　年配の男性はテーブルの上の水をひと口飲み、火の消えた葉巻に再び火をつけた。軽く咳をすると、リラックスしたような、自信に満ちた表情で言った。「アンドリュー教授、今回の休眠事件は十九世紀のフィロキセラより深刻だとお考えですか？」

「現代では、分子生物学や生物化学の技術が発達していますから、フィロキセラ対策は比較的容易でしょう。時間をかけてアメリカ系ブドウ樹の根のDNAを調べ、ブドウ樹の遺伝子を書き換えればいいのです。しかし……ブドウ栽培は風土や自然環境の影響を大きく受けます。多くの土地では、乾燥していても灌漑《かんがい》できないし、ヘリコプターで雨雲を散らすこともできない。品種によっては有機栽培やビオディナミ農法、ビオワインなど、各種の厳格な自然栽培を要求されます。ですから、皆さんご承知の上かとは思いますが、ワイン業界と伝統的な消費者にとって、遺伝子操作の技術は受け入れがたいものなのです……」いったん言葉を切り、聴衆の注意を引きつけてから、アンドリューは続けた。「……要するに、私の予想が正しければ、今回の事件は非常に、非常に深刻な問題です。まず、感染したブドウ樹はすべて枯死するでしょう。

どれほどの数になるかはまだ分かりません。病気の拡散の程度と速度が不明ですから。もしかすると……」右手の人さし指と中指を曲げて引用符のジェスチャーをする。「もし——これはあくまでも仮定ですが——私の推測が正しければ、今後、現代の原産地呼称の定義のもとでは、自然栽培のブドウは存在しえないと思います。つまり、遺伝子を書き換えたブドウ樹しか生き残れないのではないかと。そうなれば、あらゆるワインは遺伝子操作された……飲料、ということになる」

「それで、どうなる？」髪を横分けにした若い男性が口を挟む。

「それで……申し上げにくいのですが、ある意味、伝統的な定義におけるワイン産業はすでに終わっていると言えます」アンドリューは演説するように空中で手を止め、聴衆の視線を引きつけてから続けた。「私たちが……伝統的なワインの定義を変えない限り」

沈黙が流れた。時間が止まったかのようだった。誰もが沈思黙考していた。

この時、先ほどの若いアシスタントがタブレット端末を手にやってきて、早口のフランス語で年配の男性に何かを伝えた。年配の男性は眉をひそめてうなずき、英語で言った。「分かった、いいからお伝えしなさい。英語で」

アシスタントがアンドリューを見て、遠慮がちに言った。「遺伝子を比較した結果、二組のデータの差異はほとんどありません。同種の植物の異なる株という個体差を除けば、すべてのサンプルにおいて、同種の不明な外来遺伝物質が発見されました。この遺伝物質のDNA塩基配列の一致率は99・99998％です。間違いなく、同一の病原体と考えられます」アシスタントの話は専門的かつ正確だった。バイオテクノロジー関連の研究員だろう。

「さて、これで二つの事件の原因は同じウイルスだと証明されたわけですが」年配の男性が尋ねる。「我々はこれからどうすれば？」

「ウイルスの原始株を採取できればワクチンの開発が可能です。うまくいけば二、三カ月で完成するでしょう。そうなれば、情報が拡散する前に事態を収拾させられます。デービス校のサンプル用冷凍庫に、当時私が保存した原始株ウイルスのサンプルがあるはずです」アンドリューは言った。

　年配の男性は葉巻を手に取り、黒い牛革のソファに体を深く沈めた。リラックスした様子でゆったりと葉巻を吸うと、目を細めて言った。「あなたはエムジェント社で海藻バイオ燃料の遺伝子操作プロジェクトを手がけているとか。エムジェント社はすばらしい。遺伝子操作技術を使って、食品以外の、人類にとって無害なものばかり研究している。遺伝子操作した細菌分解プラスチック、遺伝子操作した巨大な植物ナピアグラスで石炭を代替する技術。ただ、あなたの会社はＰＲが上手ではない……お若い方、今日はあなたという人がよく分かりました。いろいろな意味で……あなたの専門分野における業績は大変立派なものだ。話しぶりも堂々としていて、非常に頭が切れる。実に感心しました」

　アンドリューはうなずき、自信に満ちた笑みを浮かべて礼を言った。

「どうでしょう。貴社での新部署の立ち上げを我々が支援します。あなたがプロジェクトの責任者となって、ウイルスのサンプルを取得し、ワクチン開発に注力する。部署の予算は独立採算制とします。収支、人員、設備、組織編制などはすべてあなたに任せます。予算に上限はありません。あなたをエムジェント社の共同経営者にすることもできる。特許権は会社の所有になりますが、開発によって得た利益の一・五パーセントをあなたに還元します。あなたは一躍、世界一有名なバイオテクノロジー研究者になれるだけでなく、ノーベル賞を取ることも極めて容易になる。この葉巻を吸い終えることくらい容易にね」年配の男性は一気に条件を並べ、最後にもう一つ、つけ加えた。「しかも……お望みならですが……オコナーさんにアメリカへ手伝いに行ってもらうこともできる」

信じられないほどの好条件だ。こんな展開は想像もしていなかった。驚き、怒り、興奮、やましさ、欲、感傷といった、あらゆる感情が心に浮かんだ。アンドリューはソフィにちらりと目をやり、平静を装って、テーブルに置いたまま手をつけていなかった葉巻を取り上げた。軽く叩いてから穴を開け、エアブラシのような形のライターで火をつける。ひと口吸い込む間に考えを巡らせ、それから言った。「これは私にとっては大きなチャンスで、正直、心が揺れています。ただ、その前に、協力相手が誰なのかを知っておきたいのですが」

「ご安心を。我々が何者かはいずれ分かります。特別な存在ではありませんよ。いくつかのワイナリーを所有する、ただのフランスの農民にすぎません」年配の男性が笑った。「あなたが手元にお持ちのアイダホ事件のウイルスサンプルと、その才能を生かして、苦境を克服する手助けをしていただきたく、あなたを探しだしたんです」

「確かに私はウイルスのサンプルを持っています。大学にも報告はしてあります。ただ、お聞きしますが、どうしてあなた方がそれを知っているんです？」アンドリューは驚いて聞いた。

「大学の資料を調べていたら、あなたがサンプルをお持ちだと分かったんですよ。失礼を承知で聞くが、サンプルの保存状態は良好ですか？」年配の男性が質問する。

「特別な場所に保管してあります。大学の冷凍庫ほど低温ではないので、活性は多少落ちているかもしれませんが、問題はないはずです」アンドリューはテーブルの上のコーヒーに目をやり、そして言った。「でも、やはりデービス校の冷凍庫にあるウイルスサンプルを使ったほうがいいと思います。そのほうが絶対に培養効果が高い。私から主任に申請しておきます。ただ、一定の費用がかかりますよ。大学と協同で研究プロジェクトを立ち上げるという形式で、手に入れるわけですから」

年配の男性は不可解な苦笑いを浮かべた。隣の横分けの男性を一瞥すると、手で何か合図した。横分けの男性は手首のウェアラブル端末を操作し、テーブルの上の空間に数枚の写真を映し出すと、きれいな発音の英語で言った。「数日前に確認しました。デービス校にはすでにサンプルはありません。正確に言うと、サンプル用冷凍庫の中の試験管は空でした。あなたが手書きでサインしたラベルやシールは残っていますが、中は無菌室のようにきれいさっぱり、空っぽです」

アンドリューはとても信じられないといった様子で目を見張った。一瞬にして世界が暗転し、それから少しずつ光が戻った。その光には、古いフィルム映画のようなほこりっぽさと空気感があった。

「これは人為的な事件だと、当初から確信していました」年配の男性はわずかに残ったエスプレッソを飲み干し、軽蔑の交じった笑みを浮かべた。「何者かが巧妙にウイルスを改変し、何らかの方法で、全世界のブドウ樹のDNAを一度に書き換え、死に至らしめたのです」

「私の知る限り、このウイルス原始株のDNA配列のデータはほとんど残されていない。つまり現時点では……あなたの手元にあるウイルスサンプルだけが、世界を救えるかもしれないのです」年配の男性は体を起こし、組んだ両手にあごを乗せた。切れ長の鋭い目と、突き出たワシ鼻。ハヤブサのように鋭い眼光でアンドリューの目を見据えながら、静かに落ち着いた声で言った。「それが、我々フランスの農民があなたをお呼びした理由です」

第9章　ウェンズデイ

二〇五三年十一月十七日
ブエノスアイレス　カフェ・トルトーニ

天気予報は北極の極渦の影響で風が激しくなると言っていたが、空港には特に影響はなく、雪まじりの雨が弱々しく舞うだけだった。ロンドンのヒースロー空港を正午に飛び立ち、四時間の飛行後、正午にブエノスアイレスに到着する。飛行機に乗るのも飛行機から降りるのも同日の昼十二時。時間が少しも進んでいないかのようで、妙な感覚だ。地球はどうやって回っているのか、太陽はどこにあるのか、飛行機はなぜ飛べるのか、などと考えているうちに、窓の外の景色がすでに夏になっていることに気づいた。昔、ブラジルの若い女の子がビキニ姿でクリスマスを祝うのをテレビで見た時も、同じような違和感を覚えた。

「時空の変化はあまりに早い」私は思った。突然、年を取ると人はなぜクルーズ船に乗りたがるのかが分かった気がした。船の中の時間は川の水のように、ゆるやかに確実に流れていく。そういう場所で生きることで安心感が得られるのだろう。

税関はスムーズに通れた。係員も親切だった。入国の手続きを終えると、ウェアラブル端末の案内に従って、ホテルへ向かう九人乗りのバスに乗り込む。スペイン語を話す、アームつきの自走式カートが、私の荷物をバスのトランクに積み込む。手首の端末をタッチしてバスのドアを開け、後部の窓側の席に座る。イヤホンをつけ、端末で音楽をかける。古風で冷酷無情なペット・ショップ・ボーイズだ。

バスが発車したのは五分後だった。その間にもう一組の夫婦がバスに乗り込んできた。同じホテルへ行くらしい。男性は体格がよく、フィットネスのインストラクターのような印象だ。女性は痩せていて背も低い。男性と女性では体重差が二倍も三倍もありそうで、非常にバランスが悪く見えた。服装の感じを見ると、恐らくアメリカからの観光客だろう。私は礼儀正しく会釈をしたが、二人は見るからに浮かれた様子で、ハネムーンで来たこと、タンゴを習ってアサードを食べてパタゴニアの氷河を見に行くこと、などをベラベラと話した。私はやむなく、《ユー・ノウ・ホエア・ユー・ウェント・ロング》の高く胸に刺さる電子ホーンの間奏を聞くことをあきらめ、良識ある態度でニコニコと二人のアルゼンチンでのハネムーン計画を聞いた。

五月広場に近いホテルに荷物を置くと、コーヒーを飲みにカフェ・トルトーニへ向かった。カフェ・トルトーニは世界十大カフェの一つと言われ、二百年近い歴史を持つ。店内は非常に美しく、華やかな内装が施されている。天井の高い空間には濃い色の木の柱が並び、壁にはモノクロ写真が並んで飾られている。ビリヤード台が置かれ、タンゴやジャズが演奏されるステージもあり、あらゆる娯楽が盛りだくさんだ。

入り口で何枚か写真を撮り、端末でカフェの紹介を探すと、ショートヘアの彼女に送った。

彼女は即座に自身のアバター画像と共にメッセージを返してきた。「コーヒーなんか飲んじゃダメ。夏のアルゼンチンではトロンテス[*1]を飲まなきゃ」


しずく型の鼻の穴をしたウエイトレスが来て、端っこの席に案内される。スペイン語とイタリア語で、トロンテスとパナマコーヒー、ナッツを注文する。ウエイトレスは私の顔を見ながら根気よく私の言葉を復唱し、運んでくる順番を尋ねた。空中で左手を行ったり来たりさせて私のオーダーを確認すると、華やかながらさりげない笑顔を残して去っていった。

電子秘書に今後のタスクを確認する。電子秘書はニュース報道のような口調で読み上げた。

「明日の午後、航空機にてブエノスアイレスからメンドーサへ移動（時刻表と空港の写真を表示）。メンドーサでのタクシーは予約済みです（タクシー会社と予約確認書、タクシーの写真を表示）。メンドーサの天気は快晴、気温は二十二度から二十八度（太陽と原野の写真を表示）。明日、検査をおこなう三軒のワイナリーには連絡済みです（ワイナリーとそのオーナー、代表的なワイン銘柄の写真を表示）。約束の時間に変更はありません（タイムテーブルを表示）。ロンドンは現在、夜を迎えています（ピカデリーサーカスの現在の写真を表示）。今夜は雪になるでしょう。現在、三十二通の未読メールがあります。そのうち七通は直ちに返信を……」読み上げを停止し、私が興味を持ちそうな現地のニュースをピックアップして閲覧用の電子ペーパーに入れておくよう、電子秘書に命じる。

ブエノスアイレスの刑務所から受刑者が逃亡、怯える市民
ロサリオのパラナ川でピラニアにかまれ七十人が負傷
未来への展望——リオネグロ州、高品質ワインで再出発
食はアルゼンチンにあり——アルゼンチンの暮らしを楽しむ十五の秘訣
ロドリゲス監督、今年いっぱいでアルゼンチン代表の監督を辞任すると発表
ブエノスアイレスのアサードの名店十軒

目を通しているとトイレに行きたくなり、立ち上がった。一瞬迷って、電子ペーパーを折りたたんでポケットに入れる。一人旅は用心するに越したことはない。トイレはきれいだった。さまざまな色の大理石を敷き詰めた床、明るく上品な木の壁。隅には小さな台が置かれ、きれいな花が飾られている。禁煙のはずなのに、清潔な陶製の灰皿が二つ置かれていた。

トイレを出ようとした時、ピザ店の制服を着て手に葉巻を持った男が、火を持ってないかとスペイン語で聞いてきた。私はにこやかに、ない、と答えた。この時、後ろの洗面台のほうからゴトゴトと重い足音が聞こえた。男が私の左後方をのぞき込む。その顔は、まるでティラノサウルスかクリンゴン人が現れたとでもいうように、恐怖で引きつっていた。振り返ると、洗面台の上にはウェアアラブル端末が置かれ、アラビア文字のようなものが映し出されている。文

字はチカチカと点滅しながら、足音のような音を出していた。その瞬間、いきなり首の右側に痛みが走った。とっさに首に手をやって触れようとした時、誰かが明かりを消した。

ショートヘアの彼女と私は草の上に座り、ワインを飲んでいる。この味は出来のいいサンジョヴェーゼのブレンドだろうか。何とも言えない、荒削りな野暮ったさがある。そばでは数頭の巨大な草食恐竜が木の葉を食べている。遠方の空に目をやると、数羽の翼竜が山際を飛んでいるのが見える。かすかな風に乗って草のにおいが漂う。平和なジュラ紀の午後だ。私たちは3Dホログラムカフェでピクニックをしている。周囲の景色はすべて投影された映像だ。だから私たちはこんな景色にも慣れっこで、慌てることもない。

ショートヘアの彼女は私好みのノースリーブシャツを着て、美しい肩の曲線を見せている。目を細めて私に笑いかけると、左の頬にかわいらしいえくぼがでる。とても幸せそうだ。飲んでいたワインを私に手渡す。私はもったいぶった仕草でグラスを揺らし、ひと口飲む。このワインの奥にはハムや赤身肉の脂っぽい味が潜んでいる。それがフルーツのフレッシュな酸味と合わさり、驚くほど巧みに調和している。私はグラスを指さし、ワインの銘柄を尋ねた。彼女が麻袋をかけたボトルを私に手渡した時、双子の男の子がソファに飛び込んでケンカしているような声が聞こえ、画面が消えた。

「気がついた」ロンドン訛の女性の声がする。「ねえ、目を覚ましたわ!」

目を開けると、美しい赤毛の婦人が私を見つめていた。長くカールした髪、コーヒー色のきれいな瞳、小麦色の肌。健康的で少し豊満な体つき。ありふれた小花柄のワンピースにヒールの高いサンダルを合わせ、シルバーのネックレスが光る。

「あとはお願いね。何か食べる物を用意してくるから、直接この人と話をして」女性は隣の人物にそう声をかけると、立ち上がって出ていった。

私はまだ意識がはっきりしなかった。客間のソファに横たわっているようだ。目の前では男がソファに座り、前のめりになって、一心不乱にサッカー中継を見ている。テーブルの上には氷を満たしたワインクーラーがあり、開栓していないワインが数本入っている。ワインクーラーの横にはピザの箱とナッツが置かれていた。

男は見たところ四十歳前後、髪には白髪が混じり、褐色の肌にはしみがある。現地の人間のようだ。ドードーの絵と「ドードー・ピザ」という文字が刺繍された帽子をかぶり、デリバリースタッフらしき上着を着ている。ポケットには電子ペン、ごく普通の黒いサッカーシューズを履いている。

私は自分で体を起こそうと試みた。手足の感覚はあるが、神経の伝達速度が落ちている。巨大な海底生物になった気分だ。頭の右側に二日酔いの時のような痛みがあり、うまく頭が回らない。口の中にはさっきの夢の中で飲んだハムとフルーティーなワインの後味が残っていた。ここはどこだ？　口の中の味はチリのカベルネだろうか。私はどうしてここにいる？　何も覚えていなかった。

壁のテレビでは、赤いユニフォームの選手がフリーキックを蹴っていた。囚人服のような青い横縞のユニフォームを着たゴールキーパーが奇跡的にキャッチする。ホイッスルが三回響き、試合終了を告げる。男は座ったまま胸の前で両手を握って拳を作り、静かに祝福していた。テレビの中では、QPR[*2]のロゴが入った青と白の横縞の囚人服を着た選手たちが集まり、興奮気味に抱き合っている。一見すると、サッカーの試合というより、脱獄に成功した囚人たちのようだ。

「すみません……お聞きしますが……あなたは誰です？　ここはどこですか？」まずは低姿勢で男に話しかけてみた。

「いや、謝らなきゃいけないのはこちらのほうだよ。こんな乱暴なやり方で連れてきてしまって申し訳ない」男は私に向かって「ごめん」のジェスチャーをして続けた。「でも仕方なかったんだ。あんたは人気者だから、見張りがぴったり張りついてて」

「見張り？　どういう意味です？」

「あんたは尾行されてる。相手は一組じゃない。イギリスを出た時からずっとだ」男は言った。

「ナイロンのストッキングみたいに、ぴったり」

「尾行？　なぜ？」

「純真で無垢で慈悲深い聖母マリアよ。自分が何に巻き込まれてるか、あんた知らないんだな」男は信じられないといった顔をした。

「知りませんよ」私は首を振る。「あなたは誰です？　私をここへ連れてきてどうしようって言うんだ」

「『ウェンズデイ』って呼ばれてる。プロの逃亡者だよ」男が急に真面目な顔で私の目を見た。体を乗り出して手を伸ばし、私の手を握る。「あんたに見てもらいたい映像がある。それを見れば、何が起きてるか分かるよ」

「僕に何が起きてるって?」腕を振ってみる。手首の端末は正常に作動していて、外部との通信もつながっているようだ。

「あんたがちょうど南米に出張だって聞いてね。ちょうど俺たちも南米にいたから、ちょうどいいと思って、決めたんだよ、ちょうどあんたに会えるよう、手配しようって」男はベラベラと四回も「ちょうど」と言った。

「ちょうど会えるように? こんなやり方で?」私はだるい腕をもみながら、わざと嫌みったらしく言った。

「悪かったよ。あの薬は少し体に痛みが出るんだ。でも、知能の低下とか、忘れっぽくなるとか、憂鬱、躁鬱《そううつ》とか、そういう類いの後遺症はないから」ウェンズデイはテーブルから葉巻型の注射器を取り上げた。「アンクル・サムの諜報部門専用の薬だから、品質は間違いない」

「誰の命令でこんなことを?」適当に質問を投げかけながら、私は密かに端末に設定してある緊急SOSを発信した。危機的状況にある時、即座に無音で助けを求めることができる。

「ああ、違うよ。そうじゃない。俺たちが自分で動いた。誰の命令でもない」ウェンズデイは言った。「俺たちは敬虔《けいけん》な信者のごとく、あらゆる貢献を自らの意思で自主的におこなう」

「あんたは誰なんだ」

「ええと……それはこれから見てもらう映像の中で説明してる。俺は割と重要な役なんだ。オスカー主演男優賞のライアン・ニーマンほどカッコよくはないけど」ウェンズデイが言った。

「映像って?」

「上映の前に」男はワインクーラーからボトルを取り出した。金色のアルミのキャップシール、キノコ型のコルク、緑色のボトル。ラベルには金色の優雅なゴシック調の文字で「Ａｕｒｏｒａ」と書かれている。男はボトルの水滴を拭いながら言った。「ビールはいかが？」

「それがビール？」私は聞いた。どう見てもシャンパンにしか見えない。

「チェコの会社が出してる。ミシュラン星付きレストランで出せるビールとして開発された高級品だよ。きめ細かい泡の間に漂う、爽やかなフルーツの酸味とかすかな麦の香り。花とバニラの香りに加え、はっきりしたハチミツの味。チェコでビールと言えばピルスナー、という伝統を打ち壊した。さらにすごいのは、伝統的な瓶内二次発酵の製法で作っているから、パンのようなイースト香がすることだ」ウェンズデイは食器棚から細長いシャンパングラスを二つ出すと、テーブルの上にきちんと並べ、またベラベラと話し始めた。「この会社はＥＵにＰＤＯ[3]を申請した。ラベルには、適温は二℃から四℃前後、シャンパングラスでの飲用を推奨すると書いてある。チェコ人が作るビールは最高だよ。『ドイツはすべてにおいてチェコに勝る、ただしビール以外は』なんて、ドイツ人が言うのもうなずける。こんな高級なビール――シャンパンにも劣らないビールを作る技術を持ってるんだからな」

二つのシャンパングラスにビールが注がれた。オレンジがかったきれいな黄金色で、グラスの下方からきめ細かく豊かな泡が立ちのぼる。上面の泡は厚すぎず、花やフルーツの香りが漂い、確かにうまそうだ。

「乾杯《チアーズ》！」ウェンズデイが言った。

自分を拉致した男に「乾杯」と言うべきかどうか悩んだ。のちのち裁判官に、一緒に酒を飲んでいたのだから拉致ではない、などと言われては困る。乾杯はやめて、勝手に飲むことにした。

ウェンズデイもひと口飲んで、言った。「うまい。イギリス人ならビールを飲まないとな。そうだろ？」

確かに、このビールならいくらでも飲めると思った。刺激が少なく味に深みのない安物のビールとは明らかに違っていて、口当たりはなめらかで、複雑な味わいがある。アルコール度数も高い。八パーセントくらいだろうか。思った以上にクリアな酸味で、穀類の重苦しい酸味とは異なる。穀物酒というより果実酒の味に近い。これが大麦と小麦で作ったビールだとしたら、大したものだ。どんな秘訣があるのか知らないが、確かに新しい概念の製品だといえる。

「確かに、このビールは面白い」私は言った。「でもシャンパンには及ばないな」

「ハハ、その通りだ。何にせよ、シャンパンはシャンパンだ。バラの名前を変えたって香りは消えない」ウェンズデイはそう言いながら、テレビに向けて手を振った。「時間がもったいない。あんただっていつまでも行方不明じゃいられないだろ。向こうで映像を見よう」

壁のテレビに映像が映し出された。誰もがよく知る《大消滅》に関する内容だ。CNNの三分間のニュースからピックアップした、各国のブドウの休眠を伝えるレポート、憂慮する農家の表情、厳しい顔の政府の担当者による説明、ワイナリーのオーナーへのインタビューなどの映像が流れる。

二〇四三年に発生した、ワイン史上二番目の規模の世界的な感染症事件は、GV9X1ウイルスが突然変異したGV9 X2ウイルスが、昆虫などの媒介により、大規模かつ急速に全世界のブドウ栽培国へと広がったものである。フランスから中国、カナダからアルゼンチン、はるか遠く離れたオーストラリアとニュージーランドも、その厄災を逃れることはできなかった。このGV9 X2ウイルスは、基本的にワイン用ブドウ品種のみを攻撃する。ヴィティス・リパリアやヴィティス・ルペストリスなど、その他の食用ブドウや交雑種のブドウは、GV9 X2ウイルスに対する耐性が比較的強い。

GV9 X2ウイルスはブドウ樹のDNAを書き換え、茎を通じて水分と栄養分を運ぶ能力を失わせ、十八カ月以内に徐々に枯死させる。感染すると治療法はない。GV9 X1ウイルスが突然変異した原因は不明。一般的には、気候変動や大気汚染の影響で、もともと存在していたGV9 X1ウイルスが突然、集団で変異したと考えられている。

二〇四三年七月六日、国連食糧農業機関(FAO)の呼びかけにより、世界のバイオテクノロジー専門家が集まった。フランスを初めとする八十二か国からの、計四千五百人の生物、植物学、感染症学の学者が互いに協力したケースは、史上例を見ない。専門家たちは巨大な情報交換と分業のシステムを構築。同年十二月五日、アメリカの民間企業のDNA書き換えに関する特許とワクチン技術をもとに、ついにKN100ワクチンが開発され、未感染のブドウ樹にウイルス耐性をつけさせることに成功した。

同社の技術は本来自然界に存在するアグロバクテリウムを改造するものである。アグロバクテリウムの中にGV9 X2の外被タンパク質を導入し、遺伝子を書き換えてKN100ワクチンを作る。その後、定期的に、ブドウ樹の維管束に直接KN100ワクチンを接種する。K

Ｎ１００ワクチン中のウイルスに感染したブドウ樹の細胞はＧＶ９Ｘ２の外被タンパク質を作り、ブドウ樹のＤＮＡを書き換え、ＧＶ９Ｘ２への耐性を獲得する。言い換えると、植物をわざと人工のウイルスに感染させ、植物のＤＮＡを書き換えてウイルスへの抵抗力をつけるということだ。

ＫＮ１００の有効性が確認され、量産化されるまでに、世界で二千六百億株のワイン用ブドウ樹の六十四パーセントがウイルスに感染。ブドウ栽培だけで、世界で二百二十一兆六百四十七億ドルの損害が生じ、小規模なブドウ農家とワイナリーの多くが廃業に追い込まれた。この事件は《大消滅》と呼ばれている。

《大消滅》により世界のワイン産業は大打撃を受け、ワイン価格は十二倍から二十倍に高騰した。大量のブドウ樹が伐採され、新たに植え替えられた。二〇四三年から二〇四九年までの間にワイン生産量は《大消滅》前の七十八パーセントまで回復。ワインの品質が《大消滅》前の平均水準に戻るには二〇五八年までかかると予測されている。この期間、ブドウ産業は、旧世界と新世界から「ＲＯＷ」へと重心を分散させながら発展していった。日本、台湾、タイ、メキシコ、インド東南部、アフリカ東岸など、もともと欧亜種のブドウでワインを作っていた地方が勢力を伸ばし、新旧世界が主導権を握っていたワイン市場でシェアを拡大していった。

「ここまでは分かるよな」ウェンズデイが言った。

「もちろん。常識だ」少し腹が立った。「ワイン業界に関わってない人でも知ってる」

「《大消滅》の発生はあまりに不自然だ。何かの陰謀だとは思わないか？」

「陰謀論か？ 誰かが言ってたな、大きな災難に見舞われたら陰謀を疑えって」私は首をかしげ、少し考えて言った。「あれは自然に発生したことじゃないと伝えるためだけに、こんな手間をかけて僕に映像を見せたのか？」

「理解が早いね。さすが『彼ら』があんたを重要視するわけだ」ウェンズデイはやけに満足げに言った。「続きを見よう」

映像の第二部は、さまざまな映像やニュース報道を編集してつないだものだった。数年を費やした《全世界ブドウ園風土研究プロジェクト》の失敗を伝えるBBCの追跡報道で、研究グループの仕事や生活が描かれる。ブドウ園で器材を設置する様子、試薬のテスト、撮影チームの仕事の様子、みんなでワインを飲んで騒ぐ場面もある。最後はBBC記者の解説で締めくくられる。

二〇四二年十二月二十三日、ブリティッシュ・エアウェイズ243便は、ポルトガルのマデイラ島からロンドンへ向かう途中、大西洋上に墜落した。乗客四十二名と乗務員八名は全員死亡。回収されたフライトレコーダーには何も記録されておらず、データは空白だった。乗客はいずれも《研究プロジェクト》のスタッフで、すべての資料が毀損《きそん》したため、プロジェクトの継続は不可能となった。

捜査の結果、当日、航空機に搭乗しなかったイギリス国籍の研究員トム・シェフィールドの関与を示す事実が多数発見された。現地の警察が提供した映像によると、空港内のカメラに映ったシェフィールドは、プロジェクトの副総監バートレット・ケント氏に複数の手提げバッグを渡している。資料によると、このバッグの中に今回の墜落事件の原因となった爆発物が入っていた可能性が高いという。シェフィールドは空港を出たあと行方が分からなくなっている。複数の国の警察と情報組織が捜査しているが、いまだ身柄の確保には至っていない。警察は、シェフィールドは出国し他国に潜伏していると見ていて、現在は国際刑事警察機構と連携して捜査を続けている。

「この事件は知ってるか？」ウェンズデイは手を振って映像を止めた。

「記憶にないな」飛行機事故のニュースなんていくらでもあるし、なにせ十年も前の話だ。

「今見てもらった映像の中には俺が撮影したものも多くある」ウェンズデイは心なしか暗い声で言った。「あのプロジェクトの俺以外のスタッフはみんな殺された」

「関与が疑われているトム・シェフィールドって、あんたのことか」突然、頭の中で何かがつながった。

「そうだよ。俺だ。『シェフィールド・ウェンズデイ』[*4]……」彼は言った。「シェフィールドのあだ名はウェンズデイって相場が決まってる」

「ふうん。それは面白い。で、飛行機の墜落はあんたの仕業なのか」

「おいおい、違うに決まってるだろ。死んだのはみんな俺の友人だぞ。何年も一緒に仕事してきた仲間たちだ」ウェンズデイは真顔になった。

「じゃ、誰がやった？」

「証拠はないが、俺は誰かに陥れられたんだ」
「だったらなぜ警察に出頭しない?」私は言った。「全部ちゃんと説明すればいい」
「話せば長くなる。まずは続きを見てくれ」ウェンズデイが手を振り、続きを再生する。

映像の第三部は、ホテルの一室でウェンズデイがインタビューを受ける様子だった。画面にはウェンズデイのほかに、黄色いシャツを着た記者と、ひげを生やしたカメラマンが映っている。映像は、ウェンズデイ自身がそばに設置した別の機材で撮影したものらしい。

記者 (カメラに向かって)ここはドバイのホテルです。これより〝ウェンズデイ〟として知られるトム・シェフィールド氏の独占インタビューをおこないます。ウェンズデイ氏は昨年十二月二十三日、ポルトガルのマデイラ島からロンドンへ向かうブリティッシュ・エアウェイズ243便が墜落した事故の生存者です。この事故では乗客四十二名と乗務員八名の全員が死亡、昨年起きた中では最悪の航空機事故となりました。

(話しながらウェンズデイに顔を向け、丁重な口調で)ウェンズデイさん、あなたは飛行機に乗らなかったことで難を逃れました。しかしその後は行方をくらませ、表立って説明をしなかったことで、事件の容疑者となってしまいました。教えてください。あの日、あなたが飛行機に乗らなかった理由は何ですか?

ウェンズデイ はい。私はトム・シェフィールドです。ウェンズデイと呼ばれています。(少しの沈黙。顔にピントが合うのを待つ)まず、墜落事故で命を落とした友人たちに哀悼の意を表します。彼らは私の友人でありパートナーでした。二年間、一緒に仕事をした仲間です。このような不幸な事件が起きたことは大変な驚きであり、実につらいことです。そして、この場ではっきりと申し上げますが、事件を起こしたのは私ではありません。（言葉を切る。やや緊張した表情）

当日、島に残って現地の友人と過ごそうと急遽《きゅうきょ》決めたので、飛行機には乗りませんでした。飛行機が出る前に、すべての資料と設備をプロジェクトの責任者に渡しました。私たちは搭乗口近くのベンチに座って少しおしゃべりをしました。この様子は空港の監視カメラに映っていたはずです。そして強調したいのは、飛行機に乗らなかったからといって私が飛行機を爆破した証拠にはならないこと、私が手渡した荷物に爆弾が入っていたという証拠もないことです。

記者（うなずき、マイクを戻して）でしたら、その後、姿を消したのはなぜですか。なぜ警察に出頭して説明しなかったのですか。

ウェンズデイ　出頭はしました。墜落事故の翌日、宿泊していたホテルの近くの警察署へ行きました。フンシャルの市役所前広場の北東の角にある、あそこです。警察署に足を踏み入れた途端に身柄を拘束されました。一時間後、ジャケットを着た二人の男性が現れました。私は手錠をかけられ、車に乗せられて、警察署から連れ出されました。別の場所で取り調べをおこなうのかと思っていたのですが、行き着いた所は郊外の、農業用の倉庫のような場所でした。彼らは私を銃で脅し、紙に短い遺書を書かせ、ＤＮＡ署名を残しました。墜落事件は私が起こしたものだと遺書に書かされたのです。

（ウェンズデイは緊張がほぐれた様子で、滑らかな口調になっていく）書き終えたあと、彼らは聞き慣れない東欧の言葉で何かを相談していました。私をどこかの崖の上へ連れていって、飛び込ませようとしていたようです。ただ、現地の人間ではないため、どこの崖にどうやって行くか議論していました。再び車に乗せられた私は、タバコを吸い始めた彼らの隙を突いて、車から飛び降りて逃げ出しました。町のホテルに戻ると、さっきの二人がまた現れたんです。二人は銃を持って追ってきて、何発も発砲してきました。私はなんとかホテルの地下の駐車場へ逃げ込みましたが、ホテルのスタッフ二人が巻き添えになって命を落としました。

身を隠して数日後、私が警察へ出頭したことが「酔っ払いが悪ふざけで出頭したが、取り調べを受けて釈放された」と報道されているのを知りました。ニュースでは、港やホテルや空港で私を捜す警察の姿が流れていました。二人のホテルスタッフが亡くなった事件は、無関係の銃撃事件として報じられました。皆さんは、この事実をご存じないでしょう？

記者　（大げさに口を開け、非常に驚いた様子で）そのお話がすべて事実なら、これは大変なスキャンダルです。五十人の人命が失われているのですから。私たちは引き続き調査を進めます。

ウェンズデイ　マデイラ島に一カ月潜伏したあと、私がモロッコへ行った痕跡や写真を偽造し、そちらに注意を引かせることで、島を離れることができました。なんとかイギリスへ戻ったものの、DNA電子警察システムに発見されてしまった。ジャケットの二人の男もイギリスとスコットランドまで私を追って来たのです。この時になってようやく、自分が国家を超越した大きな力と戦っていることを知り、国家のシステムが何一つ信用できなくなりました。墜落事件は口封じと証拠隠滅のための陰謀で、彼らがどうしても手に入れたい証拠を私が握っているのでしょう。私はカーディフに近い小さな港からイギリスを離れ、現在まで身を隠しています。

記者　（手元の手書きのメモを見て）資料や証拠とおっしゃいましたが、どんな内容の資料ですか。

ウェンズデイ　（左手を挙げ、語気を緩めて）私のウェアラブル端末の中に《全世界ブドウ園風土研究プロジェクト》における、私たちのグループの仕事と生活の記録、それからスケジュールが入っています。ブドウ園での器材の設置、試薬のテスト、撮影チームの仕事の様子、祝杯を挙げる様子などの映像があります。いずれもそちらのテレビ局に提供したものです。

去年のスケジュールと国連ＦＡＯの資料とを比較してお見せしましょう。去年の《全世界ブドウ園風土研究プロジェクト》と、今年四月の《大消滅》初期――つまり二〇四三年四月から五月頃にウイルスに感染したワイナリーと土地には、不可思議な一致が見られました。一致の度合いは九十八パーセント近くに達します。（各産地に印をつけた世界地図を取り出して）このパネルを映してください。これはＦＡＯが発表した初期のウイルス感染地域の地図です。赤い印が発症地域です。これは去年《研究プロジェクト》が訪問した地域とほぼ一致しているのです。

（ウェンズデイは険しい表情でカメラを見て、続ける）ですから、私は《研究プロジェクト》の真の目的は、世界各地のブドウ産地にウイルスを拡散させることだったのではないかと疑っています。私の仕事仲間が産地で吹きつけた試薬こそが、ＧＶ９Ｘ２ウイルスだったのです。風土と気象の研究だの、ドキュメンタリーの撮影だのは、隠蔽工作にすぎなかった。飛行機の墜落は、証拠隠滅と口封じのための手段だったのです。

記者　（呆然としたまましばらく反応できずにいる。慌てて手元のメモを見て話しだす）その……私たちにそれらの資料を提供して、調査させていただけますか？

ウェンズデイ　もちろん構いません。あの《研究プロジェクト》の背後にいたスポンサーは、のちにＫＮ１００ワクチンを開発したモンテスキュー・グループの傘下の財団だったことも分かっています。《研究プロジェクト》の責任者と数名の技術者は、モンテスキューから派遣されていました。私自身、モンテスキューのイギリス支社の外部委託スタッフでした。これに関するリストもお渡しできますから、調べてみてください。

ウェンズデイはベージュのコーデュロイジャケットに白のオックスフォードシャツを着ていた。切りそろえられた長髪、無精ひげの残る顔。レンズを見据えるまなざしは自信に満ち、語り口は理論的で堂々としている。自らパネルや統計資料を用意し、万全の準備で臨んだことが窺われる。現在の軽薄でガラの悪い態度とは大違いだ。どう見ても逃亡中のテロリストとは思えず、イノベーション構想を語るシリコンバレーの天才起業家か、テレビで演説する選挙の立候補者といった印象だ。ここに陪審団がいたら、間違いなく無罪になるだろうなと、私は思った。

記者　提供してくださった資料はいずれも「合理的な疑い」を示すにとどまり、「間接的な証拠」にすらなりえず、まして「実質的な証拠」とはとても言えません。この程度の証拠で、何らかの事実を証明する、あるいは自身の嫌疑を晴らすことが可能だと思いますか？

ウェンズデイ　国際警察の言い分では、私は逃亡犯です。逃亡犯の話など誰も信じないのが現実でしょう。しかし、私自身の嫌疑を晴らし、友人を殺した真犯人を見つけるために、私は警察で命を落とす危険を冒してでも、あなた方のテレビ局と共に公然と出頭し、事実を説明するつもりです。ただし、その前にこのインタビューをノーカットですべて放送してもらい、同時に私が示した疑問について調査をお願いします。

記者　もちろん、世界的に影響の大きい事件に関する推論ですから、我々としてもうかつに放送することはできませんが、必ず背景を調べることをお約束します。

ウェンズデイ　最後にもう一つ、私が手に入れた手がかりをお教えします。（記者のほうを見る。記者がうなずく。ウェンズデイは横の机から文書を取り上げる）二〇三八年、カリフォルニア大学デービス校の生物化学研究所のアンドリュー・アダムスという博士が、この『アイダホ州スネーク・リバー・バレー地区K436－568エリアにおけるブドウの発芽停止に関する研究報告』を作成しています。彼の発見とその後の《大消滅》の原因はまったく同じ、つまりGV9ウイルスによる病害だったのです。しかし、彼が調査した複数のエリアのブドウ樹はすべて植え替えられ、彼が大学に保管していたウイルスの原始株のサンプルと調査報告も、跡形もなく消えました。博士は今年の四月、国際的に有名な〝空飛ぶ醸造コンサルタント〟のソフィ・オコナー氏と共に、パリで交通事故に遭って死亡しています。彼のカリフォルニアの家と研究室も偶然にも今年の五月にガス漏れ事故によって火災で焼失しました。

記者　その報告書はどこから入手したのですか。それが本物だと確認する方法は？

ウェンズデイ　（やや語気を弱めて）これは私が特別なデータベースから入手したものです。

具体的にお話しすることはできません。アンドリュー・アダムス博士の死亡事故と自宅の火災については容易に調べられます。ただし、あれが殺人だったという証拠は出てこないでしょうね。それでも《スネーク・リバー・バレー事件》は確かに存在しました。アイダホ州のスネーク・リバー・バレーへ行けば話を聞けるでしょう。

（咳払いをして話を続ける）報告書についてですが、デービス校でその真偽を確かめようとしてもムダです。彼らのデータベースにはすでに手が加えられています。資料庫の目録からも報告書の名は消されているので、資料庫にも図書館にも報告書は存在しません。

記者（カメラに顔を向けて）また一つ、真偽を確かめることが困難な手がかりが示されました。しかし、我々は何としても真実を突き止めなくてはなりません。インタビューに応じてくださったウェンズデイさん……トム・シェフィールドさんに感謝します。もしあなたが潔白なら、一日も早く無実が証明されることをお祈りします。

（記者とウェンズデイが握手する。撮影終了後、カメラマンもウェンズデイと握手。二人ともウェンズデイに「グッドラック！」と言い、早く疑いが晴れるよう祈る、と告げた。その後、ウェンズデイは画面のこちら側に向かって手を伸ばし、自分で撮影していたカメラのスイッチを切った。画面は真っ黒になり、映像は終わった）

「どうだ？　あんたがよく知ってる事実ばかりだろ？」ウェンズデイはそう言うとテレビを消し、少し残念そうにグラスのビールを飲み干した。

「つまり、アンドリュー・アダムス教授は亡くなったのか」私の声が震える。

ウェンズデイはうなずいた。私がアンドリュー教授と面識があることを知っていたようだ。

「残念ながら。教授とは親しかったのか？」

「あの年、僕もスネーク・リバー・バレーの研究プロジェクトに加わっていた。一部のフィールドワークを請け負っていて、報告書の一部は僕が書いたものだ。その後、僕はすぐイギリスへ渡ってしまったけど」私は言った。「だから、報告書は間違いなく存在することを僕は知っている。《スネーク・リバー・バレー事件》が確かに起こったことも証明できるよ」

「あんたは自分のよりどころを持ってるわけだな、ブラザー」ウェンズデイは言った。「神に感謝を」

「僕のよりどころ？」

「すべてが偽りかもしれなくて、何もかもが変化しうる世界で、あんたは少なくとも一つ、決して変わらないよりどころを持ってる。だからしっかりと地に足をつけて立ってられるし、何を信じるべきか自分で決められる。あんたの信念と思想の立ち位置がはっきりするんだよ」ウェンズデイは言った。「《スネーク・リバー・バレー事件》があんたの『よりどころ』。足をつけて立ってる場所だ」

私はいぶかしむような態度で黙っていた。それでも、私はこの時すでに目の前の男のことを信じ始めていたのだと思う。

「《スネーク・リバー・バレー事件》のウイルス原始株のことだが、あんたがどこかに保管してたりしないのか？」ウェンズデイが目を細めた。

「してるわけないだろ。ウイルス株は培養液と共に超低温下で保存しないと死滅する。専用の設備が必要なんだ。ハーゲンダッツのアイスとはわけが違う」

「こちらの調べでは、アンドリュー教授は当時、アジア由来のナノカプセル技術を使っていた。この技術を使えば、ウイルス株をナノ材料で包み、それを粉末状にすることができる。ウイルスの活性は一部失われるが、常温で三十年から四十年間は保管できるようになる。ただ、アンドリュー教授がこの技術を何に使っていたかは分かっていないし、事件と関連があるかどうかも不明だ」

「アンドリュー教授の家が燃やされた理由はそれか？」

「そうかもしれないし、違うかもしれない。俺には分からない」

「それから、映像に映ってたのは本当にあんたか？　とてもそうは見えないけど」私は疑問をぶつけてみた。

「ああ……整形して髪を染めてメイクして、あとはこれのおかげだよ」ウェンズデイは左右の耳たぶを下に引っ張った。その瞬間、顔の輪郭と肌の色が変わり、別人になった。まるで魔法だ。「形状記憶合金のマスクにプロジェクション・ネックバンドで顔の輪郭まで変えられるんだ。よほどじっくり見ないと気づかれない」ウェンズデイは得意げに言った。「ＣＩＡが十年前に開発した技術だ。世界中の顔認証システムをだませる。これがあれば三秒でナオミ・イノウエにもマイケル・ジャクソンにもなれるんだ」

「すごいな」私は続けた。「それであのインタビューは放送されたのか？」

「まさか。一秒たりとも流れなかった」ウェンズデイは言った。「だから、さっきあんたに見てもらったインタビュー映像を世界各国のテレビ局に送った。まずは欧米以外のアルジャジーラ、中国の中央電視台、NHK、ロシア国営テレビ。それから欧米のCNN、BBC、NBC。インターネットテレビに、ユーチューブにも流した」

「結果は？」

「アジアのテレビ局が、真偽不明の映像として放送してくれた。ネット上でも注目を集めたし、自主的に各国語の字幕をつけてくれる人もいて、翻訳バージョンがいくつもできた」

「よかったじゃないか」

「ただ、俺が提示した証拠や推論に対して、それを攻撃する推論が三倍以上の数、必ず出てくるし、偽造された証拠も出現して、打ち消されてしまう。しかも検索結果はいつもそっちが上に来るんだ。事件はニセ情報の煙幕によってめちゃくちゃにされ、もともと興味を持ってくれていた人も、何を信じていいか分からなくなっていった」

「かつての、温暖化は本当か嘘か、とかいう論争と一緒だな」私は言った。「買収された学者や専門家とメディアが何年もかけて、温室効果など存在しないと主張し続けた。結局、真実から目を背けて対応を遅らせただけだった」

「まさにその通り！」ウェンズデイは肩をすくめた。「結局、証拠なんて何も出てこなかった。何も変えられなかったんだ。唯一変わったのは、俺がますます有名になったこと。ただの『逃亡犯』じゃなく、世界の科学技術の発展を阻害しようと企む『テロリスト』としてね。俺は国際刑事警察機構《インターポール》の指名手配リストの順位を大幅に上げた」

「ハハハ……そうだったのか。それはどうしようもないな。僕たちの住む世界なんて、昔からそんなもんだろ」そう言って、私はビールを飲んだ。

ウェンズデイはもう一本ビールを開けて言った。「二年間逃げ続けて、だんだん分かってきたんだ。この事件は永遠に解決しない。少なくとも公平、正義、法律というルートから解決することはないってね。そうだろ。法を定め、執行し、世論をコントロールし、どちらが正義かを決めるのは彼らだ。すべて彼らの縄張りで起きているんだ。俺がいくら証拠を出したって意味はない。だから俺は決めた。逃亡犯であることを楽しんでやろうって。外見もDNAも変えて、新しい人間になって、この世の中をもてあそんでやるんだって」

「今までどこに隠れていた？」

「あちこちだよ。ヨーロッパ、アジア、アフリカ。農家でワインも作ったし、レストランで料理人もやったし、大学講師にもなった。短い期間だけど、諜報機関で訓練を受けたこともある。でも、具体的には言えない。言えるのは、顔認識システムとか警察のDNA監視システムがあまり進んでない国ってことだな」

私はうなずき、ビールのボトルを持ってウェンズデイのグラスを満たした。そして、もし法廷に出ることになったら、なぜ拉致犯と酒など飲んだのかと裁判官に問い詰められるだろうなと考えた。

「十年以上逃げ続けてるからな。もう『完全逃亡マニュアル』みたいな本を書けるレベルだよ。昔はプロの科学者だったけど、今はセミプロの逃亡犯でスパイだ」ウェンズデイが大げさな表情を作る。「しかも、こんなこと言っちゃ何だけど、この事件を経て気づいたんだ、俺は科学者とか研究員より、逃亡犯とかスパイのほうがはるかに向いてるって」

「ハハハ。人生の新たなステージだな」

この時、横のドアが開いた。さっきの美しい婦人が料理を持って入ってきて、スペイン語で言った。「見終わった？」

「見たよ」ウェンズデイが英語で答える。

「坊やたち、大丈夫？　ケンカしてない？」今度はきれいなイギリス英語で、婦人が言った。「私が作った世界一おいしいエンパナーダ*5をどうぞ。ビールに合わせると最高よ」そう言うと、自分で一つつまんで食べ、指をなめて、ウェンズデイのグラスからビールを飲んだ。

「で、さっきの映像は僕と何の関係があるんだ？」私は言った。「報告書の存在を証明しろとでも言うのか」

「おいおい、違うって。あんたを連れてきたってそんなこと証明できやしないんだから」ウェンズデイは言った。「あんたが当時、スネーク・リバー・バレーでアンドリュー教授の助手を務めてたことを、やっとの思いで突き止めた。それからしばらくの間、あんたを観察してて、やっぱりあんたは人気者だってことが分かったんだ」

「待って、私が説明する。あなたたちイギリス人は、話が……まどろっこしいのよ」婦人が口を挟む。

婦人が口を開いた途端、ウェンズデイは穏やかな笑みを浮かべた。ビールを持ってソファの背にもたれると、俺には関係ないから勝手にやってくれ、という顔をした。

「あの団体のリストにあなたの名前が上がってたの。リストっていうのは正確じゃないかな。文字で書いてあったってわけじゃないから。メンバーの会話に、あなたの名前が出てきたってこと」

「あの団体って何なんだ？　名前くらいあるだろ」

「《辰星會《マーキュリー》》。聞いたことない？」婦人が声を落とした。

「水星《マーキュリー》？　知らないな。スターアライアンスの仲間か何かか？」私は首を振る。「リストに名前があるってどういうことだ」

「彼らが求めるものをあなたは持ってる。あるいは、あなた自身を求めてる。理由は分からないけど、彼らはずっとあなたを探り、監視してる」婦人が言った。

「それで、どうなる？」

「結果は最良か最悪か。要するに、ティム先生かアンドリュー教授、どちらかと同じ運命をたどるってこと」婦人がいたずらっぽい顔をする。「出世して名を上げるか、命を落とすか」

「従えば栄え、逆らえば滅ぶってやつか」

「そうとも限らない」婦人は言った。「あなたを値踏みして、探ってるだけかも」

ウェンズデイがバインダーを持ってきた。モノクロ写真が数枚はさんである。そのうちの何枚かは、私と顧問がパディントン駅で飲んでいる写真だ。同じ店で飲む先生と顧問の写真もある。駅の時計と先生の服装、テーブルの上のワインを見る限り、同じ日に撮られたものらしい。時計の時間から判断するに、先生と顧問は私が到着する前に会っていたようだ。

ウェンズデイが一枚の写真を指さした。「ジョン・スタンリー・フユッセン。『顧問』と呼ばれてる。国連にいた頃、《大消滅》の感染拡大防止と封じ込めの業務を担当していた。《大消滅》の収束後に退職。その後はモンテスキューの実質的支配者となって、現在に至る」続いてもう一枚を指さす。「ティム・クリスチャン・エドワード・ベイカー。別名を『先生』。《大消滅》前後に、急速に名が知られるようになった。彼の理論と教育システムは多数の国の政府と国連に承認されていて、国家基準にも採用されてる。十年の間に、世界で最も影響力のあるワイン評論家となった」

「つまり、彼らは二人とも辰星會のメンバーだってことか？」

「そう。二人はこの数カ月、あなたに目をつけて、追っかけてる。会話の中で何度もあなたの名前が出ていたし、イタリア出張の件も知っていた。顧問はあなたに長老のブドウ園の感染状況を尋ね、最後に、先生に会いに行けと言った」婦人が言った。「当たってるでしょ？」

「でも、遮断装置があったろ？」私は驚いて、写真に写っている黒い箱を指さした。「どうやって僕たちの会話を聞いてたんだ？」

「いや、技術とか設備は問題じゃない。一番シンプルで原始的な方法を使った。単純に、望遠鏡と読唇術であっさり解決さ」ウェンズデイが得意顔で口を挟む。「モンテスキューの人たちはテクノロジーを駆使して厳重に警戒してるつもりだろうけど、プロの手にかかれば子供の遊びみたいなもんだ。こんなの、スパイの基本中の基本だよ」

私はあぜんとした。確かにその通りだ。「で、あんたたちの目的は何なんだ」

「あなたに真相と本質を教えること」婦人が言った。「あなたは事件の一部なの。ウェンズデイもね。あなたは真相と本質を知る必要がある」

「どういう意味？」

「すべては偶然じゃないし、無関係でもないってこと。あらゆる出来事には因果がある。あなたたちはこの芝居の登場人物なの」

「待ってくれ。本質って『物事の本質』のことか？　一体何を意味してる？」

「辰星會の理念において、いわゆる『物事の本質』とは、私たちが存在するこの世界システムの運用方式を指す」婦人が言った。確か顧問も同じ言葉を使っていた。「物事の本質」と。

「辰星會って、どんな団体なんだ？」

「古くからある団体よ。ちょっとややこしい話になるんだけど。でも『彼』に会えば、すぐに分かるはず」

「彼？」だんだんどうでもよくなってきた。

「そう。彼」

「もういいよ。で、あんたたちは僕を助けてくれたことになるのか？」

「そうとも言えない。知りすぎれば危険が及ぶこともあるし。あらゆる物事に絶対はない。すべては程度の問題よ」

「どうすればいい？」

「データは偽造できる。意見は操れる。物語は書き換えられる。記憶は植えつけることができる。王朝は交代できる。すべて、何もかも、あなたが何を信じるかが問題なの」婦人は言った。

「こんな摩訶不思議な迷路には誰も踏み込んだことがない。これには自然の営みを超えた力が働いている。神託でも仰がねば、何ひとつ分かるまい」ウェンズデイはまるで自分には関係ないといった顔で、なにやら文章を暗唱している。

「何だ？　シェイクスピアか？」私は言ってみた。妙に古風で上品な言い回しだからだ。

「ブラザー、あんたってすごいな。『テンペスト』を読んだことがあるやつなんて初めて会ったよ。あのハゲ頭のイギリスの爺さんときたら、昔ピカデリーサーカスで……」ウェンズデイがとうとうと語り始める。

「時間切れよ。そろそろ帰ってもらわないと。夕飯をご一緒できなくてごめんなさいね」婦人はウェンズデイを押しのけて、私たちの会話を打ち切った。

「そうだよ。残念だったな。ロクサーヌの料理は本当に……」ウェンズデイはしつこく話し続けようとしたが、ロクサーヌと呼ばれた婦人ににらまれて、仕方なく黙った。

「お構いなく。機会があれば、またいつか」私は紳士的な笑顔で丁重に答えた。

「ホテルまで送るのに、これをかぶってもらわなくちゃならない」ウェンズデイはあまり清潔そうには見えない麻袋を取り出し、申し訳なさそうに笑った。「なんとか我慢してくれ」

ウェンズデイが私の頭に目隠しの袋をかぶせる。麻袋の中は発酵した穀物のようなにおいがした。腐ったビールみたいだ。しかも、麻の繊維で顔がチクチクする。ものすごく不快だった。

「何だよ、この袋には何が入ってたんだ？　ちゃんと洗ったのか？」私は抗議した。

「うーん……それは知らないほうがいい」ウェンズデイの乾いた笑い声が聞こえる。「悪いな。本当に申し訳ない。今回の拉致はゆっくり準備する時間がなくてね。人質のあんたには不便をかけたね」

ウェンズデイは私を外へ連れ出した。柔らかい草地を十数歩歩いたところで、車のドアを開けて私を乗せ、ご丁寧にシートベルトを締める。その間ずっと、アルゼンチン女性の美しい臀部とタンゴの関連性について、ごちゃごちゃと語っていた。

「なあブラザー、一度タンゴを踊りに行ってみたらどうだ？」ウェンズデイは言った。「美人と心を通わせるんだよ」

私は答えなかった。暗闇の中で、ウェンズデイの人生を襲った重大な異変と、彼のふざけた態度について考えているうちに、ふと気がついた。私はこのウェンズデイという男のことが案外好きかもしれない。

「聞いてもいいか？」私は言った。

「許可しよう」ウェンズデイが言った。「聞くがよい」

「これから先、ずっとこうやって世の中をもてあそぶ人生を送るのか？」

「いや、まさか。本当のことを言うと、俺は最近、自分のDNAを完全に書き換える計画を立ててる。まったくの別人に生まれ変わるんだ。過去の自分をきれいに消し去って、新しい身分で生きていく」ウェンズデイは言った。

「何がしたい？」

「神父になりたい」ウェンズデイの声は真剣だった。「ローマ教皇庁の派遣で、キリマンジャロ山で布教活動をする」

「ジェーン・グドール（イギリスの動物行動学者）みたいに？」私は言った。

「ハハ。冗談だよ。それにジェーン・グドールがケニアに行ったのは布教のためじゃない。チンパンジーの研究のためだ」

「で、何がしたいんだ？」私は聞いた。「本当のところは」

「ブドウを栽培してワインを作りたい」ウェンズデイは誇らしげに言った。「信じないかもしれないけど、俺にはワイン作りの才能がある。ここ数年、ラインガウ地方でブドウを育ててた。

VDP[*6]のグローセス・ゲヴェックスの認証も得てる。あの先生だって俺のワインには高い評価をつけたんだぞ」

「逃亡犯にしては、やけに豊かで充実した生活だな」

「そりゃそうだ。逃亡犯でなければワイン醸造家に……大統領でなければ広告人になっていた」ウェンズデイは私などお構いなしに鼻歌を口ずさむ。お世辞にもうまいとは言えない。

「へへ、なあブラザー、これ求人広告のキャッチコピーみたいだろ」

「ジョン・F・ケネディの言葉か?」

「フランクリン・D・ルーズベルト」ウェンズデイはやけに楽しそうだ。

「《大消滅》が陰謀だったとしたら、僕たちはどうすればいい?」袋をかぶせられ、目の前が闇だからだろうか。私は急に得体の知れない恐ろしさを感じ始めた。

「《大消滅》は十年前の出来事だ。すでに出た損害を埋め合わせることはできないよ」ウェンズデイは言った。「なあブラザー、俺たちはハーバート・ジョージ・ウェルズの『タイムマシン』もダグラス・アダムズの『銀河ヒッチハイク・ガイド』も持ってない。それにこういうのはな、善人が天国へ行って悪人は地獄の業火に焼かれるって類いの結末になるとは限らないんだ」

「僕たちには何もできないってことか」

「誰かを罰することはできないが、少なくとも誰かを救うことはできる」

「誰かって?」

「《大消滅》の前に戻り、迫害されたプロレタリアたちよ、立ち上がれ!」ウェンズデイは急に語気を強め、それから再び歌を歌いだした。

「その歌、革命歌の《インターナショナル》か？」腹が立つようなおかしいような、変な気分だった。

ウェンズデイの答えは聞こえなかった。ビービーという機械音が車中に響いたからだ。

「着いた」そう言って、ウェンズデイは私の頭の袋を取った。

置いてあったティッシュで顔を拭った。ザウアークラウトみたいな酸っぱいにおいが取れず、思わず悪態が口をついた。「クソ。袋くらい洗えよ」

「確かに。ご迷惑をおかけし心よりお詫び申し上げます。関連部門と相談し、迅速に改善いたします」ウェンズデイは笑って、仕方ないという顔をした。それから急に「ちょっと待って、忘れてた」と言った。

彼は私たちの間に置いてあったらしい、ピザの保温バッグのようなバックパックを開け、中の機器のスイッチをいくつか押した。機器のランプが黄色から緑に変わり、心地よい音楽が流れる。

「周囲のあらゆる電子信号をこの機器で監視できる。こっそりどこかに通報しようとしたら、すぐに分かるよ」ウェンズデイは得意げに言った。「長年の逃亡生活で身につけたライフハックだ」

「僕がすでに写真や動画を撮影したり、ＧＰＳで位置を確認したりしてたら？」私は左手を出して手首のウェアラブル端末を見せた。「そしたら防ぎようがないだろ」

「ああ、そうだ！　ご忠告ありがとう。忘れるところだった」ウェンズデイは右手の背で左手の手のひらを叩いた。私の言葉で何か思い出したらしく、きまり悪そうな顔をしている。座席に置いてあった紙袋を私によこす。中身はきちんと包まれたエンパナーダと、よく冷えた例のビール、ジップ式のポリ袋に入ったウェアラブル端末だった。

「あんたのはこっち。目を覚ます前に外しておいたんだ。その手首にはまってるのは偽物、ただのセンサーだよ」彼は言った。「さっき俺と話してた時の心拍とか呼吸とか、あんたの生体的特徴は全部記録させてもらった。もし写真や動画を撮ってたら、すぐにばれてたよ」

そう言って私のほうに手を伸ばし、よこせと合図した。私はといえば、棒つきキャンディをくわえたチェスの神童にチェックをかけられたチャンピオンのように呆然としていた。無意識のうちに手首のウェアラブル端末を外してウェンズデイに返す。紙袋を持って車を降りると、カフェ・トルトーニ付近の小さな広場へ戻った。

「親愛なる人質どの、ご足労いただいたことに改めて感謝の意を表します。ご意見があれば拉致犯のカスタマーサービスまでお電話ください」ウェンズデイは車の窓から顔を出し、ニヤリと笑うと、妙ちきりんなジェスチャーをして言った。

「そのうちまた会えると信じてる。目隠しの袋は洗っておくよ」

原註

＊1　トロンテス：アルゼンチンで広く栽培されている白ブドウ品種。爽やかでフローラルな香りが特徴。

＊2　QPR：クイーンズ・パーク・レンジャーズ。ロンドンの老舗サッカークラブ。
＊3　PDO：Protected Designation of Origin の略。原産地呼称保護の意。EUの制度の一種で、フランスワインのAOC制度をもとにしている。特殊な気候の特性・歴史的な製造方法・高品質の原材料・文化的な伝統と特色を持つ食品あるいは農産物の保護を目的とする。対象品目はハム、ソーセージ、ビール、ワイン、チーズ、オリーブオイルなど。
＊4　シェフィールド・ウェンズデイ：イングランドのシェフィールドに本拠地を置くプロサッカークラブの名称。前身はクリケットチームで、当時は水曜日にクリケットの試合がおこなわれていたことからこの名がついた。
＊5　エンパナーダ：アルゼンチン北部の料理。パン生地の中にさまざまな具材を包んで焼いたもの。鶏肉、ハム、卵、野菜などに、黒オリーブ、トウモロコシ、ハーブ、チーズ、ドライトマトなどを組み合わせるのが一般的。
＊6　VDP：Verband Deutscher Prädikatsweingüter の略。ドイツ高品質ワイン醸造家協会。グローセス・ゲヴェックス（略称GG）はVDPが認証する最高級の格付け。

第10章　拡散

二〇四三年五月二十二日
カリフォルニア州ソノマ海岸　ボデガ・ベイ

二〇二五年に発生したオーパス・ワンへのテロ事件は、覆面をした二人組のテロリストが、連邦政府の農業政策への不満を理由に、深夜にナパ・バレーのオーパス・ワンのブドウ園に侵入、植物ホルモン爆弾を置いて立ち去ったものである。爆弾の爆発により、数千平方キロメートルのブドウ畑が汚染され、樹齢五十年前後の古樹が多数枯死した。FBIなど各機関が調査を進めているが、犯人逮捕には至っていない。

この爆弾により汚染された面積は、オーパス・ワンの畑の一パーセントにも満たない。しかし、事件が消費者の注目を集めた結果、オーパス・ワンのワイン製品の価格は三十パーセント上昇した。ワイナリーでは保険もかけていたため、実質的な損失はほとんどなかった。結果的に、災い転じて福となったのである。

オーパス・ワンでは汚染の現場に記念館を建てた。また、シリコンバレーのIoTテクノロジー企業と提携し、現地に数万個のセンサーを設置。日照、空気、湿度、風力、温度、においで、微生物、昆虫など、八十種類以上のデータをリアルタイムで記録している。さらに、ソノマ海岸の南に位置する崖の上に、火星移住計画を思わせる鉄骨とガラスの巨大なハイテク温室を建て、ドーム・オブ・オーパス・ワン（DOO）と名づけた。温室の中にはナパ・バレーの土が五メートルの厚さで敷かれ、オーパス・ワンと同じ自然環境がリアルタイムで温室内のブドウ樹に提供される。数年間の努力を経て完成したワインは、複雑性はやや劣るものの、オーパス・ワンのしっかりしたストラクチャーと味を持っており、多くの評論家から高い評価を得た。さらに、いわゆる負け犬やオタクと呼ばれる少々マニアックなタイプの消費者やエンジニアの間で人気を博し、「最もハイテクなワイン」と称された。その後、オーパス・ワンとNASAが協力して火星でのブドウ栽培を計画しているとの情報が流れたが、真偽のほどは明らかになっていない。

スタンリー・フュッセンは自動運転車を走らせ、ソノマ海岸沿いを進んでいた。ボデガ・ベイ一帯の海岸はとても美しい。太平洋の海は、朝はいつも霧に包まれ、雨が降ることも多いが、正午頃から晴れてくる。澄み切った青い海と砂浜、夏の正午の海岸道路、カラフルで幻想的なガラスのビーチ、すべてが絵葉書のような美しさだ。

だが、彼は壮麗な景色を鑑賞する気などなく、ただぼうっと前を見つめていた。

スタンリー・フュッセンはくすんだグレーのシャツを着て、半透明のサングラスをかけて運転席に座っていた。今年四十八歳、身長約百七十センチ、ワシントンD.C.生まれ。ハーバード大学経営学修士。現在は国連食糧農業機関（FAO）の緊急対応チームの責任者を務める。聡明で有能、政治手腕に秀で、ニューヨークとワシントンで人脈を自在に駆使する。今回のブドウ樹休眠事件では全世界での隔離封じ込め業務を担当している。その結果、歳月の洗礼を受けたかのごとく瞳は力を失い、過度の疲労により目元は暗くくぼんでいた。

遠くの崖の上に、ドーム型球場ほどの大きさの建築物が見えてきた。本体は透明で、日光を浴びて明るく輝いている。カーブした鉄骨とガラスでできた巨大なコップを地面に伏せたような姿だ。その存在はあまりに唐突で、周囲の自然環境と強烈なコントラストをなしている。透明の建築物の周囲は、水槽のような小型の半透明の温室で囲まれていて、温室は互いにパイプでつながっている。組み立てをおこなうクレーンや、荷物を運搬するトラックがひっきりなしに稼働し、小型温室を連結していく。遠くから見ていると、地球に上陸した宇宙人か火星に上陸した地球人が橋を作っているように思えてくる。

崖の上へと通じる唯一の道路には検査所があり、脇の乳白色の石壁に「ドーム・オブ・オーパス・ワン」と書かれている。簡単な検査を済ませると、スタンリー・フュッセンは巨大な透明の建築物のそばで車を止めた。カーオーディオで電子ピアノのジャズをかけ、タバコを吸って深く息をつく。訪問者用の入館証を首にかけ、駐車場のそばのガラス温室まで歩いていくと、立ち止まって眺めた。

きれいに整列したガラス温室は、いわゆる植物工場だ。温室内には土が敷かれ、ブドウが植えられている。動物園のような雰囲気もあるが、中に動物の姿は見当たらない。小型の温室にはそれぞれ防水のパネルが設置され、中の温度や湿度など関連データが表示されている。

「現在進行中の、隔離検査です」聞き慣れた声だった。スタンリー・フュッセンはハッとした。声は背後に立つ男性のものだった。

「国連DOOブドウ樹隔離実験場へようこそ」スタンリーは男性と握手し、ハグをした。「スタンリー、ひさしぶりだな。元気だったか？　おい、ビデオ通話の時よりずいぶんやつれたみたいだぞ」

クロード・パティはフランス農業省・動植物健康検査局の主任研究員を務めている。フランス政府を代表して、ＦＡＯの農業テロ防止に関する業務に従事する。年齢は四十二歳、パリ第十一大学の生物情報学博士であり、アマチュアのライターとしてネット上のグルメ雑誌に寄稿している。ボサボサの髪に無精ひげ、いつも寝起きのような顔をしているが、目つきは鋭く、強い意志と決断力が眼鏡の奥から伝わってくる。

「こっちは元気にやってるよ。よく来てくれた」クロードが言った。

「会うのは二年ぶりかな？」とスタンリー。

「三年ぶりだよ。この前はブラジルで会議の時、ほら、例の対決の時だ。君はオレゴン州のピノ・ノワールを持ってきた。あれは印象的だったね」クロードが言った。「産地はカールトンとかなんとか言ったかな。アメリカのワインもかなりレベルが高い」

「ハハ、私はワインには詳しくないが、いいワインを手に入れるのは得意なんだ」スタンリーは自慢げに言った。「残念ながら今回は二人とも忙しすぎるし、タイミングもよくない。そうでなければまた『名作グルメ対決』ができたのに。次は絶対に勝ってやる」

「それはどうかな、アンクル・サム。こっちにはまだいくらでも秘密兵器があるぞ」クロードは、ポスターでよく見かける、こちらを指さすアンクル・サムのポーズをまねて笑った。その後、二人は談笑しながらあの巨大な鉄骨の温室へと向かった。

「どうだ、アメリカ生活には慣れたか？」スタンリーが聞いた。

「だいたいは研究室にいるからな。遠心分離機の位置、コンセントとプラグの形、あとは電圧が違うくらいで、大した差はない」クロードは笑った。「ただ……日常生活の、飲食面が問題だ」

「この小さい温室は最近建てたもの？」

「これはブドウ樹の隔離室。アメリカの植物工場設備メーカーに急いで作らせた。植物工場だから、ユニットごとの温度や湿度や光なんかを自由にコントロールできる。陽圧隔離ができる空調システムも導入した。ブドウ樹をのびのびと生長させ、かつ、効果的にウイルスを遮断できる」クロードは旧式のウェアラブル端末で時間を確認して言った。「まだ時間があるな。ちょっと散歩しないか？」

　スタンリーは、温室の中でオレンジ色の服を着た作業員が働く様子を見ていた。慣れた手つきでブドウ樹の根にＶ字型の切り込みを入れ、枝を挿すと、継ぎ目から透明な液体が流れ出る。作業員は傷口に丁寧に包帯を巻く。接ぎ木の成功率を上げるためだ。

「この枝は栽培センターの研究所のものだ。台木と土は温室から移したもの。いずれも迅速検査をおこなって、問題ないことが確認されてから接ぎ木をしている」

「迅速検査と言えば、君たちが開発したリアルタイムＰＣＲ検査方式は非常に正確だね。しかも手持ち式の器材で検査できるから、とても便利だ」スタンリーは言った。「うちの研究員もほとんどが一人一台ずつ持ってるから、疾病《しっぺい》の拡散範囲を容易に確認できる」

　クロード・パティはうなずいた。リアルタイムＰＣＲ迅速スクリーニング検査方式は、農業テロを強く疑うフランス政府からプレッシャーをかけられながら、チーム全員が不眠不休で取り組み、わずか十日間で開発したものだった。ウイルスも病因も判明していない状況下で完成させられたのは、幸運によるところが大きいのも確かではあるが、とはいえ、非常に偉大な成果であることは誰の目にも明らかだった。

「うちのチームが最近、重要な発見をしたんだ。病因がほぼ判明した」

「原因のウイルスを発見したのか？」スタンリーが聞いた。

「ブドウは、確認されている感染症が最も多い果樹の一つだ。統計によると、これまでに見つかったブドウウイルスは七十種類。八の科、二十二の属に分類される。ただし、突然変異によって常に新しいウイルスが生まれている。今回のウイルスは、無害のウイルスとしてすでに知られていたＧＶ９の一種だ。我々はこれをひとまずＧＶ９　Ｘ１と名づけた。このウイルスは、原因は特定されていないんだが、集団で突然変異を起こし、ＧＶ９　Ｘ２ウイルスへと変わる。この変異ウイルスＸ２は植物のＤＮＡを書き換え、水分と栄養分を運ぶ能力を失わせて枯死させる」クロードは目をパチパチさせると、首を振って話を続けた。「Ｘ２ウイルスの特殊なところは、植物のＤＮＡを書き換えたあと、自身も生命力を使い果たして死滅することだ。まるでウイルスが遺書を書いて、書き終えた途端に死ぬみたいに。ただし、遺書を書き記す場所がブドウ樹のＤＮＡなんだ」

「なんてことだ……遺書を残すウイルスか！」スタンリーは驚嘆した。「雑誌で読んだことがある。多くの生物種の遺伝子の中には独自の言語システムが埋め込まれているという研究内容が、二十世紀にはすでに報告されていた。ただ、それを解読できた者はいなかった。君が言っているのはそのことだろ」

「いいや、違う。そんなに複雑な話じゃない。私が言いたいのは……」クロードは言葉を切った。「要するに植物のレトロウイルス（核酸としてＲＮＡ＝リボ核酸＝をもち、生体細胞に感染すると逆転写酵素が働いてＤＮＡ＝デオキシリボ核酸＝に転写され、宿主の染色体に組み込まれるウイルスの総称）の一種なんだ」

スタンリーは何も言えず、手振りでクロードに話を続けるよう促した。

「新型のウイルスか。あるいは、既知のウイルスが増加しているのか。これまでは、そこに観察の重点を置いていた。まさか、既知のウイルスの減少が重点だとは、誰も思わなかった」クロードはため息をついた。「ようやくX1とX2の差異が明確になったが、ここにたどり着くまで一カ月かかってる。どれだけ遠回りをしたことか」

「それは仕方ない。時間との競走だってことはみんな理解してる」

「DXMエミュレーターでLPCエミュレートをおこなった。あとで実際の手順を見せるよ」

「じゃあ、次はワクチンの開発だな」

「二つの方向で進めてる。一つは変異前のウイルスX1をターゲットとした研究。もう一つは死滅した変異ウイルスX2をターゲットとした研究だ。ただ、両方とも難航していて、必死で問題を克服しようとしてる」クロードは言った。「特にX2、あれはバケモノだね。六万個以上の塩基を持っていて、多くは単純で機能を持たないジャンクDNAに見える。暗号化された乱数みたいに、一見すると何の意味もない。だが、実は複雑で難解な意味が含まれているんだ、何て言えばいいかな……何らかの哲理を含んでいるような。解読にはかなり苦労したよ」

「人の手が加えられた痕跡があったのか？　ロシアとか中東とか、あのへんのイカれた研究所から流出したものではないんだな」

「現時点ではウイルスに人為的に手が加えられた痕跡は見つかっていない。どこかからウイルスが流出したという情報も入っていない」

「怪しい組織がウイルスを使って世界からワインを消そうとしたとか？」

「バイオテロだと言いたいのか？　テロリストは普通、特定の国家を狙うものだ。ワインと敵対する勢力なんて聞いたことがない。そんなのがもし存在するなら、可能性があるのはバドワイザーかジョニーウォーカーか、それくらいだろ」クロードが苦笑いする。

二人は巨大温室の入り口についた。ＦＡＯが設置した簡易無塵消毒設備には、パニック映画に出てくる隔離室のような透明樹脂の通路と二重ドアが設置されている。巨大温室に入る者は全員、名前を登録し、検査を受ける。靴底も含む全身を消毒したあと、防塵服と靴カバーをつける。いかなるウイルスも持ち込まないためだ。現場の作業員に案内され、二人も規定の手順にのっとり、無数の監視カメラに見守られながら、巨大温室へと入っていった。

二〇二六年に完成したＤＯＯは、面積八千五百万平方メートル、発電や発光、透光率の調節も可能なガラスで覆われている。最新のＩｏＴおよび環境コントロール技術を駆使して、ナパ・バレーにあるオーパス・ワン農園の栽培環境を一立方メートル単位で完全に再現することができる。温室内の一立方メートルごとの温度、湿度、光、風などすべてが、はるか遠くのオーパス・ワンの畑における一立方メートルごとの変化に対応しているのだ。ＣＮＮの報道ではこう言っていた。ナパ・バレーに太陽が上ると、温室内は明るくなり、温度も上昇し、中の作業員は日焼け止めを塗らなければ日焼けしてしまう。ナパ・バレーで雹が降れば、ここにも人工の雹が降るため、中の作業員は現場で流れる警報に注意する必要がある。

「感染拡大防止対策はどうなってる？　かなり拡散しているのか」クロードが聞いた。

「ああ。絶望的だ。世界中ほぼすべての産地で被害が出てる。世界各地に消毒用トレイを数億個も設置して、ブドウ園に出入りする際には必ず靴底を消毒液にひたすことを徹底させている。

ただ、オーストラリアや南米、ヨーロッパ各国のワイン産地は互いにつながりが深いから、各国の取り締まりの基準や厳格さにばらつきがある状況下では、抜け道はいくらでもある。いい加減へとへとだよ」スタンリーは頭を低くして、地上のブドウ樹を見ながら言った。

「新たな大量絶滅の始まりか？」

「まだ分からないが、可能性はある。西オーストラリア、ニュージーランド南島、北海道、タスマニアなどの独立した地域では、まだ希望が残されている。ただ、拡散のスピードを緩める努力はしているが、発生を阻止する方法はない。……大自然に対して、人類はあまりに小さく非力だ」

「気を落とすな。エボラ熱や豚インフルエンザに比べたらずっと楽だろ。植物は人間と違って、動き回ってウイルスを広めたりしない。何より重要なのは、誰も死んでないってことだ」クロードが慰める。「ある意味、海難事故の救出作業のほうがよっぽどプレッシャーが高い。だからそう気負わずに、もっとリラックスしろ」

スタンリーがため息をつく。「いや、むしろそこが問題なんだよ。メディアはこの事件を富裕層だけの問題と見なしている。死者は出ていないし、人類の生存には何ら脅威にはならないと。だから国連FAOの対応も非常に腰が重かった。対応の必要性は認識しつつも、周囲への影響の大きさから、資金や人手の投入には消極的だ。しかも、ワイン産地以外の第三世界の国家が軒並みFAOに抗議したんだ。数年前のバナナ斑葉病の例を持ち出して、バナナの生産減は飢餓に直結するが、ブドウが多少減ってもワインが飲めなくなるだけじゃないか、と訴えた。この問題への対応は、富裕層への資源の集中を促す計画の一環だと彼らは考えているんだ」

「確かに。昨日の夜、NBCの番組を見てたら、ワイナリーでインタビューされた客が、もしブドウが絶滅してワインがなくなったら、みんなビールかブランデーを飲むだけじゃないですか、なんて答えてた。で、言い終わるか終わらないかのうちにカメラの向きが変わって、ビキニ姿の女性がビーチでクアーズを飲んでるポスターが映る」クロードは一旦言葉を切ってから、さらに続けた。「君たちアメリカ人は、何て言うか……妙なユーモアがあるよな」

クロードが言外ににおわせた本音を無視して、スタンリーは独り言のようにつぶやいた。

「ウイルスに感染しているとしたら、アブラムシやダニ、線虫あるいは真菌か何かが媒介したはずだ。それを特定するのが防疫の重点になる。たとえば十九世紀末に感染が広がったフィロキセラは、発生から二百年近くが過ぎても全世界のすべての産地には広がっていない。しかし今回は……感染症が拡大するスピードがあまりに速い。バナナ斑葉病のペースをはるかに上回っている。流行りの音楽とか新しいデバイスみたいに、一年もたたないうちに全世界に広がって、植物感染症の拡散モデルの記録を塗り替えるかもしれない」

「何者かが人為的に拡散させたとにらんでいるのか？」クロードが聞いた。

「明らかにおかしいんだが……君が言ったように、ワインと敵対する勢力がいるなんて考えられないしな」スタンリーが笑う。

「今、アメリカと日本とドイツの十六カ所の研究所で、四十六組のチームが感染の媒介物を調べて、なぜこれほど急速に感染が拡大したかを明らかにしようとしている。各種ブドウ畑に現れた昆虫や真菌の中にX1かX2ウイルスを持つものがいないか、分析を始めているんだ。ウイルスは宿主から離れたら長時間は生きられない。媒介物がいなければ感染は広がらない」クロードは言った。

「ほかの方法も試してみたらどうだ？　たとえば民間のバイオテクノロジー企業の研究を取り入れてみるとか」スタンリーが言った。「少し前に友人から聞いた話だが、ある企業が植物ウイルスの突然変異の問題を解決できる特殊な技術を持っているらしい」

「何て企業だ？　その方法は？」クロードが早口で言った。「ワクチンか、核酸合成阻害剤か、拮抗薬か？　ありえない、あらゆる酵素タンパクの外殻は……」

「私も詳しくは知らないんだ。そこの技術部門の責任者を紹介してやろう」スタンリーは言った。「モンテスキューという企業だ。本社はニュージャージー州にある。知らないか？」

「聞いたことはある。ヨーロッパでの業務は少なくて、大半はアメリカだと聞いたな。種子の会社じゃなかったか？」クロードは眉にしわを寄せた。「じゃあ、すまないが今度そこを紹介してくれるか」

「任せとけ、わが友よ」スタンリーは満足そうな笑みを浮かべた。

二人は室内のブドウ畑を歩いた。地面には礫石と粘土が敷かれ、かすかな風が頬をなでる。風と光の通りのよさは、とても室内とは思えない。整然と並ぶブドウ樹はすべて発芽し、葉が伸びていることが見て取れる。あちこちに花のつぼみも見える。北半球のブドウにとって、五月は開花の時期だ。クロードはしゃがみこんで、それぞれのブドウ樹の生育の状態を見ている。スタンリーは眼鏡型デバイスのボタンを押して写真を何枚も撮った。

「植物の専門家じゃなくても、ここのブドウが正常に育ってることくらいは分かるだろ」クロードはタブレット端末を取り出し、スタンリーに画像を見せながら言った。「これは今日の写真。ここと比べると、ナパ・バレーのオーパス・ワンの畑では明らかに発芽が遅れてる。大半の株はこのまま育つかどうかすら怪しい」

スタンリーは画像を見てうなずき、しばらく考え込んで言った。「この間の電話で言ってたな、アメリカでの協力者を必要としてるって。ワシントンとニューヨークには友人がいるから、力になれるかもしれない」

「そうなんだ。助けてほしい」クロードが言った。

「どんな件で？」スタンリーが尋ねる。

「君たち……アメリカ政府は面白いね。連邦政府の酒類タバコ税防疫管理局と農務省は、アメリカ産ワインの品質に影響はあるのか、解決法はないのか、そればかり気にしてる」クロードが続ける。「だがCIA、FBI、国土安全保障省《DHS》、国家安全保障局《NSA》、国防総省《DOD》、各党派の議員、州知事、副大統領、それから名前は言えないいくつかの情報機関は、ブドウの品質にはこれっぽっちも関心がない。彼らの考えはこうだ。これはテロ事件なのか？　国家の安全が脅かされはしないか？　これを新たな兵器と呼ぶべきか？　次は大麦やトウモロコシで同じことが起きるのではないか？」

二人は温室の中央へと進む。手に持ったタブレット端末を振りながら、クロードが言った。

「アメリカ政府は情報機関や特務機関の種類も数も世界最多だ。こういう機関が、何かあるたびに騒ぎ立てて邪魔するんだよ。研究結果もまだ出ないうちから、脅したり、威嚇したり、プレッシャーをかけたり、余計なことを言い散らしたり。何かと理由をつけては専門家を送り込んできて、資料を共有しろと言う。世界的な危機なのに、そんなことはお構いなしで、国連の研究プロジェクトだってことも無視して、私たちが研究成果を独占することをひたすら恐れてる」

クロードはさらに続けた。「もし頼めるなら、あいつらが邪魔しに来ないようにして、研究に専念させてほしい」

「申し訳ない。私にはどうにもできないよ」そう言うと、スタンリーは口元をゆがめて肩をすくめ、いかにも「どうしようもない」という表情を作った。

突然、温室の上方のガラスが色を変え始めた。室内の光も少しずつ暗くなり、海側のファンが音を立てる。本当に風が吹いてきたように、室内の空気が流れ始める。湿度が上昇し、空気が蒸してくる一方で、気温は明らかに下がり始めた。ブドウ畑の中に立つ、信号機のようなポールの先のランプが、柔らかい青い光を放つ。「ご注意ください。三分後に雨が降ると予測されます。ご注意ください」アナウンスが鳴り響いた。

「ナパ・バレーで大きな雨雲が発生してる」クロードは旧式のウェアラブル端末をのぞき込んで言った。「そろそろミーティングの時間だ。早くここを出よう。本当に雨が降ってくるぞ」

第11章　オーナー

二〇五三年十一月二十日
ブエノスアイレス　エセイサ国際空港

午後の陽光はまぶしかった。空港から海までは多少距離があるものの、空気には夏の海風のにおいが混じっていた。出発ロビーに入った時、手首の端末の電話が鳴った。ウェンズデイからだった。

「忙しいところ申し訳ない。どうしてもはっきりさせておきたいことがあって」

「また拉致する気か？」私はわざと残念そうな口調で言ってやった。「力になりたいのはやまやまなんだけどね、もう空港へ来てるんだ。またにしてくれないか？」

「分かってる。ケープタウンはやめて、マドリードへ行くんだろ？」

「そうだよ。だから時間がない」自分の予定を誰かに知られていても、もはや驚かなくなった。一部の人間にとって、私のスケジュールは、バスの時刻表のように透明で公開された情報なのだろう。

「預ける荷物は？」いきなりウェンズデイが聞いた。

「一つあるけど、なんで……」

「よし、分かった。あとでな」私が話し終わらないうちに、ウェンズデイが電話を切った。

エセイサ国際空港は二〇三七年に改修されたが、旧来のA字型の三本の滑走路をそのまま残している。またの名をミニストロ・ピスタリーニ国際空港という。空港建設時の建設大臣の名が由来らしい。パリのシャルル・ド・ゴール国際空港、ニューヨークのジョン・F・ケネディ国際空港のように、国家元首の名をつけるケースは多いが、大臣の名というのは珍しい気がする。よほど偉大な大臣だったのだろう。

空港内の天井はアーチ型で、たっぷりと光が差し込む。おなじみのアサードのにおいが空気中に漂う。アルゼンチンは国民一人あたりの牛肉消費量が世界で最も多い国だ。空港に限らず、アルゼンチン中の大通りから路地に至るまで、どこもかしこも、レストランから流れる焼き肉のにおいが充満している。一般家庭の裏庭には必ず巨大なバーベキューグリル、しかもセメントで作った固定式のグリルがあるし、道路脇の工事現場ではランチタイムにバーベキューをしている姿をよく見かける。ホームレスが路上でドラム缶を使って肉を焼いているのも見たことがある。アルゼンチンの牛肉は安くてうまいので、来るたびに、どれだけ肉を食べられるか自分の限界に挑戦しているような感じになってしまう。

マルベックはアサードに合わせて作られたワインだと聞いた。濃厚で力強いボディと、互いに強く主張する甘み、酸味、苦みのバランス。うまみの凝縮されたアルゼンチンの赤身肉と、さまざまなスパイスが効いたソースの味と相まって、アルゼンチン人にとっての幸せの公式となっている。

搭乗手続きを終えて荷物を預け、保安検査を通過すると、ワインを扱う免税店があった。並んでいるのはいずれもアルゼンチン産のワインだ。北から南まで、あらゆる産地の品がそろっている。種類が一番多いのはメンドーサのもので、ルハン・デ・コージョ、サン・ラファエル、マイプなど各サブリージョンのワインを取りそろえている。また、面白いのは商品棚に産地ごとの標高が示されている点だ。標高の高い土地でのブドウ栽培という、アルゼンチンワインの特徴を反映している。

店の奥に置かれた品のいいティーテーブルの上には、見た目にも美しい白ワインのボトルが数本置かれている。ラベルには、中国の漢字のような文字が二つ、勢いのある筆文字で書かれている。アジアの一部の国々では文字を書くことが芸術の一形式となっている。その文字をワインのラベルにデザインすると、まるで仏教的な意味を含むように見える。私はボトルを手に取り、ラベルの英語とスペイン語の説明を読んだ。

ラベルに書かれた二つの漢字は〝無上〟です。仏典の言葉で「最高」や「この上ない」という意味です。このワインに使われているブドウのトロンテスは、アルゼンチン北部のカファヤテ地区の標高三一〇〇メートル以上の畑で作られています。世界で最も標高の高いブドウ畑です。これが〝無上〟たる所以です。非常に純粋で濃密な、フローラルでフルーティな香りを持ち、クリアな酸味の中にライムや白桃、トロピカルフルーツの味わいを含みます。そのまま飲んでも、魚やサラダなどさっぱりした料理と合わせても、格別の味わいです。

「うまそうだな。買って帰ってショートヘアの彼女と飲もう」ワインを飲み、目を細めて絶賛するあの表情を思い浮かべると、急に彼女に会いたくなった。私は彼女に恋をしていた。彼女も私に好意を持ってくれているとは思うが、本当のところは分からない。そうなのだ。愛情とは不確かなものだ。千年前からずっとそうだ。誰にも、どうにもできない。

会計を済ませて搭乗口へ行くと、すでに搭乗が始まっていた。チェックインロボットのスキャナにウェアラブル端末をかざし、ゲートを抜ける。ボーディングブリッジの真ん中まで来たところで、空港スタッフらしき姿の二人の人物が現れ、名を呼ばれた。一人はのっぽで、グランドスタッフの制服の上に蛍光イエローのベストを着ている。もう一人はジャケット姿で、黒っぽいネクタイを締め、金属製のネームプレートをつけている。私と似たような服装だが、航空会社のＩＤカードを首から下げている。

二人は腕にタブレット端末を巻きつけている。検査手順に従い、航空会社のスタッフが南米アクセントの英語で私の搭乗券やクレームタグを確認していると、のっぽの男が横のエレベーターを指さし、ぎこちない英語で言った。「お客様、お席をアップグレードいたします。一緒にいらしてください」

私は何の疑いも抱かなかった。のっぽの男が私にエレベーターに乗るよう促す。ウェアラブル端末を読み込ませて、階下行きとドアを閉めるボタンを押す。ドアが閉まると、のっぽは私のほうを向いて、怪しげな笑顔を見せた。「お客様、昨日は何曜日だったかご存じですか？」

「水曜日ですが、何か?」特に考えもせず、私は答えた。

「はい。確かに水曜日でした」のっぽの男が目くばせする。「私がマドリードまでお送りしましょう」

「あんた……どうして?」私は驚いて言った。ウェンズデイの顔がすっかり変わっている。背まで伸びたようだ。

「声が大きい。頭を低くしてついてこい」ウェンズデイが言った。

エレベーターのドアが開くと、外は駐機場だった。ウェンズデイは手に持った蛍光イエローのベストとサングラス、金のラインが入った機長の帽子をよこし、私に着せた。私は自分のブリーフケースを持ち、ウェンズデイと共に、エレベーターのそばに止まっていた電動カートに乗り込んだ。ウェンズデイがカートを走らせ、いくつかのカーブを曲がって、私が乗るはずの飛行機から離れていく。その間、ウェンズデイはほかの職員たちに愛想よく手を振っていた。私たちの姿は、遅刻した機長と、機長を飛行機まで送っていくスタッフに見えただろう。

「また突然の呼び出しになってしまったけど、座席のアップグレードだと思ってくればいい。全部手配済みだから心配するな」ウェンズデイがいたずらっぽく言った。「それと、今日は目隠しなしだ」

「手配済みって?」

「さっき俺といたやつがあんたの代わりに飛行機に乗った。あんたは俺たちの飛行機に乗ってくれ。もともとの飛行機が着陸する前にあんたをマドリード空港のボーディングブリッジに連れていく。あんたはほかの乗客と一緒に出てくればいい」

「いや……そんな面倒なことをする必要があったのか？」

「いいか、あんたは人気者なんだぞ。アルゼンチンにいる間、二組が代わる代わるあんたを尾行してた。さっき、あんたが搭乗口を通ったのを確認して帰ってったんだ。恐らく、スペインに着いたら別のやつらが出迎えに来るはずだ。やつらに気づかれずに彼とあんたで話をさせるには、この時を狙うしかなかった」

「彼って？　誰と話せって言うんだ」

「業界の先輩だ。会ったことがあるはずだよ。ま、そのうち分かる」

電動カートはしばらく走り続け、何度かカーブすると、黒塗りに金色の模様が入った中型のジェット旅客機の前で止まった。流線型で平べったい形状で、折りたたみ可能な三角翼、機体の腹部に巨大な窓がある。機体の両側にエンジンの吸気口が二つ、T字型の尾翼。ロゴのようなものは何も書かれていない。ジェット機というよりは、翼のあるロケットといった感じだ。機体の側面が開き、まばゆい金色のタラップが下りている。足元には赤いカーペット、その上にはバラの花びらが敷き詰められ、飛行機全体が一つの巨大な贅沢品のようだった。

「着いた」ウェンズデイが言った。

私とウェンズデイがキャビンに入ると、サングラスをかけたボディガードがすぐさまカーペットと金色のタラップを片づける。キャビン内はインテリア雑誌に載っていそうなモダンでシンプルな内装で、応接間とダイニングルームがある。天井と壁を覆う曲面スクリーンには、海を望む崖の風景が映し出されている。高度な環境シミュレーション技術のおかげで、室内なのに、まるで屋外にいるような感覚だ。空気中には海のにおいが混じり、遠くから波の音とカモメの鳴き声が聞こえてくる。

応接間では、禿頭の男性がソファに座り、親しげにウェンズデイの彼女の手を握って話をしていた。仲のいい父と娘が会話しているように見える。男性はこの飛行機の持ち主だろうか。赤茶色の眼鏡をかけ、眉とひげには白髪が混じる。年齢は六十歳前後か。紺地にグレーの細いストライプが入った、つやのある上質な生地の、仕立てのいいスーツを着ている。赤紫色のネクタイ、シルバーグレーのシャツ、銀のカフスボタンにはJRのイニシャルが見える。見るからに大富豪といった雰囲気だ。

私たちの姿を見ると、男性は立ち上がり、手を伸ばして握手をし、英語でこう言った。「フランス語は話せる?」

「英語とスペイン語は話せますが、フランス語はあまりうまくありません。失礼のないよう、英語でお話しさせていただけませんか」私は笑顔を作り、なんとか標準的なフランス語の発音で話そうとした。

「なるほど。急にお呼び立てして申し訳ない」スーツの男性はそう言いながらも、自己紹介をしようとはしない。

「ジェイソン氏はフランスワイン業界のベテランで、たくさんの……その……ワイナリーを経営してる。でも、とても気さくな方だよ。オーナーとお呼びするといい」ウェンズデイは少し緊張しているようだった。さっきまでの、にやけた態度とは大違いだ。

「よろしく」私は言った。確かに、どこかで会ったような気もする。

「彼女は……ガールフレンドのロクサーヌ・カラニ。こないだ会ったよな」ウェンズデイが言った。

「また会ったね。この間はエンパナーダをありがとう。おいしかった」私は言った。本当においしかったのだ。

「どういたしまして。あとは二人で話してね。私はウェンズデイと隣にいるから。この間話した辰星會のこと、ジェイソンに聞いてみたら？」ロクサーヌが意味ありげに目くばせした。

「ま、絶対その話になると思うけど」

「そうさ。来るべき者は必ず来る。雨が降れば地面は濡れる。必然の結果である」隣のウェンズデイがふざけた口調で言った。

オーナーはウェンズデイをちらりと見て、軽く眉をひそめると、私に向かって言った。「まずは座ろうか。何か飲むかい？」

この時、キャビン内に機長のフランス語のアナウンスが流れた。管制塔より許可が出たため離陸に向けた滑走を開始します。おおむねそんな内容だろう。オーナーが後ろに向かって手を振ると、白いラインの入ったワインレッドの制服を着て、オレンジ色のスカーフを巻いたキャビンアテンダントが素早くやってきた。オーナーがフランス語で、炭酸水と、年代物のキューバ産葉巻を頼んだ。私も冷たいミネラルウォーターと、同じ葉巻を頼んだ。キャビンアテンダントは英語とフランス語で、葉巻の種類やシリアル番号、吸い口はパンチカットかフラットカットか、などを確認した。

どう答えるべきか分からず、ひとまずオーナーにならうことにした。これは、判断に困った時に使える、伝統的な技だ——相手に合わせておけば、まず間違いはない。

「自家用機のメリットの一つだね」オーナーが笑った。「機内でいつでも喫煙できる」

間違いない。私はうなずいた。オーナーと共に、ソファの安全ベルトを締める。

「最近、君に接触してきた者のことは知っているか？」オーナーが単刀直入に言った。

「辰星會、ですか」私も直球で答えた。

「辰星會のことをどれだけ知っている？」

「名前だけです。あとは何も知りません」私は正直に言った。「その名前だって、数日前に初めて聞きました」

「ハハ。正直だな」

キャビンアテンダントが飲み物と火のついた葉巻を運んできた。葉巻にロゴはなく、ワインレッドのリングに金縁の文字で「２０４５」とだけ記されていた。葉巻の製造年のようだ。アテンダントが、シャンパン色に白い縁取りのある灰皿を二つ、テーブルに置く。それからしばしの沈黙が流れた。

「実は、さっきから考えていたんですが」沈黙を破ったのは私だ。

「何だね？」オーナーが言った。

「あなた自身が辰星會のメンバーなんじゃありませんか？　今起きているすべての出来事は、ただの茶番なんでしょう？」アテンダントが立ち去るのを待ち、わざと声を低くして尋ねた。

「ハハハ。もちろん違うよ。たとえそうだとしても、認めるわけにはいかない」オーナーは一瞬、私の目の奥をじっと見つめ、それから急に笑い出した。「しかし、その推理はなかなか面白い」

私は時々、重要な相手にわざと冗談を言う。相手の警戒心を解くためでもあり、相手に容易に自分を見透かされないためでもある。ちょっとした意外性を持ち込むことで、相手の筋書き通りに話を持っていかれるのを防ぐ狙いもある。

「辰星會の話をする前に、あなたは誰なのか教えてください」私は言った。「最近、何を信じればいいのか分からなくなっているんです」

「正体を隠すつもりはないんだよ。ただ、わが一族の歴史にも関わることなのでね、あの組織と辰星會には多少詳しいんだ」オーナーが言った。

「あの組織？　何のことです？」私は聞いた。

「辰星會の起源は《組織《ディヴィジョン》》と呼ばれる集団だ。今は形こそ違っているが、辰星會について話すなら、まず《組織》から始めなくてはならない」

オーナーは左手に葉巻を持ち、《組織》と言う時に右手の人さし指と中指を数回曲げた。つまり、特別な意味を持つ言葉だということだ。

「詳しく聞かせてください。何もかも、隠さずに話してほしい」私は懇願した。

「君はよく酒を飲むね。エドガー・アラン・ポーの『アモンティリャードの樽』[*1]という短編小説を読んだことは？」

「ありません。何です？」私は首を振った。

「いいんだ。知らないならそれでいい。時間はあるんだ、最初から話そう」オーナーはコールボタンを押し、アテンダントにフランス語で何かを伝えた。恐らく、ワインを開けるように言ったのだろう。

「古代エジプト時代から、世界を手に入れ支配する方法の探求に一生を捧げる者たちがいた。彼らは自然を観察することで啓示を得て、私たちが属するこの世界システムの運用方式を《物事の本質》と名づけた。……彼らは気づいた。物事の本質を知れば、世界を掌握できることに。そして、真に力を持つものは見えない所に存在することに」

「また始まった」私は思った。みんなが示し合わせたように同じ言葉を使う。

オーナーは葉巻をひと口吸うと、味が気に入らなかったのか、顔をしかめ、葉巻を灰皿の上に置いて話を続けた。「幾多の世代を経て、彼らは徐々に、より緊密な、エリートクラブのような集団になっていった。その活動は極秘で、名を言うことさえタブーとされ、単に《組織》と自称した。この《組織》が辰星會の最も早い起源だ」

「その《組織》という秘密の集団は今も存在しているんですか？」

「もちろんだ。組織は時代の変動を乗り越えて生き延びている。古代ギリシャから古代ローマ、暗黒時代のヨーロッパ、大英帝国の拡大、アメリカの建国、二度の世界大戦まで、西洋のあらゆる世界帝国の衰亡、共和制の誕生、冷戦のにらみ合い、民族と国家の独立、EUの統一と分断、すべてに組織が関与した痕跡がある。組織の影響力は時代を超えて存在し、直接的あるいは間接的に私たちが暮らすこの世界をコントロールしている。世の中の帝王、君主、首相、大統領、民主社会など、すべてが知らず知らずのうちに組織の意思に沿って動いているんだ」オーナーは続けた。

私は返す言葉もなく、手の中の無名の葉巻をひと口吸った。この時、再び機長のアナウンスが流れた。現在、滑走路上で離陸の準備をしています、とでも言ったのだろう。壁のスクリーンから映像が消え、カモメの声と波の音も徐々に聞こえなくなり、私たちは崖の上から機内へと戻ってきた。飛行機は滑走路上で静かにスピードを上げ、やがて飛び立った。この飛行機の設計はとても優れていて、騒音や振動は旧来の真空高速鉄道とほとんど変わらない。体が傾き、背もたれに押しつけられる感覚がなければ、飛行機が高速で離陸しているとはとても想像できなかった。

「不可思議な話ですね。映画のようだ。秘密の組織が世界を支配しているなんて」私はそう言葉を返した。

「《物事の本質》を長期的に掌握されると、人の思想も行動も制限される。こんな言葉があるだろう。『籠の中で生まれた鳥は、飛ぶことを病気だと考える』[*2]。籠の中の鳥は、自分の生きている世界が支配されているなどと、決して考えないものなんだ」

「制限された世界では、思想も制限される」私はオーナーの言葉をなぞった。

「そうだ。植木鉢の植物の根と同じ。誰も植木鉢にブドウの種を植えようとは思わない」

「では、辰星會とは？　一体何なんです？」

オーナーは顔を上げ、私の左目を見て、右目を見て、左耳と右耳を見て、鼻と口を見た。その視線の動きと目つきの変化は、まるで私が考えていることを丸ごとスキャンしているかのようだった。ほんの五秒ほどの時間が三十分にも感じられた。オーナーは何かを確認したようにうなずき、口を開いた。

「三百八十年ほど前、組織の中に、散漫で緊張感のない運営方式を不満に思う者たちが現れた。数人が集まり、当時のフランス王国のランスで二次的なグループを作った。それがどんどん拡大し、組織の中にもう一つの組織ができたんだ」

「それが辰星會ですか」私が口を挟む。

オーナーがうなずいた。「辰星會という名の起源は分かっていない。一つ確かなのは、辰星會と組織の理念はおおむね一致しているが、神秘主義に対する信奉がより強く、考え方がより急進的だという点だ。彼らは巧みに存在を隠していたから、組織が自身の内部に辰星會という集団が存在することに気づいたのは、百年近く経ってからのことだった」

「辰星會は組織の支部、あるいは派閥ということですか？」

「最初はそうだった。だがその後、彼らは外部に目を向け、同じ理念を持つ有能な若者を次々に加入させた。つまり辰星會のメンバーには、もともと組織にいた者と、外部から加入した者がいる。事実上、現在に至るまで、組織内には辰星會のメンバーが密かに潜伏しているんだ」

オーナーは蔑むように笑った。「組織もずっと手を焼いている」

「なるほど」ある秘密組織がこの世界を支配している。その秘密組織の中に、さらに秘密の集団がいる。まるでマトリョーシカだ。

「辰星會に関する記録は、歴史上、一切残っていない。まるで存在していないかのようにな。辰星會は文字も言葉も残さない。彼ら自身が辰星會について書いたり語ったりすることは絶対にないんだ。組織内では、十八世紀フランスの哲学者が書いた、詩のような文章が伝わっている。辰星會内部に関する記述だとされているものだ」

星は　夜空にて静かにきらめく

星は　天空より大地を眺め
人の群れを見下ろす
目に映る空には　常に太陽と月が輝き
この世界を照らしている
だが　知る者はない　この世界で
太陽と月を輝かせているのは誰なのか

オーナーはフランス語と英語で詩を暗唱して言った。「回りくどくて難解な文なんだが、訳すとしたらだいたいこんな意味だ」

「面白いですね。つまり辰星會こそが世界を動かしているという意味ですか？」

「一説によると、太陽とは政府と宗教を指し、月は組織と本質を指す。この世界を陰で動かしているのは辰星會だということだ」

「『赤と黒』を読んでいるようですね」言ってから、この例えは適切ではなかったと感じ、私は慌てて話の方向を変えた。「ただ、もっと……」

ここで機長のアナウンスが流れた。乱気流に入るため、シートベルトをお締めください、といった感じの内容だ。オーナーは私の例えには特に反応を示さなかった。手招きしてキャビンアテンダントを呼ぶと、十分に開かせたワイン二杯を持ってこさせ、私に飲むかどうか聞きもせず、目の前にグラスを一つ置いた。

「一杯やろう。うちのハウスワインだ」

「いただきます」私はグラスを揺らした。美しいグラスだ。スロベニアのデザイナー、オスカー・コゴイのデザインだろう。この風変わりなグラスは何かの記事で見たことがある。私は香りを嗅ぎ、グラスを掲げた。

「乾杯《サンテ》！」

「乾杯！」オーナーが応える。

飛行機がわずかに揺れ始める。キャビン内のスクリーンの映像が通常モードに切り替わり、私たちは揺れる崖から揺れる機内へと再び連れ戻された。

「どうかな、このワインは」あくまでもさりげなく、オーナーが尋ねた。

「しっかりしたストラクチャーの中に、うっとりと引きつけられるような魅力があります。力強い味わいがゆるやかに変化していく。魚が鳥になり、鳥が魚になる、あのエッシャーの絵のようだ」少しためらって、私は続けた。「その合間で……過ぎていく時間を感じます」

「過ぎていく時間か。うん、面白い表現だね」

「時は流れ、万物は変化し、星は巡り、私たちは年を取る。このワインは時間と空間を強く感じさせます。本当にすばらしい」私は言った。「こんな偉大なワインがハウスワインだなんて、飲む人は困惑しますよ」

「偉大かどうかはともかく、これが何か当ててごらん」

「左岸のグラン・クリュ、それは間違いないと思います」私は言った。「もっと言えば、恐らく十五年物のポーイヤック……ムートンですか」

「ムートンを飲んだことは？」オーナーが興味深そうに問う。

「異なるヴィンテージを十種類ほど。ハズレですか？」

「いや、年代は違うが、正解だよ。五大シャトーは比較的分かりやすいとはいえ、ここまで正確に言い当てるとは、並大抵じゃない」

「ありがとうございます。でも、これがハウスワインなら、ほかにどんな銘柄をそろえているのか興味があります」

オーナーは大声で笑い、少し呟き込んで言った。「ハウスワインと言ったのは、『常備しているワイン』の意味じゃない。『わが家で作ったワイン』ってことだよ」

それを聞いた瞬間、私は目の前にいるこの男性が何者かを理解した。現在のロートシルト家の当主であるリヒャルト・ロートシルトの後継者、シャトー・ムートン・ロートシルトのオーナー――ジェイソン・ロートシルトだ。カフスボタンのイニシャルはJRだったじゃないか。

「そうでしたか。完全に思い違いをしていました」私は恥ずかしくなった。

キャビンアテンダントが生ハム《ハモン》を運んできて、私たちの前に置いた。透き通るほど薄くスライスされたハムの表面には透明な脂が均一に浮かび、ハムが汗をかいているようにも見える。見るからにうまそうだ。

「召し上がれ」オーナーが笑いながら言った。「うちのハウスハモンだ。ハハハ」

「畜産業も手がけていらっしゃるんですか？」私はまだなんとなく気まずい気分だった。

「うちは農業や畜産業にも出資しているんだよ。主に自分たちで食べるためだけどね。味はどうか、食べてみてくれ」

ひと切れ、取り上げてみる。この場で、手でスライスしたものだろう。薄く透き通っていて、肉を通して自分の指の指紋が見えそうだ。口に入れると、溶け出した脂肪が口の中で豊かな風味を生み出す。肉の繊維質など存在しないかのように、とろけていく。まさに驚きのうまさだ。

「どうかな？」オーナーが興味深そうにこちらを見ている。

「こんなにおいしいハモン・イベリコは初めてです。しつこくなく、口当たりは濃厚で後味がいい。複雑で生き生きとした風味、松茸にも似た香り。秋の広場で男女が豊作を祝うダンスを踊っているような。これに比べたら、私が今まで食べた生ハムなんてゴムタイヤみたいなものです」私はため息をついて絶賛した。

オーナーは、うれしいような、少し寂しいような顔をした。「それだけか？」

「ええと……それから、このハムは非常に薄く、きれいにスライスされていますね。風味の強い食品は人の手で丁寧に切るのがいい。機械で切れば厚みが出て風味が落ちます」私は続けた。

「驚いたのは、この生ハムが切りたてだったことです。飛行機にコルタドール（生ハムをカットする専門の職人）を乗せてるんですか？」

「ハハ。君の観察力と味覚は実に優れているね」オーナーは謎めいた笑顔を見せた。「ただし、これは機械で切ったものだよ」

「そんなはずありません。スライサーの刃先はまっすぐだから、肉のきめに合わせて細かく角度を変え、切り口を立体的にするなんてことは不可能です。だから単調な味わいになる。でも、さっき食べたハムは明らかに違っていました」

「ロボットハンドのついたスライサーを見たことはないか？　日本製でね。世界に数台しかない」オーナーはテーブルの上に画像を投影した。「パラメータと認識技術部分を設計したのは、うちが出資している企業だ」

「また一つ、人間の技術が機械に取って代わられた」私はため息をついた。

「とはいえ、ハモン・イベリコに比べたら、スライサーの価値など大したことはない。うちはスペイン西部の古い牧場にも出資していてね。百パーセント純血の、耳の長い古代イベリコ種を育てているんだ。エサは特定地域の有機天然ドングリと、牧場のある丘の上に植えたオリーブで作った飼料だけ。百パーセント手作業で陰干しする古来の製法で生ハムを作っている。ああ、今時こんなに真面目に作る人なんかいないよ」オーナーは言った。「そもそもは、うちのハウスワインに合う最高の生ハムを作って、客をもてなしたかっただけなんだがね。それで農場と食肉工場を買うことになった。いろいろと大変だったよ」

「でも、その価値はあります」私は言った。

「だと思うよ。私は食べたことはないんだが、食べた人はみんな絶賛してくれる」

「なぜ召し上がらないんです?」

オーナーは私をちらりと見ると、さっきのように、どことなく謎めいた笑顔を見せて口をつぐんだ。また何かまずいことを言ってしまったのだろうか。

「あっ、すみません。忘れていました」そうだった。ユダヤ人は豚肉を食べない。失礼なことを聞いてしまった。時代が時代なら、私は飛行機から放り出されていただろう。

「構わないよ。すぐに気づいて訂正してくれたんだから」オーナーが言った。「気に入ったならたくさん食べてくれ。よければ右の後ろ足の原木を一本あげよう。うちの牧場の地形と、しゃがみ込む時に右足から先に地面につくという豚の習性のせいもあって、左足より右足の運動量が多くなる。だから右の後ろ足が一番うまいんだよ」愉快そうに、オーナーが言った。「生き物の習性と風土が味を作る」

「ハハ、なるほど」でたらめを言っているようには聞こえない。なんだか不思議な話だが。

「ロンドンの君の家の近くのなんとかいうパブに届けさせるよ。自分で行って受け取ってくれ」オーナーが言った。「君たちでワインとのマリアージュを楽しむといい。きっと感動するよ」

オーナーが使った「君たち」という言葉は、一瞬にして私に警戒心を抱かせた。百パーセント信用していたわけではないものの、頭が切れてユーモアもあるこの人物に、私は好感を抱いていた。気に入らないのは、顧問もウェンズデイもオーナーも、みんなが私の私生活を知っていることだ。彼女のこと、食べている物、読んでいる本、いつも飲んでいるワインまで。まるで透明な籠の中で生活しているかのようだ。プライバシーがないというのは気分のいいものではない。会話していても、一方的にやり込められるばかりだ。

「ところで、組織と辰星會は何が違うんです?」私は話を本題に戻した。

「おお、そうだったね。話を戻そう……組織と辰星會はどちらも、個人と世界をより美しく、より明るくする、と主張している。設立の理念は善良なものだ。メンバーは互いに助け合い、発展に有利な環境と制度を共に作り上げる。一種の秘密結社のようなものだ」

「辰星會のやり方は急進的だ」オーナーは言った。「いくら理念は善良だといっても、実情を知る者から見ればとてもそうは思えない」「しかし……世の物事が善か悪かなど、簡単には論じられないものだ」

「どういう意味です？」

「たとえば、かつて辰星會は『人類が暮らしやすい空間を創造する』と主張した。これ自体は特に問題ではない。ただ、彼らが使った手段は、ジェノサイド、遺伝子組み換え食品、偽ワクチン、戦争、感染症、そういった類いのものだった」

「感染症？」驚いて、つい声が出た。「エボラ熱とか？」

「ああ、一九七六年のアメリカでの豚インフルエンザ、二〇〇三年のアジアでのSARS、二〇一五年のMERS、アフリカで流行を繰り返すエボラウイルスなど、多かれ少なかれ辰星會が関与していたことが、事後の調査で判明している。少なくとも、ウイルス関連のバイオテクノロジー方面での関与は間違いない」オーナーは言った。「ただ、こういった動きは二十年前からなくなっている」

「なぜ？」

「はっきりした原因は分からない。恐らく、クリーンエネルギー技術が日々進歩していること、そして地球の人口が減少を始めたことが一因だろう」オーナーは言った。「分からないか？　今の地球は二十年前に比べて明らかに『人類が暮らしやすい空間』になっている」

「では、今回の《大消滅》の目的は何なんでしょうか」

「ひと言で言うと、連鎖性の欲望」

「どういう意味ですか」

「ネットでニュースを見たあと、人はたいてい似たような疑問を抱く。『あんなに裕福な人が、なぜあんな人の道に背くようなことを？』『なぜ汚いまねをして金を稼ごうとするんだろう？』

……」オーナーは心なしか肩を落とした。「……それは君がブルジョアジーだからだよ。君には永遠に理解できない」

「確かに、私もそんな疑問を持つことはあります」私は両手を広げて口元をゆがめ、仕方ないというジェスチャーをした。それからハモン・イベリコをひと口食べ、さらにムートンを口の中へ送り込んだ。神秘的で美しいマリアージュに、思わずため息が漏れた。

「いわゆる連鎖性の欲望とは、一種の使命感のようなものだ。たとえ世界一の大富豪になっても、路上のホームレスが持っている金まで手に入れたい。この使命感のためなら、良心に背くことも、殺人を犯すことも、全世界を敵に回すことも恐くはない」秘密を暴露するように、オーナーはとうとうと語った。「それは慣性であり、引力であり、信仰であり、必然でもある。いわば天命のようなものなのだ」

「貪欲な使命感、ですか」言葉を反転させてみる。「使命感に似た貪欲さ、ですね」

「この百年、辰星會はさまざまな資源を搾取してきた。まるでブラックホールのように、世の中の有形無形のあらゆる富を吸い込んでいったんだ。今の辰星會はまるで食い意地の張った怪物だ。もはや誰にもあの怪物を止められない。内部の人間も焦り、苦悩している。不本意な手段でしか己の欲望を満たせず、そこから抜け出すこともできないからだ」

「でも、そんなに富を抱え込むことに意味はあるのですか」

「それがブルジョアジーの考え方だと言うんだよ」しょうがないな、という口調でオーナーは言った。「辰星會は慈善活動もおこなっている。世界トップクラスの慈善団体も辰星會に属している。海洋ゴミの回収や絶滅危惧種の保護、大気中の汚染物質対策、地球温暖化対策、そういった事業に多額の資金を提供している。金を集めて寄付をする、それも彼らの使命感の一面なんだ」

「貪欲さが使命感だなんて、私たち一般人の思想とはかけ離れています」淡々と、私は言った。

「ハハ。違って当然さ。辰星會の人間の価値観は、一般人とは絶対に相容《あいい》れない」そう言うと、オーナーはキャビンアテンダントにジェスチャーで「３」と合図した。次の料理かワインを頼んだようだ。

「このまま放っておけば、どうなるんでしょう」

「貪欲さのあまり、自滅するかもしれない。ブラックホールと同じようにね。私たちは、彼らが世界を壊してしまう前に、なんとか正しい道へ戻してやりたいだけなんだ」

ブラックホールのように。私は頭の中で、大爆発とは逆の、すべてが吸い込まれ内部へ向かって崩壊していく映像を思い浮かべようとした。だが、どうしてもうまく想像できない。仕方なく、頭を振ってその想像を脳から追い出した。

「失礼します」キャビンアテンダントの声がした。

美しいキャビンアテンダントは、恐らく二百五十ミリリットルほどの、コカコーラの瓶のように腰にカーブのあるワインボトルと、先ほどのオスカー・コゴイのグラスを二個、運んできた。アテンダントは大事そうにボトルを抱え、やや力の入った動きでコルクを抜き、それをベストのポケットに入れると、流れるような動作でグラスにワインをついだ。指先のマニキュアが美しい。最新のナノコーティング技術を使った自動ネイルペインターで塗ったものだろう。

いつの時代も、どんな場所でも、美しい女性についでもらう酒には心が和む。

「このワインは？」私は興味津々でオーナーを見た。心の中では、これはコカコーラの記念ボトルだろうか、と考えながら。

「飲んでごらん」オーナーが一杯ついでくれた。

色はレンガ色に近い。グラスを揺らすと、白胡椒に似た香りが立つ。未成熟なぎこちなさの残る蔓の香りは、厳かな重みを感じさせる。寒い地方の品種で作ったワインだろう。ひと口飲む。ミディアムボディだが、嚙みごたえがある。複雑な苦みの中にチェリーや野イチゴの風味がかすかに漂い、堅いが力強さは感じない。

「オーストリアですか？　ヴァッハウか……年代は判断が難しい。品種はツヴァイゲルトかブラウフレンキッシュでしょう」ある産地名が思い出せなくて、つい矛盾した答えを言ってしまった[*3]。まあいい、大丈夫だ。オーナーは気づかないだろう。

「概念は正しいが、方向性が間違っている」オーナーは大学教授のような口調で言った。

「では、品種は何です？」

「まず、どんな味だったか教えてくれ」そう言うと、オーナーもひと口飲んだ。

「白胡椒の香りはオーストリアワインの特徴です。渋みの中にかすかに感じるチェリーや野イチゴなど赤い果物の香り。複雑な風味と堅い嚙みごたえはあるものの、全体としては力強さがない。頑固な老人が夕日の下で、ポケットに手を入れ、垣根で夏の名残を残す最後のバラが枯れて散るのを静かに見送っているような印象です」間違った方向性の正しい概念を思い切って伝えると、こうつけ加えた。「ただ、ムートンのあとに飲めばどんなワインの味も表現しづらいですよ」

「それだけ描写できれば十分だ」オーナーは私の評価に満足したようだ。「これは『神々のブドウ樹』と呼ばれるブドウで作ったワインだよ。スロベニアのマリボルで、年に数本だけ生産される。このブドウ樹は世界最古の老木と言われていて、樹齢は四百年を超えるんだ」

「ええっ！　信じられませんね、ブドウの樹がそんなに長寿だなんて」私は驚いて言った。

「しかも、フィロキセラと《大消滅》をどうやって生き延びたんだろう」

「この樹が植えられているのは普通のブドウ畑じゃない。ある建物に寄り添うように、単独で植えられている。土地も決して広くはない。歴史的な資料や絵画などによると、このブドウ樹は少なくとも一六五七年にはすでに存在していたらしい。その樹齢は専門家たちによって確認され、ギネスブックの世界記録に認定されている」

「人類の偉大な遺産ですね。品種は何です？」

「知らないんだ。東欧一帯の原生品種だろう。ウェアラブル端末で検索してみるといい」オーナーは顔をしかめ、不満そうな顔をした。自分の知らないことがあるのが気に入らないのだろうか。

「ところで、君は特別なコインを持っているそうだね」オーナーが言った。

「コインはありますが、それが何か」正直に答えるべきかどうか迷い、あいまいに返事をした。

「長老は、君を信頼できる人物だと認めたからこそコインを渡したんだ」逃げた私にはお構いなしに、オーナーは言った。「見せてもらえないか」

「スロットマシンがあるんですか？」笑いながら、私は胸ポケットから鉄製のコインを取り出した。

オーナーは私の冗談を聞き流し、いびつな形の鉄のコインをしばし鑑賞すると、古い葉巻入れを取り出した。フタの真ん中には私のとよく似たコインがはめ込まれ、フタの両側にそれぞれ浅いくぼみがある。オーナーは私のコインを左のくぼみにはめた。コインはまるでもともとそこにあったように、ピッタリと隙間なくくぼみに収まった。オーナーはうなずいて、右の口角を五ミリ上げ、満足げな顔で私にコインを返した。

「トレディーチ農園のブドウが感染していないことは分かっていた。うちの研究室で、トレディーチ農園のブドウ樹に大量のGV9ウイルスを塗布したが、感染しなかった」葉巻入れのコインの穴を見つめながら、オーナーは言った。「現時点で、私たちが最も重要な成果を上げたのは、長老のブドウ樹に関する研究だ。チームが六年の時間を費やし、めざましい進展を遂げた。あとはモンテスキューが持つウイルス原始株さえ手に入ればいい」

「でも、いにしえより続く神聖な誓約があるんでしょう？　トレディーチ農園のブドウ樹は決して外に持ち出せないはずでは？」

「確かにそうだ。しかし『コーラン』にあるだろう――山はムハンマドのほうへ歩いては来ない、ムハンマドが山へ向かって歩くしかない、と。トレディーチ農園のブドウ樹を持ち出せないのなら、研究室を持ち込めばいいんだ」オーナーが笑う。「長老の農園のワイナリーの下に、密かに地下三階のバイオ研究室を作った。トレディーチ農園のブドウは葉っぱ一枚すら外に持ち出していないよ」

「ええっ！　本当に？」私は仰天した。さらりと言っているが、そんなことができるとはとても思えない。

「一キロ離れた所に農舎を建てた。風土や根系、排水に影響が出ないよう工事用ロボットを使い、そこから垂直に、さらに斜めに、ワイナリーの真下へと掘り進んだ。研究室の防水構造を整えてから、真上へと掘り進め、長老のワイナリーのメインの建物の一室へ出た。そこに小型の貨物用エレベーターを作ったんだ」オーナーは言った。「完璧な設計で、ブドウの根と地下水脈を寸分の狂いもなく回避している。自分の足の下で密かにバイオ研究室が建設されていたなんて、ワイナリーの人間は誰一人知らない。長老とひげのバッフィを除いてはね」

「本当ですか。あまりに大がかりな計画だ」

「万一に備えて、ワイナリーの周囲にはイスラエル製の無人レーザー防御システムを四基装備した。布に覆われた彫刻を見ただろう、あれはすべて自動防御システムなんだよ」

私は呆然として、しばらく何も言えずにいた。奇想天外な話に聞こえるが、理にも情にもかなっている。ここでまた機長のアナウンスが流れた——ジブラルタル上空を通過し、スペイン領空へ入ります。当機は着陸態勢に入ります。およそ三十分後にマドリードのバラハス空港へ到着します。キャビンアテンダントが来て私たちの安全ベルトを確認し、食器を片づけて戻っていった。

「ああ、もう着くんですね。今の航空技術は本当にすばらしい」そう言ったのは、私を呼び出した意図を早く教えてくれ、という催促のつもりだった。

オーナーが顔を上げてこちらに目を向けた。また心の中を見透かすような目つきで、私の顔をじっと見つめる。私はヘビににらまれたネズミのように身動きもできず、ただ無意識に強気な笑みを浮かべて自らを武装した。また三十分にも感じられる五秒間が過ぎた時、オーナーが笑顔で口を開いた。

「言わせてもらうが、お若い方……君という人物は……ユーモアとウイットに富み、非常に頭が切れる。エリートクラスの専門知識も持っている。同時に少し、何て言うのか、古典的な冷笑主義にも似た、世の中の不条理に対する怒りや憎しみのようなものも持っている」オーナーの口調は淡々としていて、意図がつかみにくかった。「ハハ。君には特別な家柄も後ろ盾もないのに、なぜかは分からないが、辰星會が最も重要視する人材になった……」

「そうか、分かった」突然、頭の中に光が走り、私は思わず叫んだ。

「ほう、何が分かった？」オーナーが言った。

「あなたたちは私にいろいろな話をして、いわゆる物事の真相と本質について語りました」思いつくままに、私は言葉をつないだ。「それは……彼らの仲間になるな、辰星會に入るなと言ってるんですね」

　オーナーは座席の背もたれに体をあずけたまま、左手で自分の頭をなで、窓にもたれて外を見た。まるで、この一瞬を心から楽しんでいるように。それからまた、あのどことなく謎めいた笑顔を見せた。

「違いますか？」私は一瞬で後悔した。オーナーの表情を見て、自分が間違っていたことに気づいた。なぜだろう、今日の私は間違えてばかりいる。

「ああ、違う。ハハハ……この数年、どれだけの時間と人手を費やしてきたことか、密かに人を送り込んで君を助けて……ハハハ……君は誤解してる。完全に誤解しているよ」オーナーの顔は妙に感慨深げだった。前かがみになり、両手の指を組んで、指にはめた指輪を見つめている。手首をひねるようにして、一個ずつゆっくりと眺めていく。それから顔を上げ、私の目を見つめて言った。

「逆だよ。君に彼らの仲間になってほしいんだ」

原註

＊1　『アモンティリャードの樽』：アメリカの作家エドガー・アラン・ポーが一八四六年に発表した短編小説。復讐を企む男の独白の物語で、《組織》をイメージさせる描写がある。

＊2　原文は「Birds born in a cage think flying is an illness.」。チリの劇作家アレハンドロ・ホドロフスキーの名言。

＊3　ヴァッハウではこの二品種をほとんど栽培していない。

（下巻に続く）

本書は文春文庫のために訳し下ろしたものです。
DTP制作・言語社

文春文庫

拡《かく》 散《さん》 上

定価はカバーに
表示してあります

大消滅《だいしょうめつ》2043

2022年10月10日　第1刷

著　者　邱挺峰《きゅうていほう》
訳　者　藤《ふじ》原《わら》由《ゆ》希《き》
発行者　大沼貴之
発行所　株式会社 文藝春秋

東京都千代田区紀尾井町 3-23　〒102-8008
TEL　03・3265・1211(代)
文藝春秋ホームページ　http://www.bunshun.co.jp
落丁、乱丁本は、お手数ですが小社製作部宛お送り下さい。送料小社負担でお取替致します。

印刷製本・大日本印刷

Printed in Japan
ISBN978-4-16-791950-4

（　）内は解説者。品切の節はご容赦下さい。

キリング・ゲーム
ジャック・カーリイ（三角和代　訳）
手口も被害者の素性もバラバラな連続殺人をつなぐものとは？ ルーマニアで心理実験の実験台になった殺人犯の心の闇に大胆な罠を仕込む超絶技巧。シリーズ屈指の驚愕ミステリー。
カ-10-7

ペット・セマタリー（上下）
スティーヴン・キング（深町眞理子　訳）
競争社会を逃れてメイン州の田舎に越してきた医師一家を襲う怪異。モダン・ホラーの第一人者が〝死者のよみがえり〟のテーマに真っ向から挑んだ、恐ろしくも哀切な家族愛の物語。
キ-2-4

IT（全四冊）
スティーヴン・キング（小尾芙佐　訳）
少年の日に体験したあの恐怖の正体は何だったのか？　二十七年後、薄れた記憶の彼方に引き寄せられるように故郷の町に戻り、IT（それ）と対決せんとする七人を待ち受けるものは？
キ-2-8

シャイニング（上下）
スティーヴン・キング（深町眞理子　訳）
コロラド山中の美しいリゾート・ホテルに、作家とその家族がひと冬の管理人として住み込んだ——。S・キューブリックによる映画化作品も有名な「幽霊屋敷」ものの金字塔。（桜庭一樹）
キ-2-31

夜がはじまるとき
スティーヴン・キング（白石　朗 他訳）
医者のもとを訪れた患者が語る鬼気迫る怪異譚「N」、猫を殺せと依頼された殺し屋を襲う恐怖の物語「魔性の猫」など全六篇収録。巨匠の贈る感涙、恐怖、昂奮をご堪能あれ。（coco）
キ-2-35

ゲイ・タリーズ（白石　朗　訳）
覗くモーテル　観察日誌

ある日突然、コロラドのモーテル経営者からジャーナリストに奇妙な手紙が届いた。送り主は連日、屋根裏の覗き穴から利用客のセックスを観察して日記をつけているというが……。（青山　南）
タ-16-1

13・67（上下）
陳　浩基（天野健太郎　訳）
華文ミステリーの到達点を示す記念碑的傑作が、ついに文庫化！　2013年から1967年にかけて名刑事クワンの警察人生を遡りながら香港社会の変化も辿っていく。（佳多山大地）
チ-12-2

（　）内は解説者。品切の節はご容赦下さい。

青い虚空
ジェフリー・ディーヴァー（土屋　晃　訳）
護身術のホームページで有名な女性が惨殺された。やがて捜査線上に〝フェイト〟というハッカーの名が浮上。電脳犯罪担当刑事と元ハッカーのコンビがサイバースペースに容疑者を追う。
テ-11-2

ウォッチメイカー（上下）
ジェフリー・ディーヴァー（池田真紀子　訳）
残忍な殺人現場に残されたアンティーク時計。被害者候補はあと八人…尋問の天才ダンスとともに、ライムは犯人阻止に奔走する。二〇〇七年のミステリ各賞に輝いた傑作！（児玉　清）
テ-11-17

神は銃弾
ボストン・テラン（田口俊樹　訳）
娘を誘拐し、元妻を惨殺したカルトを追え。元信者の女を相棒に、男は血みどろの追跡を開始。CWA新人賞、日本冒険小説大賞受賞、'01年度ベスト・ミステリーとなった三冠達成の名作。
テ-12-1

音もなく少女は
ボストン・テラン（田口俊樹　訳）
荒んだ街に全てを奪われ、耳の聞こえぬ少女は銃をとった。運命を切り拓くために。二〇一〇年「このミステリーがすごい！」第二位、読む者の心を揺さぶる静かで熱い傑作。（北上次郎）
テ-12-4

その犬の歩むところ
ボストン・テラン（田口俊樹　訳）
その犬の名はギヴ。傷だらけで発見されたその犬の過去に何があったのか。この世界の悲しみに立ち向かった人々のそばに寄り添った気高い犬の姿を万感の思いをこめて描く感動の物語。
テ-12-5

ひとり旅立つ少年よ
ボストン・テラン（田口俊樹　訳）
詐欺師だった父が殺された。父が奴隷解放運動の資金にと巻き上げた金を約束通り届けるため、少年は南部までの長い旅に出る。弱い者の強さを描き続ける名匠の感動作。（杉江松恋）
テ-12-6

真夜中の相棒
テリー・ホワイト（小菅正夫　訳）
美青年の殺し屋ジョニーと、彼を守る相棒マック。傷を抱えて裏社会でひっそり生きる二人を復讐に燃える刑事が追う。男たちの絆を詩情ゆたかに描く暗黒小説の傑作。（池上冬樹）
ホ-1-7

（　）内は解説者。品切の節はご容赦下さい。

ピエール・ルメートル（橘　明美　訳）
その女アレックス
監禁され、死を目前にした女アレックス――彼女が秘める壮絶な計画とは？「このミス」1位ほか全ミステリランキングを制覇した究極のサスペンス。あなたの予測はすべて裏切られる。
ル-6-1

ピエール・ルメートル（吉田恒雄　訳）
死のドレスを花婿に
狂気に駆られて逃亡するソフィー。かつて幸福だった聡明な女は、なぜ全てを失ったのか。悪夢の果てに明らかになる戦慄の悪意！『その女アレックス』の原点たる傑作。（千街晶之）
ル-6-2

ピエール・ルメートル（橘　明美　訳）
悲しみのイレーヌ
凄惨な連続殺人の捜査を開始したヴェルーヴェン警部は、やがて恐るべき共通点に気づく――『その女アレックス』の刑事たちを巻き込む最悪の犯罪計画とは。鬼才のデビュー作。（杉江松恋）
ル-6-3

ピエール・ルメートル（橘　明美　訳）
傷だらけのカミーユ
カミーユ警部の恋人が強盗に襲われ、重傷を負った。執拗に彼女の命を狙う強盗をカミーユは単身追う。『悲しみのイレーヌ』『その女アレックス』に続く三部作完結編。（池上冬樹）
ル-6-4

ピエール・ルメートル（橘　明美　訳）
わが母なるロージー
『その女アレックス』のカミーユ警部、ただ一度の復活。パリで爆発事件が発生。名乗り出た犯人はまだ爆弾が仕掛けてあるという。真の動機が明らかになるラスト1ページ！（吉野　仁）
ル-6-5

ピエール・ルメートル（橘　明美　訳）
監禁面接
失業中の57歳・アランがついに再就職の最終試験に残る。だがその内容は異様なものだった――。どんづまり人生の一発逆転はなるか？　ノンストップ再就職サスペンス！（諸田玲子）
ル-6-6

ジェフリー・ルイス（土方奈美　訳）
2020年・米朝核戦争
北朝鮮が韓国の民間機を撃墜。この悲劇がアメリカと北朝鮮の核戦争を引き起こすまで。トランプ大統領、金委員長ら各国中枢の動きを安全保障の専門家が綿密に描いた悪夢のシナリオ。
ル-7-1

（　）内は解説者。品切の節はご容赦下さい。

鹿島　茂
「レ・ミゼラブル」百六景
一九世紀の美麗な木版画二三〇葉を一〇六のシーンに分けて、骨太なストーリーラインと微に入り細を穿った解説で、古典名作の全貌をあざやかに甦らす。関連地図付き。

か-15-7

ロバート・ジェームズ・ウォラー（村松　潔　訳）
マディソン郡の橋
アイオワの小さな村を訪れ、橋を撮っていた写真家と、ふとしたことで知り合った村の人妻。束の間の恋が、別離ののちも二人の人生を支配する。静かな感動の輪が広がり、ベストセラーに。

ウ-9-1

P・G・ウッドハウス（岩永正勝・小山太一　編訳）
ジーヴズの事件簿
才智縦横の巻
二十世紀初頭のロンドン。気はよくも少しおつむのゆるい金持ち青年バーティに、嫌みなほど有能な黒髪の執事がいた。どんな難題もそつなく解決する彼の名は、ジーヴズ。傑作短編集。
ウ-22-1

P・G・ウッドハウス（岩永正勝・小山太一　編訳）
ジーヴズの事件簿
大胆不敵の巻
ちょっぴり腹黒な有能執事ジーヴズの活躍するユーモア小説傑作集第二弾。村の牧師の長説教レースから親友の実らぬ恋の相談まで、ご主人バーティが抱えるトラブルを見事に解決！
ウ-22-2

P・G・ウッドハウス（岩永正勝・小山太一　編訳）
ドローンズ・クラブの英傑伝
無敵の従僕ジーヴズのご主人も会員で、イギリスのお気楽な紳士が集うドローンズ・クラブで日々メンバーが引き起こす騒動はいかに収まるか？　世界一のユーモア作家の傑作選。

ウ-22-3

P・G・ウッドハウス（岩永正勝・小山太一　編訳）
エムズワース卿の受難録
綿菓子のような頭脳のエムズワース伯爵の領地に、本日も凶悪な騒動が勃発。不肖の息子・超頑固な庭師・妹たちとその娘達に、老いた卿には心の休まる暇がない！　ユーモア小説短編集！

ウ-22-4

クレア・キップス（梨木香歩　訳）
ある小さなスズメの記録
人を慰め、愛し、叱った、誇り高きクラレンスの生涯
第二次世界大戦中のイギリスで老ピアニストが出会ったのは、一羽の傷ついた小雀だった。愛情を込めて育てられた雀クラレンスとキップス夫人の十二年間の奇跡の実話。（小川洋子）
キ-16-1

（　）内は解説者。品切の節はご容赦下さい。

ラドヤード・キプリング（金原瑞人　監訳・井上　里　訳）
ジャングル・ブック
ジャングルでオオカミに育てられた人間の子供モーグリ。動物たちと時に友情を育み、時に対決し、冒険をしながら成長し、人間社会に戻るまでの姿を描く名作の新訳。（金原瑞人）
キ-17-1

サン＝テグジュペリ（倉橋由美子　訳）
星の王子さま
「ねえ、お願い…羊の絵を描いて」不時着した砂漠で私に声をかけてきたのは別の星からやってきた王子さまだった。世界中を魅了する名作が美しい装丁で甦る。（古屋美登里・小川　糸）
サ-9-1

ロバート・シャパード　ジェームズ・トーマス　編（村上春樹・小川高義　訳）
Sudden Fiction
超短編小説70
ヘミングウェイ、テネシー・ウィリアムズからレイモンド・カーヴァーまで、選りすぐりのアメリカン・ショート・ストーリーが七十篇。短編小説の醍醐味が詰まった貴重な一冊です。
シ-4-1

パトリック・ジュースキント（池内　紀　訳）
香水
ある人殺しの物語
十八世紀パリ。次々と少女を殺してその芳香をわがものとし、あらゆる人を陶然とさせる香水を創り出した〝匂いの魔術師〟グルヌイユの一代記。世界的ミリオンセラーとなった大奇譚。
シ-16-1

アンネ・フランク（深町眞理子　訳）
アンネの日記
増補新訂版
オリジナル、発表用の二つの日記に父親が削った部分を再現した〝完全版〟に、一九九八年に新たに発見された親への思いを綴った五ページを追加。アンネをより身近に感じる〝決定版〟。
フ-1-4

L・M・モンゴメリ（松本侑子　訳）
赤毛のアン
アンはプリンス・エドワード島の初老の兄妹マシューとマリラに引きとられ幸せに育つ。作中の英文学と聖書、アーサー王伝説、イエスの聖杯探索を解説。日本初の全文訳、大人の文学。
モ-4-1

L・M・モンゴメリ（松本侑子　訳）
アンの青春
アン16歳、美しい島で教師に。ギルバートの片恋、ダイアナの婚約。移民の国カナダにおける登場人物の民族（スコットランド系とアイルランド系）を解説。ケルト族の文学、初の全文訳。
モ-4-2

（　）内は解説者。品切の節はご容赦下さい。

ティム・オブライエン
村上春樹 訳
ニュークリア・エイジ
ヴェトナム戦争、テロル、反戦運動……我々は何を失い、何を得たのか？　六〇年代の夢と挫折を背負いつつ、核の時代の生を問う、いま最も注目される作家のパワフルな傑作長篇小説。

む-5-30

ティム・オブライエン
村上春樹 訳
本当の戦争の話をしよう
人を殺すということ、失った戦友、帰還の後の日々——ヴェトナム戦争で若者が見たものとは？　胸の内に「戦争」を抱えたすべての人に贈る真実の物語。鮮烈な短篇作品二十二篇収録。

む-5-31

マイケル・ギルモア
村上春樹 訳
心臓を貫かれて（上下）
みずから望んで銃殺刑に処せられた殺人犯の実弟が、兄と父、母の血ぬられた歴史、残酷な秘密を探り、哀しくも濃密な血の絆を語り尽くす。衝撃と鮮烈な感動を呼ぶノンフィクション。

む-5-32

グレイス・ペイリー
村上春樹 訳
最後の瞬間のすごく大きな変化
村上春樹訳で贈る、アメリカ文学の「伝説」、NY・ブロンクス生れ、白髪豊かなグレイスおばあちゃんの傑作短篇集。タフでシャープで温かい、「びりびりと病みつきになる」十七篇。

む-5-34

グレイス・ペイリー
村上春樹 訳
人生のちょっとした煩《わずら》い
アメリカ文学のカリスマにして、伝説の女性作家と村上春樹のコラボレーション第二弾。タフでシャープで、しかも温かく、滋味豊かな十篇。巻末にエッセイと、村上による詳細な解題付き。

む-5-35

グレイス・ペイリー
村上春樹 訳
その日の後刻に
生涯に三冊の作品集を残したグレイス・ペイリーの村上春樹訳による最終作品集。人生の精緻なモザイクのような十七の短篇に、エッセイ、ロングインタビュー、訳者あとがき付き。

む-5-38

トルーマン・カポーティ
村上春樹 訳
誕生日の子どもたち
悪意の存在を知らず、傷つけ傷つくことから遠く隔たっていた世界。イノセント・ストーリーズ——カポーティの零した宝石のような逸品六篇を村上春樹が選り、心をこめて訳出しました。

む-5-37